JN070600

Nishizawa Yasuhiko

西澤保彦

集英社

走馬灯交差点■目次

登場人物

染谷朝陽｜そめや・あさひ――――高和県在住の大学生。
染谷直道｜そめや・なおみち――――朝陽の父。
染谷博子｜そめや・ひろこ――――朝陽の母。旧姓裏田。

裏田豊子｜うらた・とよこ――――朝陽の祖母。旧姓忽滑谷。
忽滑谷シズ｜ぬかりや・しず――――朝陽の曽祖母。

山名隆夫｜やまな・たかお――――高和県警の刑事。

山名由紀江｜やまな・ゆきえ――――隆夫の妻。

山名日名人｜やまな・ひなと――――隆夫の息子。

山名るきあ｜やまな・るきあ――――日名人の妻。旧姓下瀬。

山名宗太郎｜やまな・そうたろう――――隆夫の父。

山名佐和｜やまな・さわ――――隆夫の継母。

興津凜花｜おきつ・りんか――――隆夫の娘。旧姓山名。
興津俊輔｜おきつ・しゅんすけ――――凜花の夫。山名日名人の中学・高校の同級生。歯科医師。
興津史朗｜おきつ・しろう――――俊輔の祖父。
興津昭子｜おきつ・あきこ――――俊輔の母。

上茶谷蓮｜かみちゃたに・れん――――レストラン〈アップ・イン・ティ・ヴァレイ〉のオーナーシェフ。

上茶谷圭以｜かみちゃたに・けい――――蓮の長男。

上茶谷天空｜かみちゃたに・そら――――蓮の次男。

小園手鞠｜こぞの・まり――――蓮の長女。旧姓上茶谷。
小園一哉｜こぞの・かずや――――手鞠の夫。〈アップ・イン・ティ・ヴァレイ〉厨房スタッフ。
筈尾｜はずお――――高和県警の刑事。山名隆夫の同僚。
纐纈ほたる｜こうけつ・ほたる――――高和県警の刑事。山名隆夫の同僚。

各務愛弓｜かがみ・あゆみ――――家庭教師時代の小園手鞠の教え子。
メイズ｜めいず――――〈MAZE・ビル〉のマスコット猫。

装画―石江 八
装幀―ミルキィ・イソベ
本文レイアウト―安倍晴美（ステュディオ・パラボリカ）

走馬灯交差点

1

〈朝陽〉

しまった……と思った。

そして焦った。なんで？　と。しまった、失敗した。でも、なんで。どうして、こうなるの？

果たして娘はここへ来てくれるのかと、やきもきしながら玄関口で息をひそめ、待っていた。

そこへ朝陽の軽ワゴンが到着する。

よし。これでなんとかなりそうだ、と少しホッとしかけたのも束の間。

その朝陽が助手席のほうから降りてくるのを見て、ぎくッとなった。まさか。

まさか。え。嘘でしょ？

たしかに朝陽を電話で呼び出す際に「タクシーでは来るな」と、そして「必ずおまえの車を持ってこい」という意味の厳命をした。というか恫喝した。しかし。

しかし「おまえが、ひとりで来い」とは言わなかった。その必要はあるまい、と無意識に決めつけていたからだと、いまさらながら思い当たる。

朝陽は今夜、誰か知り合いと楽しく過ごしているだろうと。なんとなく想像はついていた。多分、大学の友だちとかといっしょに。だけど。

仮に電話した時点で朝陽がすでに飲酒していたとしても、例えばその場でアルコールの入っていない知人に代行運転を頼んだりする心配はない。あたしは深く考えもせず、そう高を括っていた。

なぜなら、電話で朝陽を呼び出した人物は彼女の父親である染谷直道だ、という厳然たる事実がそこにあるからだ。たとえどんな場面であろうとも朝陽は、彼の存在を隠しておきたいはず。他人に父親を引き合わせたりなんかは絶対にしたくないはずだ。

親しい間柄であればあるほど朝陽は、その相手が直道と顔を合わせる事態を避けようとするだろう。父親が絡むトラブルに知人を巻き込む展開なぞ願い下げだからだ。従って如何なる状況下であろうとも、もしも朝陽がここへ来てくれるなら自分で軽ワゴンを運転してくるものとばかり、あたしは思い込んでいた。それしかあり得ないと、まったく疑いもしなかった。

なのに、なんと。朝陽は助手席から降りてきたではないか。え。まさか。嘘でしょ。誰かに運転してきてもらったの？

軽くパニックに陥りかけたあたしは、運転席から降りてきたその男性が誰なのかを認めて、さらに仰天してしまった。

俊輔くん……興津俊輔だ。

え。どうして。まさか、そんなことって、ある？ いったいどうなっているの。ここで彼が登場するなんて。

あり得ない。いや、たしかに。朝陽はどうやら最近、かなり積極的に俊輔くんにアプローチしていたようだ。それはあたしも薄々、感じ取っていた。ひょっとしたら、すでに彼と深い関係に陥っていてもちっともおかしくない、と。だが。

　いくらなんでも大晦日（おおみそか）の夜、娘が彼と過ごしている、だなんて。完全に想定外。ど、どういうこと？

　俊輔くん、どうなっているの。あなた、朝陽なんかと遊んでいる場合じゃないでしょ。妻帯者のくせに。

　なにやってんの、こんなところで。奥さんをほったらかしにして？

*

「朝陽か？　朝陽だな。おい、おれだよ。おれ。聞け。いいから。聞いてくれ。おまえ、いま飲んじゃいないよな。え。酒、飲んじゃいないだろうな？」

　どどッとバケツの底が抜けて溢（あふ）れた泥水みたいにスマホから流れてきたのは、なんとも耳障りなナオッチの声だ。

　その性急かつ胡散臭（うさんくさ）い口ぶり。いまどきのオレオレ詐欺の口上だってもうちょっとそれらしく、創意工夫ってもんを凝らしてるぞ、と思わず失笑してしまいそうなくらい、べったたベタ。

　着信表示に登録名の『ち』が出たとき、一旦は無視してやるつもりだった。なにしろ、これからね、いちばん盛り上がろうとしているところじゃん、ね。あたしたち。

今夜は待ちに待ったオッキーとの甘く濃密なカウントダウン・イベントなんだもん。一分一秒でも無駄にしたくない。そう。誰にも邪魔されたくない。ましてやナオッチみたいな大バカ野郎に、なんて論外中の論外。

それでも枕元のスマホを手に取り、応答してしまったのは、厭味のひとつでもかましておいてやれ、と思ったから。

はいこんばんは、おやおやまあ。おひさしぶり。なんのご用ですか、新年のご挨拶ですか。にしてはまだ数時間ほど早いような気もいたしますが、ま、取り急ぎ。あけましておめでとさん。二〇二二年もどうかよろしく。って、そんなこと、誰がお願いしてやるもんか、ボケ。

末尾に「ボケ」を付けるかどうかはそのときの勢い次第だが、ともかくそんな具合に一方的にまくしたてておいてから、さっさと通話を切ってやるつもりだったのだ。

なのに不覚をとって、ナオッチからの先制攻撃。慌てて態勢を立てなおし、反撃を試みようとした。あのねアンタ、いいおとなが電話のマナーくらい守ったらどう。おれ、じゃ誰なのか判りませんせん。画面表示が出るからって甘えるんじゃねえわ。ちゃんと自分のほうから名乗らんかい、云々。

そう説教してやるつもりが、実際には言葉が出てこず。あたしは、ぽかんとなった。一瞬、完全に意表を衝かれて。

ナオッチの「酒、飲んじゃいないだろうな?」のひとことが、あまりにも謎すぎて、絶句してしまったのだ。

「は……はいいぃぃ？」

やっとのことで、そう切り返した。せめてもの嫌悪感表明のつもりで語尾を、めいっぱい甲高く撥ね上げてやる。

そんなこちらの反応を蹴散らす勢いで、ナオッチことあたしの父、染谷直道はさらに畳みかけてきた。

「酒、飲んじゃいないよな？　だいじょうぶだよな、運転？　車、こっちへ持ってこられるよな？　な。いまから？」

は。はああッ？　車をいまから……って。ちょっとちょっと。いきなりなにを言い出すのよ、いったい。

「な。いまからすぐに、来られるよな？　車で。なあ？　おいったら」

いまからすぐに？　あたしに車で来い、って？　山形まで？　陸路の距離にして一〇〇〇キロは下らぬ遥か彼方の高和から、せっせと運転して？　これから？

脳味噌、煮えてんのかオマエは。ふざけんな。長距離運送トラックじゃねえぞ。いや、仮にあたしが本職のドライバーさんであってもブチ切れ必至だわこれ。

アナタお酒を飲んじゃいないでしょうね、って詰め寄らなきゃいけないのはむしろ、こちらのほうだっつうの。

「朝陽。おい。聞いているのか」

「あのさあ、ナオッチ」

「ナオ。って。こら。誰に向かって口をきいている。誰がナオッチだ、誰が。いつからおまえ、そんな横着なものいいをするようになった。え。仮にも父親をつかまえて。下から二番目ぐらいの推しアイドルみたく気安く呼ぶんじゃないッ」

ナニを言っているんだコイツは。下から二番目とか推しアイドルとかって意味がいまいち不明だけど、譬(たと)えがずうずうし過ぎるのはよく判る。だいたい、娘からナオッチって親しみを込めて呼んでもらえるだけでも、ありがたいと思えよ。

なにせこちらのスマホの父親の登録名ときたら『ち』なんだから。『ち』ですよ、ち。あんたなんか、ひと文字以上、入力する気にもなれんわ。その『ち』が果たして、ナオッチと父、どちらの短縮形なのかはご想像にお任せしますが。

「あのねえ、パパ」

あたしにとって彼をパパ呼ばわりするのは最大級の皮肉と侮蔑のつもりだが、おそらくコイツには一生通じまい。「こちらからわざわざ言及せずとも、パパも重々ご存じかとは思いますけどお。今夜は、ですね。二〇二一年も最後の」

「そんなことはどうでもいい。いいから、黙って聞け」

ひさかたぶりに娘のスマホのほうへ電話してきやがったな、と思ったらまあ、案の定といやまったくそのとおりなんだけど。なんじゃいこれは。この相変わらずの傍若無人さ加減は。胸クソ悪ッ。

ほんとならとっくの昔に電話番号そのものを削除したいくらいで、それだけはママに免じて勘弁してやっているっていうのに。健気な娘心も知らずに、このダメ男が。調子ぶっこきやがってさ。

さっさと通話を切ってやろうかとも思ったが、そうしたらしたで後々、祟るだけ。そういう細かいこと、根に持つタイプなんだコイツは。あー、失敗した。やっぱりそもそも電話に出るべきじゃなかった、と激しく後悔したが、もう遅い。

向こうから接触してきたのがずいぶんひさしぶりだったせいでこちらも、うっかり油断してしまった恰好。ここで拗らせると、またねちねちと、どんなしつこい仕打ちを受けるやも知れない。穏やかにお引き取りを願うため、ここはひとつ、対応を絶対まちがえないようにしなくちゃ。くそッ。めんどくせえ。

「はいはい。わかりました判りました」

とりあえず話を一応最後まで拝聴してやらないことには、どうにもこうにも、おさまりそうにない。すっかり諦めたあたしは、ごろんと横倒しに半回転して仰向けに。

ずっとそれまで頬ずりしていたオッキーの裸の胸板から一旦離れた。彼の下腹から股間にかけてをまさぐっていた手を、未練たらしく引っ込め、上半身を起こす。

先方に聞こえないように、特大の溜息をついておいてからスマホを持ちなおし、ベッドの上で胡坐をかいた。

素っ裸で半跏趺坐する妙齢の女の姿って普通なら、とても親には見せられません、とか自嘲してみせるところだけど、いまのあたしとしては腹いせに、この姿を自撮りした写真をナオッチへ送信してやろうかと、かなり本気で考えてしまう。いくら病的なオンナ好き野郎であろうとも、他の若い衆といちゃつく実の娘のマッパを見せつけられた日にゃ多少は人生の悲哀ってものを感じられるだろうて。

「で。えーと。ご用の件ですが」

「あ。そうだ。そういえば朝陽、おまえ、免許、取っているよな。車も、ちゃんと持っているよな？　朝陽。な？」

あれれ。最後にナオッチと直接顔を合わせたのって、いつだ。まだ自動車運転免許を取得できない年齢だったっけ。

「はあ。免許でございますか。一応、はい。取ってます。車も中古の軽ワゴン、持っております。けどね」

「よし。だいじょうぶだな」

「って。いや、じゃなくて。あのね。少しはあたしの言うことも聞いてちょうだい。いまから車でこちらを出発して、徹夜で走らせ続けるとしてもたっぷり十五時間以上はかかりますよね、そちらへ到着するまで。つまり明日の午後一時過ぎくらいにはなります。早くても。はい。とろとろ運転しながら新年を迎えるって趣向も、ひとによっては、おつなものだと感じるかもしれないけれど。あたしはイヤです、そんな年越しの仕方は。かんべんしてください」

「ちがう。ちがうちがうちがう。こら。ちゃんと聞けってば、おまえはよ」

こちらが一気にまくしたてているあいだ、幾度となく割り込んでこようとしてうまくいかなかったナオッチ、癇癪を起こしたのか、スマホ本体がぴょんッと宙に跳ね上がりそうな音量で怒鳴ってきた。

「ちがうったら、全然ちがう。あのな、山形じゃないんだよ」

「んあ?」

「おれは、いま高和に居るんだ。高和へ来ているんだよ」

「は。はいいぃぃぃ?」

こちらは再び語尾を爆上げである。なんですと。父がいま、こちらへ来ている?

なんと。これはびっくり。彼が高和の地を踏むなんて。いつ以来だ。結婚前のママとの交際期間中を除けば、あたしが一歳か二歳の頃に一度来たことがあったきりのはずだから、ほぼ二十年ぶり?

いったいどういう風の吹き回し? しかもこの年の瀬も年の瀬に。よりにもよって、オミクロンなる新型コロナ変異株の感染例が相次いで確認され、列島中で騒ぎになっている最中での大晦日に、なんで? たしかに高和は、いまのところ全国的には比較的落ち着いているほうだが、それにしたって。なんで、わざわざ?

なにしに来たんだ。ていうか、ほんとにいま高和に居るの? 嘘じゃなくて? いや、嘘だとしか思えないんだけど。

だいたい我が父の辞書に「信用」とか「誠実」という言葉なぞ記載されていない。飲む打つ買うの絵に描いたような三拍子で、どれだけママを泣かして、そしてそのたびに、どれだけ周囲の関係者たちを欺き、あたかも家族の愛と理解を得られぬ可哀相(かわいそう)な被害者は自分のほうであるかの如く(ごと)振る舞ってきたことか。

普通ならとっくの昔に離婚に至っていなきゃいけないのに、コイツの口八丁手八丁のせいで、ママ本人も含めてみんな誑(たぶら)かされ、丸め込まれちゃうんだ。

もしもあたしが、実家の祖父母のところに下宿して高和の中高一貫教育校に通うという選択をしていなかったとしたら、ママは未(いま)だに山形に住んでいたはず。つまり、あたしが中学受験という強行手段に訴えなければ、別居すらもままならなかったわけだ。

あたしの進学に帯同するかたちで山形から一度離れてみて、ママはようやく、自分が如何に夫に心身を呪縛、支配されていたかを悟ったのだろう。ただ粗暴なだけではなく、ときに紳士的な懐柔もお手のものなナオッチの口の巧(うま)さは、もはや一種のマインドコントロールの域で、決して侮(あなど)れない。

ただ、それにしても、である。いきなり「いま高和に来ている」という嘘をついて、それでなにを企(たくら)んでいるのか。どうも見当がつかない。それに「車を持ってこい」と指示する以上はやっぱり本人が、ほんとうにこちらに居ないことには意味を成さないような気もするし。うーむ。

なんだろう。もしもほんとうにナオッチが高和へ来ているのだとしたら、いちばんありそうな目的は金の無心か。いくらか恵んでくれなきゃ梃子(てこ)でも動いてやらないぞ、という駄々っ了以下の持久戦はコイツのもっとも得意とするところだ。妻が現在体調が芳(かんば)しくなくて休職中だとか、娘もまだ大学生でろくな収入は無いとか。諸般の事情などもちろん、おかまいなし。

ただ、それにしてもわざわざ高和まで足を運ぶかというと疑問が残る。前述した通り、ナオッチがこちらへ来るのはあたしが知る限り、ほぼ二十年ぶり。その間、彼が金をせびる手段はもっぱらママへの電話、もしくはメールだ。

あたしは直接聞いたことはないが、オレの要求を呑まないならオマエの両親や娘に付きまとってやるからなという意味の仄めかしでママを脅すのが、どうやらナオッチの常套手段であるらしい。お祖父ちゃんが生きていたときに一度、夫がひそかに自分の父親に多額の送金を強要していたと知ったママはそれ以来、なんとしても自分が家族の楯にならなければと思い詰めていた節があって、それがナオッチからのコンタクトを未だに完全ブロックできていない現況の主要因でもある。

公平に言ってナオッチ側もこれまで、自分の要求にママが対応してくれる限りは家族に手を出さない、という暗黙の了解を遵守してきた。だからこそ、こうして敢えてあたしのスマホへかけてきた、というのはよっぽどのことなんだろうな、とは思う。が。

ほんとに目的が金の無心ならば、こんなふうにママの頭越しにことを運ぶのはまったくの逆効果で、さすがにナオッチだってそれは理解できるだろう。ついに娘にまで直接ちょっかいをかけてくるかとなれば、これまで堪えに堪えてきたママだって我慢の限界。ブチ切れられるリスクは極めて高い。

妻から搾り取れるだけ搾り取りたいのなら生かさず殺さずの手法をキープする。窮鼠に嚙まれる猫には絶対にならない。ナオッチはバカだけど、いや、バカだからこそ、そういう基本路線は外さないはず。

　こうしていろいろ考えてみると、そもそも彼が高和へ来ていること自体がママの逆鱗に触れかねないわけで。ナオッチだってそんな道理は重々承知だろう。なのに。

　なぜ？　疑問が大渋滞を起こしているこちらの胸中を読んだかのようにナオッチは「ほんとうだって。ほんとうに高和へ来ているんだよ」と、がなり立ててくる。

　そして「いま、ウラタのほうに居る」と付け加えた。それが一瞬、ウルトラマンホールディング？　とかなんとか。意味不明の言葉に素で聞こえて、ますます脳内が疑問符だらけになってしまった。

「え……え？　うちへ来ているの？」

　父が、裏田のほうに居る。つまりいま、ママの実家へ来ているという意味のことを言っているのかとようやく悟ったものの、それはそれでさらに混乱する。

「ほんとに？　え。どういうこと。なにやってんの。いまそこには、ママもお祖母ちゃんも居ないんだよ」

　というか、あたしの知る限りでは居ないはず。なのにどうしてその実家に、縁者とはいえ部外者同然のナオッチが来ている？　どうなっているんだ。

「だいたい、ナオ。じゃなくて。パパ。どうやってそこへ上がったの？　鍵とかは？　いったい」

「話せば長いんだよ、いろいろとな。詳しいことは後で説明するから、とにかくここへ来てくれ。

早く。車が必要なんだ」

「あ、あのね、そんなご無体なこと、いとも簡単におっしゃいますけれども」

「絶対に、おまえの車を持ってきてくれよ。いいな。タクシーなんかで来ちゃだめだぞ。判ったな」

「待って。待ってってば。ほんとに。ちゃんと聞いて。あたしはねえ、いま、いろいろと取り込み中」

　ぷつッと通話は切れた。

　その有無を言わさぬ傲慢さ。むかっ腹が立った。相も変わらず自分勝手なヤツ。他者の都合などおかまいなしに。一方的にかけてきて、一方的に切りやがって。

　事情がいっこうに見えてこないが、そんなこたあ知らん。誰が行ってやるもんか。せいぜい独りで遠吠(とおぼ)えしてろ。

　そうバックれようとしたあたしを翻意させることになるのがなんと、通話中にずっとおあずけを喰(く)らっていたオッキーこと興津俊輔だったのは、なんとも皮肉である。

「いまのはサーちゃんのお父さん？　高和へ来てるの？」

　名前の朝陽にちなんであたしのことを「サーちゃん」と呼ぶオッキーは、当初「アーちゃん」もしくは「ヒーちゃん」を採用していた。どちらも、なんだか間の抜けた響きだから止(や)めてくれとあたしが嫌がると「じゃあ、サーちゃん」と、さして差異の無い代替案をしれっと出してくる。

　どうしてそんな舌足らずな、子どもっぽい愛称に彼がこだわるのかさっぱり判らない。が、良い意味でも悪い意味でもお坊っちゃま育ちゆえの、おっとりしたオッキーの粘り腰にこちらは根負けし、決して納得しているわけではないものの、響きとしてはいちばん無難な「サーちゃん」に、なしくずし的に落ち着いている次第。

「県外に住んでいるって言ってたのは、山形だったのかあ。どこらへん？」

んなこと、どうでもいいじゃん、と言葉にする代わりにあたしはスマホを放り出す。仰向けになっているオッキーの裸体めがけて、倒れ込むように覆い被さった。

室内は暖房が利いているが、素っ裸で話し込んでいたらすっかり気が散って、身体の芯が冷えてしまった。喉仏の浮いた彼の首筋に顔面を埋めて、ふるふる左右に振りたくる。全身の肌という肌を互いに重ね合わせながら暖をとる。

「サーちゃん。サーちゃんてば」

オッキーはそんなあたしの両肩を、退かせるというほど邪険ではなかったが、そっと持ち上げてきた。「行かなくていいの」

「へ？」

「いまお母さんの実家のほうに、お父さんが来ているんでしょ。で、サーちゃんに車を持ってきてくれって頼んでいるんでしょ。だったら行ってあげなきゃ。すぐに」

「どうした、こら。熱でもあるの。なんであたしがそんなアホ過ぎる真似なんかを」

「たしかに、ちょっと無茶ぶりだよなあ、とは思うけどね」

「いや、無茶ぶりって穏当なレベルじゃないし。ほっておきゃいいんだよ、あんなクソ親父。だいたいオッキー、あんたもたいがい失礼なひとだな。そんなにあたしとやりたくない、ってか？」

「ぼくがいまどちらの状態なのかは、ほら。一目瞭然でしょ」

「うん。あは。そうだねえ」

「だからこそ、じっくり集中したい。なのに憂いを解決せずに放置したまま、というのは落ち着かないじゃん。お互いに」

「どう解決しようがあんのよ、あんなバカたれの世迷い言。つか、なんでオッキーがこんなこと、気にするの」

「ぼくがサーちゃんだったらもう気になって気になって、しょうがないけどな。だって考えてみて。いま、ちらっと聞こえてきたことがほんとうならお父さんは、鍵を持っていないはずのサーちゃんの実家に上がり込んでいるんでしょ？　ね。心配にならない？　いろんな意味で」

「ナオッチがそうだと自分で言ってるだけじゃん。ほんとかどうか判らない。実はいまも高和じゃなくて山形からかけてきていた、ってこともあり得る。いや、マジで。昔っから虚言癖があるんだ、あのオヤジ」

「もしもサーちゃんをかついでやろうっていうんならお父さんも、もっとそれらしいっていうか、納得しやすい口実を使うんじゃないかなあ。それに」

　反論しようとしたら、その口を下から彼の唇で、ふわりと塞がれた。

「それに、もしもお父さんがほんとに、いま娘に来てもらわないとどうにもならないような焦眉の急に陥っているんだとしたら、さ。言われたとおり駈けつけてあげないと、後でめんどくさいことになるんじゃない？　ね。いろいろと？」

オッキーにキスし返そうとしたあたしは、鋭い指摘につい身体の動きが止まる。ぐッと詰まってしまった。「う、うーん。まあ、それは。たしかに」

「そういう逆恨みをしかねないタイプなんでしょ。それはサーちゃんがいちばんよく判っている。これまでお母さんともども、お父さんにはさんざん迷惑をかけられてきた身としては。ね」

「たしかに。たしかにそうだけど」

「だったら、たとえ不本意であろうとも、とりあえず行ってみるだけ行ってみたほうがいいんじゃないの。ここで無視して、後で思いもよらぬ、しっぺ返しを喰らうよりはさ。なにかと」

「ごもっとも。うん。仰せの通りですよ。オッキーは正しい。でもね。でも、行けるわけないじゃん。いまから、なんて。だってあたし、もう飲んじゃってるし」

ベッドの傍らのキャスター付きサイドワゴンをあたしは顎でしゃくってみせた。シャンパンクーラーのなかからボトルの先端が仲よく二本、にょっきり突き出ている。一本はあたしのお気に入りの銘柄のスパークリングワイン。もう一本は下戸のオッキー用のノンアルコール飲料だ。

「タクシーでは来るな、おまえの車を持ってこい、なんて言ってるんだよ。どうすりゃいいの。あたしは嫌だからね。真っ平です。飲酒運転なんか。とはいえ、オッキーに運転してもらうってわけにもいかないし」

「あ。いいよ。別に」

「ほへ？」

「車をサーちゃんの実家へ届けてくればいいんでしょ？　行ってきてあげるよ。すぐに。ちゃちゃっと」

「ちょ。ちょっと、きみきみ。あのね。ちょっとちょっとちょっとお」

「だいじょうぶ。ぼくはノンアルコールしか飲んでいないし」

「いや、そういうことじゃなくてだ。なんでオッキーがわざわざそこまで」

「ちゃんと戻ってくるよ。お父さんに車を渡したら、すぐにタクシーで」

「だから、そういう問題じゃなくてだね。あーもう。なんでこんな、ややこしい話になっちゃうんだよもう」

「へたに考えるからだよ。ややこしくなる。なにも考えなきゃいいじゃない。ね」

オッキーの口調はリゾート地の午睡(ひるね)並みにのんびり、ゆったりしている。なのに、こちらはそれと反比例するかのように焦燥感を煽(あお)られる。だんだん、ほんとに彼の言う通りにしておいたほうがいいのかもしれない、という気がしてきた。

「ほんとにいいの？　ねえ。運転してもらっても？　じゃあお願いするとして。えと。あたしはどうすっかな。やっぱり、いっしょに行ったほうがいいのか」

「お父さん、車があればそれでいい、ってことじゃないの？　サーちゃんもいっしょに来てくれないと困るのかな」

「さあ。どうだろ」

ナオッチに必要なのが車だけなら、オッキーにお遣いを頼んで留守番していようかなあとも一瞬思ったが、いいや。それアウト。たとえあたしがその場に居なくても済む用件であろうと、娘が現れなかったら現れなかったで確実に、なにか文句を垂れてくるに決まっているんだアイツは。それに、ナオッチとて封建的性根の持ち主という意味において世の平均的な父親たちとさして差はあるまい。自分の娘が他の男と親しそうだというだけで気に喰わない。初対面の相手であろうともかまわず醜い反感、剝き出しにしそう。

怖いのは、朝陽とはオマエどういう関係だとナオッチに問い質されたオッキーが、どういう答え方をするか、だ。なにしろ適当にごまかす、という芸とは無縁の天下御免のお坊っちゃま。あ。サーちゃんとは、このところ仕事が忙しくって、セックスできるのは多くても週に一回くらいかなあ、なんて。いや、マジで。のほほんとその程度の発言はマジで、なんの悪意も挑発的意図もなく、やらかしちゃうひとなんですよ、オッキーって。

そんな彼を父と、ほんの一瞬でも対面させるなんて。危なっかしくてしょうがない。いくらナオッチだって、まさか自分の娘が未だに男性経験皆無であるなどと信じるほど脳がお花畑ではないだろうけれど、たとえネタがなんであれ、他人にいちゃもんをつけられる口実は絶対に見逃さないのがクズ男のクズ男たる所以。

あれこれ考えていると先行きには憂鬱しか見えませんが、もうこうなった以上は仕方がない。腹を括ったあたしはオッキーと、ふたり仲よくベッドから降りて、それぞれ服を着始めることにした。

シャツの袖に腕を通しているオッキーの姿をちらりと盗み見る。均整のとれた身体つきが、裾から覗く下半身のフォルムを芸術的に際立たせる。そのラインの描く日常的ルーティンの運動性はただひとこと。尊い。

他に言葉が出てこない。ただもう、ひたすら尊い。たまりません。何度見てもセクシーだよう。ううう。もちろん脱ぐときも超絶的にイイんだけれど、なぜだかあたし的には服を着るときの彼のほうが破壊力がでかいんだよなあ。なぜかしら。

いつもならここで、背後から羽交い締めにせんばかりにしてオッキーをベッドに押し倒し、問答無用で第二ラウンドに突入ってなるべきはずの場面なのに。いまはそういうわけにもいかない。って。いや、だいたい今夜はまだ、なんにもしていないじゃねえかよ。くそ。あのクズ親父め。いきなり電話してきたかと思ったら。なんの嫌がらせだ。なんのテロだよこれは。飯テロならぬエロテロ。

オッキーもあたしもそれぞれ新型コロナワクチンを二回ずつ打って、ＰＣＲ検査で陰性証明ももらって、万全の態勢で臨んだ今日のこの日だったのに。いちばん盛り上がるべきところで冷水、ぶっかけやがって。月夜ばかりと思うなよ。いつかこの怨み、晴らさでおくべきか、だ。

「あーあ。やれやれ。日付が変わるまでに戻ってこられるかなあ」

多分なにかのゲン担ぎだと思うんだけど大晦日のカウントダウン・イベントで、日付の変わるタイミングに合わせてみんなでいっせいに地面からジャンプするってやつ。前年の十二月三十一日の午後十一時五十九分五十九秒の時点まで居た古い地球から、一月一日午前零時の新たなる地球へと跳び移って新年を迎えましょ、という心機一転がそのココロらしい。よく知りませんけど。

　物理的にはどちらも同一体の地球じゃん、だなんて野暮なことは言いっこなし。そのひそみに倣って誰しも思いつくのが、そう、年跨ぎエッチでしょう。カップルが百組いたら八十七組くらいは多分、同じ発想をするんではなかろうか。

　少なくともあたしはしました。肉体と肉体が溶け合うくらいの彼との一体感をもって新年を迎えたい。それ、普段のオッキーの身体とどうちがうんだ、とか言う勿れ。

「だいじょうぶだよ。まだ十時半を回ったところだし。サーちゃんちって車で二十分もかからないでしょ?」

「まあね。うん」

　それはそうなんだけどさあ。ここへ戻ってきて最初からやりなおすとして、うまく年跨ぎのタイミングに合わせてクライマックスを迎えられるように場と身体をあっためる時間的余裕が果たしてあるのかな、って。そこが最大の懸案事項なんだよね。せわしなく烏の行水みたいなのだったら、やらないほうがましだし。ああ、それにつけても憎っくきは我がダメ親父殿也。ちくしょうめ。

「にしても車。って」

　なぜこんな日のこんな時間にそんなものが必要なんだと忌まいましい気分を抑えつつ、あたしはボトルに半分ほど残っていたスパークリングワインをかっぱかっぱと一気に飲み干した。どうせ運転はオッキーにお任せなんだし。景気づけ。

ノンアルコールのほうのボトルは栓を締めなおし、冷蔵庫へと持ってゆく。扉を開けると、ぽつんと白い箱がひとつ。いちばん目立つ場所を占拠していた。

郊外のショッピングモール〈ぱれっとシティ〉に入っているカフェ、〈みんと茶房〉のロゴ入り。なにげなしに蓋を開けて、なかを覗き込んでみると。

カットされた抹茶のロールケーキが四個、整然と並べられている。これ、オッキーがわざわざ買ってきたのか。まさか、あたしのため？　じゃないよね、多分。

「ねえ、なに。このロールケーキ」

「ああ、それ。ほんとは、りんちゃんのために買っておいたんだけど」

りんちゃんとは彼の妻、興津凛花。オッキーより四つ下の二十七歳。歯科医師である夫をサポートする歯科衛生士だ。

彼が二代目を務める〈オキツ歯科〉の受付に居るときの彼女はいつも大きめの真っ白なマスクをしているため、あたしは未だにきちんとご尊顔を拝したことはない。

「大晦日も〈みんと茶房〉が営業しているって、ぼく、知らなくって。別の用事があって〈ぱれっとシティ〉へ行ったら、開いていたから。お。ラッキー。今年最後のお気に入りゲットということで買っておいたからねーって。りんちゃんにLINEしたら、ごめん、食べられない、って返信が」

「意外。なにやってんの。万事につけそつのないオッキーらしくないな。りんちゃんの好みも把握していない、だなんて」

「いや。彼女の大好物なんだよそれ。ほんとなら四個くらい、ぺろっと」

「え。だったらなんで？」

「なぜだか判らないんだけど。最近、食べられなくなっちゃったんだって。わりとダメージの大きな体調不良を引き起こすらしくて。本人は、どうもこれは突発的アレルギーなんじゃないかと。つまり好き過ぎて」

「あー、そういう」

あたしの友だちにもいる。海老や蟹の甲殻類がめっちゃ好きで、いつもがんがん食べていたらある日、突然アレルギーになってしまった、っていう娘が。

「あまりにも好き過ぎて、知らないうちにもう一生分、食べちゃってた。そのせいで身体が飽和状態に陥って受け付けなくなってしまったんじゃないか、って」

　医学的な詳細はよく判らないけれど、あたしのその友だちも嘆いていた。こんなにも好きなのに、もう二度と海老も蟹も食べられないだなんて哀しすぎる、って。

「今日までそのことをぼく、全然知らなかったものだから。調子に乗って、こんなに買っちゃった」

「りんちゃん、ダメになったのはケーキなのかな。抹茶は多分ちがうだろうから。小麦粉とか、砂糖アレルギー？」

「そういえば抹茶アイスとか抹茶フィナンシェとかあの辺も、大好きなんだけれど、なんだかもう怖くて。試してみる気になれない、みたいなことも言ってた。まだちゃんと検査とかはしていないそうだから、単なるイメージなのかもしれないけれど。りんちゃん、ひょっとして抹茶系スイーツ全般がダメになったのかな」

「でもさ、あたしもよく知っているわけじゃないけど。抹茶ってアレルゲン物質は含まれていないから。それ自体がアレルギーの原因にはなり得ないとかって、どこかで読むか聞くかした覚えが」

「アレルギーなのだとしたら原因はカフェインかもしれないね。抹茶って、けっこうしっかりカフェインが含まれているし。詳しいことは調べてみないと判らないけれど、とにかく。りんちゃんがこの世でいちばん好きだといっても過言ではないのが、この〈みんと茶房〉の抹茶ロールケーキだったんだ。それが駄目になっちゃったものだから。人生最大の楽しみを失ってしまったって、それはそれはひどく落ち込んで。しょげ返っている様子が手に取るように伝わってきて」

まことにお気の毒。いや、でもさ。妻が食べられないからって、そのまんま横流しみたく不倫相手のほうへ回してくるっていうのもさ、正直どうなのよ。この件、SNSに投稿してみ。大炎上、まちがいなしっしょ。ま、そんな特大の燃料投下ネタにも無自覚かつ全然気にしない天然なのが、よくも悪くもオッキーってひとなんだけどね。

「りんちゃんなら四個でも足りないくらいなんだけど。ぼくひとりじゃ手に余るし。棄てるのも、もったいないから。いや、だからってサーちゃん、むりして食べなくてもいいんだよ」

「いえいえ。あたしも嫌いなわけじゃありませんから。オッキーさえよろしければ、ありがたーくいただきますとも。野暮用を済ませて、戻ってきてから」

ケーキの箱を戻し、ノンアルコール・スパークリングワインのボトルを入れて、冷蔵庫のドアを閉める。

あたしとオッキーは〈ウッディ・レジデンス〉の最上階の部屋を後にした。オッキーの父親の所有する築三十年のマンションだが、その部屋には現在は誰も住んでいない。もっぱらあたしたちの密会用に使わせてもらっている。密会と大仰に称せるほど隠しだてしているわけでもないので「逢瀬」くらいの表現が実情に即しているのかもだけど。

その敷地内駐車場に停めさせてもらっている軽ワゴンの前へ来ると、あたしはリモコンキーを鍵束ごとオッキーに手渡した。

そういえば先刻の抹茶ロールケーキの話じゃないけれど実は、あたしは金属アレルギーである。なので身に着けられるアクセサリーは限定されるし、自宅のものを始め各種鍵には必ず持ち手にレザーのキーカバーを掛けてある。もちろん鍵に限らず、日常的に接触しそうな金属類には満遍なく。

幸い皮膚炎の症状そのものはそれほど重くないんだけれど。問題は、うっかり剝き出しの鍵なんぞを摑んでしまった日にはメンタルダメージが半端ないこと。あっちゃー、こんなに気をつけているのに、うっかりやらかしちまったぜバカばか、みたいな。

そのショックと口惜しさが嵩じる余りか、皮膚炎そのものを発症しなくても体調を崩したりしてしまうのだから恐れ入るというか、我ながら思い込みが激しいのにもほどがあるというか。人間の精神的脆弱性って他人のはもとより、本人の理解力すら超越しているんだなあとつくづく概嘆してしまう今日この頃だが。それはともかく。

「でも、考えれば考えるほど謎だ」

助手席でシートベルトをして、車の振動に身を委ねているうちに、めっちゃ不安になってきた。

「ナオッチのやつ、いったいどうやって、うちに上がり込んだんだろ」

「合鍵を借りたんじゃないの」

「は？　合鍵、って。誰に？」

「お母さんから」

「あり得ない。世界が滅亡したってママがそんなバカな真似、するわけないし」

「じゃあお祖母ちゃんから直接？」

「まさか。そもそも義理の母親の面会に特養ホームへ赴くだなんて殊勝な発想自体、あのバカたれには似つかわしくない。あ。でも、お祖母ちゃん相手なら口先三寸でうまく丸め込んで家の合鍵をゲットできる、なんて考えたりはしたかも」

「お祖母ちゃんはいま実際に持っているの、家の合鍵を？」

「ううん。かなり惚(ぼ)けが入りつつあって、管理能力が危ういから。基本、貴重品は全部ママが預かっている」

「つまり、もしもお父さんがこっそり特養ホームへお祖母ちゃんに会いにいっていたとしても、家の合鍵は手に入らない。そこには無いんだから」

「そゆこと」

「あと入手先として考えられるのはサーちゃん本人から、か」

「なんだとう?」

「実はサーちゃん、以前お父さんに頼まれて実家の合鍵を渡したことがある。しかし、なんらかの理由で頭からその記憶がすっぽり抜け落ちてしまっている、とかさ」

「なんていう解離性同一症ドラマですかそれ。つまらなそうだから倍速で観ます」

「やっぱりお母さんだよ」

「あり得ませんてば。絶対に」

「鍵をお父さんに貸したんじゃなくて、自分で開けてあげたのかも」

「へ」

「いま、お母さんがいっしょに居るんじゃないのかな。お父さんと」

「いちばんあり得ない。ママがいまさら夫に対面するだなんて。考えられない」

「でもお父さんとの連絡を、完全に断っているわけではないんでしょ」

「電話かメール。ママとしては全部メールにしてもらいたいんだよね。うっかり直接言葉を交わすとあの男に、そんなつもりはなくても、いろいろ付け込まれちゃうから」

「口が達者なんだ、お父さん」

「他人が秘密にしておきたいことを、まるで催眠術でもかけたかのようにするすると、いつの間にか引き出しちゃう絶妙の話術ときたら、もはや芸術的。ママはそれでさんざん痛い目に遭っているから。ナオッチとは電話ですら、話したくない。ましてや直接会うだなんて論外。うっかりヤツのお喋りに乗せられているうちに、ママが今年、新しいマンションを購入したばかりだってことが洩れたりでもしたら、最悪」

「裏田の実家からは完全に引き上げて、あちらへ生活拠点を移していること、ナオッチにだけは絶対に秘密にしておかないと」

「〈サンステイツ隈部〉のこと?」

「なぜそんなに。新居をかまえたことお父さんに知られたら、なにかマズいの」

「金の臭いを嗅ぎつけてくるに決まっているからだよ。新築の物件をぽんとお買い上げとは景気がいいな、さては祖母さんから生前贈与でもあったか? とかって」

「あ。そういう」

「正式に離婚していない夫婦ってそこがいちばん厄介だよ。女房のものはオレのものって感覚が未来永劫、抜けない」

「まあ、そんなものなのかもね」

「だから考えられないんだよ。ひゃくぱーせんと、あり得ない。ママがいまナオッチといっしょに居る、だなんて」

「あるいはお母さんの自由意志で、じゃなくて。嫌な想像だけど例えば拉致監禁の類い。お父さんに脅迫されてお母さんは渋々、彼を実家に上げたとか。そういう可能性は」

「否定しきれない。けれど仮に、いまそういう状況で、なんらかの理由で車が必要になったのだとしたら、ナオッチはわざわざ自分であたしに連絡をしてこないはず」

「そっか。脅すかどうかしてお母さんに電話させるだろうね。たしかに。そのほうが格段にサーちゃんを誘き出しやすいし」

「ナオッチがいま、ほんとに裏田の実家に居るんだとしたらひとりだよ。まちがいなく。だから不思議なんじゃない。どうやって屋内へ上がり込んだんだ？」

「まさかこの寒空の下、家の前で待っているなんてわけでもないだろうしね。そういえばお母さんは今夜は？〈サンステイツ隈部〉に居るの？」

「どうかな。存外、誰かいいひとのところにお泊まりだったりして」

「ひとり娘のくせに。母親が大晦日をどこで誰と過ごしているのかも知らないの」

「そう言うオッキーだって。妻のりんちゃんが今日、どこで誰といっしょに居るかとか、ちゃんと把握してる？」

「もちろん。今夜は猫カフェ仲間さんたちとカウントダウン・パーティー」

「猫ちゃんたちにいっぱい囲まれて？　そりゃあ至福のひとときだ」

人間に対するのと同次元の愛情を動物に注ぐひとたちのことを表す、ズーフィリアという言葉がある。厳密な定義についての議論はさて措き、周囲の関係者からいろいろ話を聞いているとどうも、りんちゃんこと興津凜花はそのタイプらしい。

愛猫家。猫マニア。いろんな呼称があるけれど、りんちゃんの場合、単なる猫好きには留まらない。「好き」というより「愛している」が実情のようだ。

そのりんちゃんがいま、めろめろなのがメイズ。興津夫婦の職場〈オキツ歯科〉がテナントで二階に入っている〈ＭＡＺＥ・ビル〉周辺を根城にしている、ころころ丸っこい黒猫だ。
　野良猫なのだが、拠点の雑居ビルに因んだ名前をつけられていることからも察せられるように近辺の住民や通行人たちにとってはマスコット的存在で、特にりんちゃんのメイズへのご執心ぶりは些か度を越している節もある。オッキーによれば、出勤時と退勤時にこの黒猫をもふもふ可愛がる、それだけを楽しみに彼女はお仕事をがんばっている。否、日々をサヴァイヴァルしているんだとか。

　まさに人生の糧そのもの。もしもメイズが居なくなったりしたら、りんちゃんは悲嘆のあまり、もうなにもできなくなってしまう。決して冗談でも誇張でもなく。少なくとも立ち直るまで相当の時間がかかるのは確実。って。え。そ、そこまで？

　そこまで好きなら、いっそメイズを自分ちで飼えばいいじゃん。当然そう思うわけだが如何せん、現在オッキーとりんちゃん夫婦が住んでいる〈コーポ天華寺〉はペット不可のマンションなのだという。

　おいおい。なにやってんだ、オッキーったら。住居選びのときは自分以上にパートナーの事情をちゃんと考えてあげなきゃ。いまどきペット可の物件なら、いくらでもあるだろうに。猫を愛する妻が可哀相じゃないか。と思いきや。

　いつだったか、その話になって。なんつー思いやりのない夫なんだアンタは、信じられんわ、とオッキーを責めたてていたら、なんとも意外な答えが返ってきた。

「そもそもいまのマンションって、ペット不可という条件で敢えて選んで入居したんだ。それもぼくの、というよりもむしろ、りんちゃんの希望で」

はあ？　え。どういうこと？　それじゃありんちゃん、この先、どれほど可愛い猫ちゃんとのすてきな出逢いがあったとしても、おうちへ連れてこられないじゃん。それとも、夫婦の人生設計として将来的には広い戸建てに引っ越す予定だからペットはそれまではお預け、ってこと？

「いや、全然。これからどんな家に住もうが関係ない。りんちゃんは、メイズに限らず、猫を自分の家族として迎え入れる意思はないんだ。少なくとも、ぼくと夫婦でいるあいだは、ね」

えと。え。どゆこと？

「りんちゃんがペットを飼える環境を手に入れるときって、その猫を自分の人生のパートナーにするって決めたときなんだ。ね。判るでしょ。そしたら夫は、つまりぼくは要らなくなっちゃう。そういうこと」

って。いや、もしもし。あのね。判るでしょ、とか自明の理の如く言われましてもね。意味不明なんですけど。全然。

「だから、マンションか戸建てかを問わず、彼女がペット可の家へ引っ越すとしたらそれは、ぼくとは別れるということなんだ。法的に離婚するかどうかはそのときになってみないとなんとも言えないけれど、少なくとも彼女の連れ合いは、ぼくではなくなる。その猫に彼女のパートナーシップは移る。そういう取り決めなんだ」

そんなことで。いや、そんなことでという言い方は問題があるかもしれないが、ともかく。そんなことで終了確定の仲なの？

人間にしろ猫にしろ、カップルのいっぽうが別のパートナーを得ることで終止符を打たなければならなくなる関係性自体は、さしてめずらしくないケースだろう。けれど将来的な離別そのものを前提として結婚しているのだとしたら、あなたたちがいま夫婦でいる意味ってあるの？　と。そう疑問を抱くのは、多分あたしだけではないはず。

世間一般的にも「そもそもアンタたち、なんで結婚なんかしたの？　そんな必要、あったの？」という反応が、まずまちがいなく多数派を占めるだろう。

それに対するオッキーの答えは、ただひとこと。「少なくとも現在の自分たちは夫婦でいたいと、そう望んだから。りんちゃんも、そしてぼくも」

お断りしておくが、あたしはこういう禅問答まがいの屁理屈（へりくつ）を完全に理解できるふりをする趣味はない。なのでオッキーのご高説は正直「なんじゃそら」と思う。というか、そうとしか思わない。ごめん。悪いけど。

もちろん、いろんなかたちがあっていい、とも思う。夫婦に限らず人間関係っていうのはね。ひとそれぞれの価値観に裏打ちされた人生なんだから。こちらの物差しでああだこうだと批判するほど偏狭ではないつもりだ。ただ理解はできません、ってだけで。

いろいろ話を聞いているとどうも、りんちゃんのそういう独特の価値観ってご両親の影響をかなり受けている節がある。人間関係におけるお互いの距離の取り方、という意味において。

りんちゃんのご両親、山名（やまな）さん夫婦は別居婚で、旦那さんは地元在住だが、奥さんのほうは高和から遠く離れた北海道は帯広で、息子さん夫婦と同居しているという。息子さんというのは、りんちゃんのお兄さん。この家族のあり方をどう解釈するか。それはもちろん、ひとそれぞれ。あたしは単純だから、りんちゃんのお兄さんって重度のマザコンなのかな、と思う。普通ならそう解して、それで終わり。

なんだけど。ひとつ、気になる点がある。それは、りんちゃんのお兄さん、山名日名人(ひなと)はオッキーと同級生で、中学高校を通じてかなり親密な間柄だったらしい。オッキーがりんちゃんと結婚したきっかけって親友の妹だったから、という側面も少なからずあるんじゃないか。そんな気がする。

りんちゃんがオッキーと法的に夫婦という関係を選択した理由って、彼と遠方に住んでいるお兄さんとの絆(きずな)の橋渡しになってやるため、だったんじゃないかなあと。極端な想像だけど、あながち的外れとも思えない。

だって明らかに、りんちゃんをオッキーとつなげているものは性愛ではない。それは単に夫とはセックスレスだとか、そもそも彼女はいわゆる無性愛、Aセクシュアルだからという意味に留まらない。

セックスがその関係性になんの意義ももたらさないカップルというのはなにも、りんちゃんとオッキーの専売特許ではない。その上で、なぜ敢えて夫婦というかたちを採用するのかは極めて個人的領域かつ繊細な問題で、軽々に語るわけにはいかない。が、多分りんちゃんがご両親からいちばん影響を受けているのがこの関係性の距離の取り方なんだろうな、という印象をあたしは受ける。

だからこそ、りんちゃんのお兄さんもきっとただのマザコンではないんじゃないかと。そんな気がしてならないのだが、ここら辺りは我ながら論理の飛躍がある。はっきり言って自分でも混乱している。

本音を言えばあたしは一度、きっちりとオッキーに説明してもらいたいのだ。「ねえ、結局のところ、あなたとりんちゃんの関係って、なに？」と。なるべく平易に、判りやすく。だけど、できない。

そんなふうに好奇心丸出しで詮索するのはプライヴァシー侵害や野暮という以前に、なんだか奇妙な敗北感に襲われそうな予感がするのだ。禁断の質問を発したが最後、あたしはもう一生、りんちゃんやオッキーと同じ土俵には上がれない、みたいな。予定調和的な疎外感とでも申しましょうか。自分でもなに言ってんのかよく判らないけど。そんな幼稚な猜疑心を抱くこと自体がよほど無粋そのものなんじゃないの、って議論はさて措き。

そういう意味では先刻の、オッキーが自分の妻の大晦日の動向を把握しているか否かという質問も、ほんとは野暮の極みだったかもしれない。まあ、深く考えなくてもだいじょうぶかな。もとはといえばオッキーのほうからあたしに、ママの居場所も知らないの、みたいな挑発をしてきたわけだし。うん。これについてはお互いさま。

そうこうしているうちにあたしたちは実家である裏田家へ到着。洋風の二階建て。

お祖母ちゃんの裏田豊子は特養ホームへ入所するよりもだいぶ前から運転は止めているので、玄関横のカーポートは空っぽ。

だけど一階の和室の窓に、間接照明のものと思われる蒼白い明かりがぼんやり灯っている。どうやらナオッチはあたしをかついだわけではなく、ほんとうに山形から、こちらへ来ているようだ。

一旦家屋の前を通過。オッキーはハンドルを切り返し、バックで軽ワゴンをカーポートへ入れる。と、そのとき。

まだ停車し切らないうちに玄関ドアが開いたかと思うや、ぬっと黒いひと影が現れた。車のバックライトに浮かび上がったマスクを着けていないその顔は、まぎれもなくナオッチこと染谷直道。あたしの父親だ。

「おい。どういうことだこれは」

エンジンが切られるのを待って助手席のドアを開け、地面に足を降ろしたら、いきなりそんな怒声がこちらへ飛んできた。

近所の耳目をはばかってか低く圧し殺した囁き声だが、それだけにいっそう品がない。運転席から降りるオッキーにも、ヤツは不躾けに指を突きつけてくる。

「誰だこいつは。どこの馬の骨だ。おい。朝陽。こんなやつ、連れてきていいと、おれは言った覚えはないぞ」

ぎゃんぎゃんまくしたててくる我が父は、美容師という職業柄、身なりこそ小ぎれいだが歪んだ表情、野卑な口吻がすべてを台無しにしている。これで普段は甘ったるい声音でお追従しながら、どこぞの有閑マダムのカットやらカラーリングやらを施しているんだろうなあと思うと、しらけるばかり。

「行くよ、俊輔くん」

あたしは敢えてオッキーを下の名前で呼んでみせた。

「え」

「帰ろ。さ。かえろう帰ろう。こんな失敬千万なおっさんの相手になってやるほど、うちら、ヒマじゃないもんね。さ。帰って、エッチの続き、しよ」

「ちょ。朝陽、ちょっと、おまえ」

慌てて駈け寄ってくるナオッチ。声を低く抑えることも忘れている。

「待てよ。おい。まてったら。話を聞け。聞いてくれって」

「ごめんなさいは？」

「はあ？」

「いいおとななんだからさ。話をしたいのなら先ず自分の非礼を詫びればどう。ひとの彼氏をつかまえて馬の骨とか、こんなやつ、たあどういう了見だ。え」

「お、おまえ、いつからそんな口の」

「土下座しろとまでは言わないから、さっさとその無駄にお洒落なカットの頭、下げたらどうなのよ。え。できない？　あそう。さよなら。おやすみ」

「ま、待て。朝陽。待ってくれ」

「気安くさわるな」

痴漢だと大声で叫んでやるぞと威嚇しようとしたら、ふわッと急にナオッチのシルエットが下のほうへ沈み込む。

「わるかった。ほんとに悪かった。このとおりだ。ゆるしてくれッ」

がばッと両手をついてひれ伏すや、額を地面に擦りつけているナオッチの姿に、ぽかーん。毒気を抜かれてしまった。土下座という単語を持ち出したのはもちろん、こちらとしてはただのレトリックのつもり。

なのに、こんな。なりふりかまわず、ほんとにやっちゃうとは。夢にも思わなんだ。

父よ、どうした。ご乱心。どうやらこちらの想像以上に逼迫しているらしいが。

いったいなにごとだろう。いきなり呼びつけられた腹立たしさよりも、そんな好奇心のほうが初めて勝ってきた。

「と、とにかくなかへ。な。家のなかへ。頼む。な。早く」

こちらの胸中を見透かしたのか、気が変わらないうちにとばかりに、あたしとオッキーを急かす。

「なかへ入ってくれ。とにかく」

「おっと、その前に。どうやってこの家に上がり込んだの。まさかとは思うけれどドアの鍵を壊したり、窓ガラスを割ったりしたんじゃないでしょうね」

「ちがうよ。ちゃんと鍵で」

「その鍵をどうやって手に入れたの」

「ひ、博子から」

「え。ママ？　嘘ッ。いつ？」

「い、いや。会っていない。博子には会っていないんだ。少なくとも直接会って、手渡してもらったわけじゃなくて、その」

めんどくさくなったみたいに、ぶんぶん両腕を振り回す。「ちゃんと説明する。後でちゃんと説明するから。とにかく入ってくれ。なかに。早く」

家の外から見えていた和室の間接照明の光が薄ぼんやりと、玄関口の廊下まで伸びてきている。それを頼りに進み、指し示されたのは和室の向かい側に在るリビングだ。

ドアが妙に中途半端に開いている。なかは真っ暗である。

「とりあえず、その」

リビングの入口から内部へ上半身を突っ込む体勢でナオッチは、電灯スイッチがあるとおぼしきほうへ腕を伸ばす。

「とりあえず見てくれ。だけど絶対、ぜ、ぜったいに声は出すな。驚かないでくれ。いいな。判ったな？」

驚くな、と警告されるまでもなく実は、こちらの心の準備はある程度、出来ていた。

なぜならリビングのなかはたしかに真っ暗だったけれど、その出入口周辺の床へと向かって和室から間接照明の仄かな光が廊下を、川を渡る小舟のように伸びていて。

その薄明かりのなかに浮かび上がっていたからである……横たわった女性の身体とおぼしきシ

ルエットが。

「なにこれ」

あたしがそう声を上げるのと、ナオッチがリビングの電灯を点けるのがほぼ同時。

「ていうか、誰？」

体育座りをしようとしてよろめき、後ろ手に受け身をとろうとして失敗し、結局転んでしまったかのような恰好で仰臥しているのはジーンズにブルゾン姿の女性。

マスクは着けていない。まだ若そうだ。あたしよりも歳はちょっと上くらいか。三白眼で天井を睨み上げるその顔は石膏で固められたかのように、ぴくりともしない。

「誰なの」

「知らない」

「はあッ？」

「い、いや、たしか」

呻くように声を絞り出すナオッチ。「たしか、その。たしか、カガミ、とかなんとか。マユミとかアユミとか。そんな名前」

2

〈隆夫〉

「幽霊を見たことがある」というひとは、具体的な人口比率的数字はともかく、けっこうたくさんいるんじゃないかと思う。

ひとことで幽霊といっても、まあ、いろいろある。

自分の家族や親戚、友人、知人など生前の交流が深ければ深いほど夢枕に立ってくる割合も高くなるような気がする。

もちろんなんの根拠も無い。ただのイメージに過ぎないし、いわゆる霊感が強いせいで縁もゆかりも無い赤の他人の亡霊としょっちゅう遭遇してしまうというケースも多分、あるのだろう。

いずれにしろ、あなたが「幽霊を見た」と言うとき、そこに居るのは他者、すなわち自分以外の何者かの霊であることに変わりはない。あたりまえといえば、これ以上ないくらいあたりまえだ。けれど。しかし。

しかしいま、おれが目の当たりにしているものはちがう。全然ちがう。

幽霊は幽霊なのだろう。それはまちがいない。なにしろ、ふわふわ宙に浮いている。すぐ眼前の道路沿いを流れる天華川に架けられた、天華橋という橋。その欄干に寄り添うような恰好で。

〈コーポ天華寺〉の四階に居るおれを見上げてくるその蒼白い姿は、天華橋本体の上ではなく、川の水面（みなも）の数メートル上、ちょうど欄干と同じ高さを滞空しているのである。

ゆらり、ゆらりと。重力の法則というものを、いともあっさり無視して。

通行人の誰ひとりとして、この異常事態に気づく様子はない。

どうせテレビドラマとかCMの撮影かなにかだろうと気を回し、見て見ぬふりをしているわけではない。ベビーカーを押しているコート姿の若い女性だけならばその可能性も完全に排除できないかもしれないが、彼女の数歩前をとことこ歩く未就学児とおぼしき女の子までもが、そんな変なおとなの事情を忖度（そんたく）するとは思えない。王さまが裸ならば遠慮なく、あのオジサンはハダカだよと騒ぎ立てているだろう。

なのにそこにはなにも存在しないが如く、母親とおぼしきコート姿の若い女性を先導するかのように真（ま）っ直（す）ぐ橋を渡ってしまったのは、欄干の向こう側でゆらゆら浮遊している人物をまったく視認していないからに他ならない。おれの眼（め）にはこんなにもくっきりと、見えているにもかかわらず。

いまの時刻は午後三時半。辺りは、まだ明るい。けれど、それが幽霊であることは疑い得ない。

霊感なんてものとは本来無縁のはずのおれがこれほど、はっきりとしたかたちで心霊現象を体験するというのも驚きだが、それ以上に衝撃的な事実がある。

欄干の傍らに浮かんでいる中年男性の幽霊はどう見ても山名隆夫（たかお）……他ならぬこの、おれ自身なのだ。

「りんちゃん」

背後から、そう声がかかった。「だいじょうぶ？」

ゆっくり首を巡らせるおれの肩越しに、じっとりこちらを凝視してくる興津俊輔と眼が合う。

おれの娘、興津凜花の夫だ。

ぴんと糊（のり）の利いた白いワイシャツに黒いネクタイを締めながら、彼はリビングを通り抜け、こちらへ歩み寄ってくる。スリッパを履いてベランダへ出てくると、おれのすぐ横に立った。

手摺（てす）りの向こう側へ視線を戻すおれの動きにつられたのか、俊輔も身を乗り出し気味に川のほうを見下ろす。

「ほんとに、お義父（とう）さんにいったい」

結び方に気に入らないところでもあったのか、一旦締めていた黒ネクタイをほどいて、彼は溜息をついた。そのまま黙り込んでしまう。

「いったい」の後には多分「なにがあったんだろう？」とでも続けようとしていたのだろう。つまり「あの橋の上でいったい、山名隆夫の身になにが起こって、彼は命を落とすことになってしまったんだろう？」という意味だ。が。

父親の不慮の死という過酷な現実に直面している妻にいま、そんな問いかけをしても詮ないことだと思いなおしたのだろう。

そう。俊輔は自分の傍らに居る女性は凜花であるという前提で、おれに接している。といっても当方が現に彼女の姿かたちをしているのだからそれは当然で、表面は妻の顔であっても中味は別人格かもしれない、などと疑うほうがむしろおかしいわけだが。

「いま、居るの？　橋の上に」

ぼそりと、そう呟く俊輔。

それが独り言ではなく、おれへの質問であったことに気づくまで、たっぷり数秒間ほども要した。

「え？」

「りんちゃん、見えているんでしょ、いま。お義父さんのこと？　やっぱりあそこに。橋の上に居るの？」

川の水面から数メートル上に浮かぶ自分自身の亡霊を再度確認しておいてから、おれは俊輔に向きなおった。

「ひょっとして、き。いえ。あなたも。シュンくんも？」

凜花の声帯を使って発した言葉を彼女の頭蓋内での振動として受けたせいなのか、聞き慣れているはずの娘の声にもかかわらず、なんとも違和感を伴う響き。

加えて、いくら本来の夫婦間の慣習と空気感を取り繕うためとはいえ、おれにとっては娘婿である彼を「シュンくん」と呼ばなければならない居心地の悪さといったら。

「いや。いやいや、ぼくは全然。そういうのはまったく見えないひとだし。でも、りんちゃん、さっきからずーっと、あっちのほうを見下ろしているから。多分そうかな、と思って。ちがってた？」

「ううん、ちがわない。お父さん、あそこに浮かんでいる」

改めて考えると異常なやりとりだ。

凜花が霊視できる質（たち）であることをさも自明の理の如く語る俊輔の口ぶりにもちょっと戸惑ったが、そちらはさほど驚きではない。霊感とはまったく無縁の父親とは対照的に、凜花は小さい頃からいろいろ見えてしまう娘だった。

成長し、結婚してからもそれは変わっていないのだろう。どうやら母親のほうの血筋らしく、妻の由紀江（ゆきえ）によれば「あたし自身は全然なんだけど、母がけっこうそういうものを見てしまうひとだったみたい。だから隔世遺伝なのかもね」とのことだが、それはともかく。

一週間ほど前に天華橋から川へ転落して不慮の死を遂げた山名隆夫の幽霊が見える、と凜花は夫に語っている。

その凜花の身体のなかに入っているのは他ならぬその隆夫、すなわちこの、おれの人格なのだ。この異常事態をいったいどんなふうに受け留めたものか。正直、頭がおかしくなりそうだ。

「無念なんだろうね、やっぱり」

娘の体質のせいで、人生初体験の霊視の対象がよりにもよって自分自身の亡霊となってしまったという悲喜劇の苦味を噛みしめていたおれは一拍、反応が遅れた。

「なんのこと？」

「お義父さんだよ。だって本物のお義父さんは、本物って言い方もあれだけど、とにかくいま、斎場のほうに居るわけじゃん」

一旦ほどいていた黒ネクタイを俊輔は憶い出したように締めなおし始めた。「なのに、そっちじゃなくて、あそこに現れるのはさ。よっぽどの想いを残して亡くなられた、ということなんだろうなと」

そういえば、凛花が小学生か中学生の頃に「幽霊ってね、お墓じゃなくて、そのひとが死んだ場所に居るものなんだよ」とか言っていたっけ。

「そりゃそうだよね。このマンションへやってくる途中で何者かに襲われ、橋から突き落とされることになるなんてお義父さんも夢にも思」

「なぜ判る？」

「え？」

「なぜそうだと判る？　あなた、なにか知っているの？」

眼をぱちぱちしばたたく俊輔以上に困惑しているのは、おれのほうだった。

「ごめん。なんだか変なこと言っちゃった。忘れて」

「いや。ぼくのほうこそ。ごめん。そうだよね。お義父さんのあれは不幸な事故だったわけで。うん。刑事っていう仕事が仕事だから、誰かに怨まれていたんじゃないかとか、つい剣呑で極端なことを妄想しちゃった」

かんちがいで自己解決してくれたのだからほっておけばよかったのに、つい「そうじゃなくって」と口走ってしまうおれ。

「父がここへ来ようとしていた、って。どうして判るの」

「は？」

眉根を寄せるが、ネクタイを締める手は止めない。「どうして、って。いや。この界隈(かいわい)でお義父さんが用のある相手って、りんちゃんしかいないでしょ」

「そうかな」

「この辺りにお義父さんの知り合いが住んでいるとか、懇意にしているお店があるとか、聞いたことないけど。少なくともぼくは。りんちゃんは？」

おれは首を横に振ってみせる。それに呼応するかのように、俊輔の表情から緊張が緩んだと見えたのは、気のせいか。

「じゃあやっぱり、りんちゃんに会うつもりだったんじゃないかな」

踵(きびす)を返すとスリッパを脱ぎ、室内へ戻ってゆく俊輔。「なんの用だったのかは、判らないけど」

「なんの用だったかはともかく、あたしに会うためではなかったことはたしか」

「ん。え？」

室内用スリッパのぱたぱたという足音とともに、俊輔の声は遠のいてゆく。「なんて言ったの？」

「なんでもない」

そう答えたおれは、そっと独りごちるように付け加えた。「あの夜、凜花はここには居ないことを、おれは知っていたんだ」

娘の声で発する「おれ」はなんだか間が抜けているようでもあり、ひどく禍々(まがまが)しく響くような気もした。

「娘が留守だと承知のうえで、ここへ来ようとしていたんだから。その目的は、ひとつしかないに決まっているだろ。おまえだよ。おまえがあの染谷博子という女と、いっしょに居るんじゃないかと思って」

「ねえ、なんだって？」

黒いスーツの上着に腕を通しながら俊輔はリビングへ戻ってきた。「ごめん。よく聞こえなかった。なんて言ったの？」

おれは無言で川のほうを振り返った。亡霊は相変わらずそこに居る。

リビングへ戻り、ベランダへ出るガラス戸を後ろ手に閉めた。そんなおれに俊輔は、ちょっぴり聞こえよがしに嘆息してみせる。

「そろそろ着替えたほうがいいよ。時間はまだ、あるっちゃあるけどさ。ほら。お義母(かあ)さんやお義兄(にい)さんたちの手前、あんまり遅くなるのも如何なものかと。向こうは北海道から駆けつけてきているんだし。えと。黒のフォーマル、ちゃんとクリーニングに出しておいたよね？」

二〇二二年、一月十七日、月曜日。これから山名隆夫、すなわちこのおれの通夜が営まれる。

前年の後半、一年遅れの東京オリンピック・パラリンピック２０２０が終わった後、国内で鎮静化傾向にあった新型コロナウイルスが再びオミクロン株によって猛威を振るい始めている現状に鑑(かんが)み家族葬で。こぢんまり、ひっそりと。

＊

ここで一旦、時計を一週間ばかり前に巻き戻そう。

二〇二二年、一月九日。日曜日。翌日に成人の日を控えた三連休の中日。

「新年早々、なんだか嫌な予感がするんだよなあ」

移動中の覆面パトカーの助手席でおれがそうぼやいたのは別に、この日の夜に自分が死ぬ未来を予見していたからではない。

元日に発見された女性の変死体事件の捜査が手詰まり状態なのだ。初動がさほど悪かったとも思えないのに、一週間以上経過してもいっこうに進展がない。

この手応えの無さ。ひょっとして迷宮入りに直結しているんじゃないか。そんな嫌な感触がまとわりついてくる。その心情はどうやら、隣りでハンドルを操っている同僚の筈尾(はずお)には正確に伝わったらしい。

「奇遇ですね。実はぼくもこのヤマについては同じ危惧を抱いていて。あ。いや別に、洒落のつもりじゃないんで。念のため」

「奇遇」に「危惧」か。そんな地口なんて、わざわざ言及しなければこちらは全然、気づきもしなかっただろうに。

先日、同僚の纐纈(こうけつ)ほたるに、「やっぱり筈尾さんも例外じゃなかったな。四十を過ぎると男って親父ギャグが自然に増えるものなんですねー」と揶揄(やゆ)されたのを未だに引きずっているようだ。

「よっぽどこたえたようだな、この前の彼女のひとことが」

「薄々ながら自覚があっただけに。肺腑を抉られました」

「なあに、だいじょうぶさ。まだ」

「なんです。まだ、って？　だいじょうぶ、ってなにが」

「無意識に言っちまってるわけだろ、駄洒落なんてものは」

「あれとこれは、あ、語呂が合うなと。ぱっと閃いちゃったら、つい。はい」

「その場の思いつきをさほど深く考えもせずに口にする。それがフツーの人間ってものだからおまえさんはまだ、だいじょうぶだよ。これがもしも事前に練習してくるようになったら、終わってるけどな」

「事前に練習？　駄洒落を、ですか」

　鼻の下にずれ気味の感染防止用マスクをなおしながら、ぷッと噴き出す。「いるんですか、そんな暇なひと」

「おれの親父」

「マジで？　えと。館長さんでしたよね、たしか。郷土歴史博物館の」

「面談する相手に合わせて適当な逸話を用意し、その落としどころまできっちり作り込んでおく。凝り性っていうと聞こえはいいけどさ。聞かされるほうはたまらないぜ。ひとつやふたつならまだしも、リハーサルしてきたネタはとりあえず全部披露するまで解放してくれないんだから。しまいにゃ脱力のあまり脳が溶け出す」

忍び笑いとともに筈尾はハンドルを左に切った。国道から外れると、やがてフロントガラスの向こうに田園風景が拡がる。

「奥さんが死んで、やもめ暮らしになった途端、鳴りをひそめちまったけどな。これがほんとにあの親父なのか、別人なんじゃないかと眼を疑うほど静かになって。周囲の迷惑もかまわずお盛んだった女性関係も、ぱったり沙汰止み。やんちゃの過ぎる現役時代はただもう鬱陶しい父親だった。が、そんな晩年は晩年でちょっと寂しかったっけ。っていうのはまあ、死んじまったからなんとでも、きれいごとを言えるわけだが」

「先立たれた奥さま、というのは。山名さんのお母さまではなくて」

「親父の後妻」

「そうでした。たしか、お父さまの最初の奥さまが、山名さんの実のお母さま、というお話でしたっけ」

正確には故・山名佐和は亡父、山名宗太郎の三番目の妻で、二番目がおれの実母なのだが。ここでそんな厳密な訂正をしてもしょうがない。

「犯罪も同じかもしれませんね」

「なんだって?」

「犯罪っていうか、要するに悪いこと全般。その場で急に思い立って衝動的にやらかしてしまうのは、だからって赦されるものではないにしろ、事前に入念に計画しておいてからことに及ぶよりは、まだ人間臭いと言えるのかも。みたいな」

「被害者の立場にしてみれば、どっちのほうがまし、って話でもないけどな」

「そういうことですよね」

「今回の事件の犯人は、どっちなんだろ。ぱっと見、衝動的な犯行という印象が強いような気もするが」

「摑みどころがないというか。なんだかちょっと嫌あな感じはしますね」

と、ここでやっと「新年早々、嫌な予感がする」という、そもそもの慨嘆へと話題が舞い戻ってきた次第。

「ここらでひとつ、なにか有益な証言でも得られるとありがたいんだが」

「お。あれですね、どうやら」

筈尾の視線を追うと、小ぎれいな平屋の建物が見えてくる。和洋折衷タイプ。周囲の田圃や畦道のなかに在って、浮いているというほど場ちがいではないものの、格段にお洒落なたたずまい。

Up in Tea Valley という横文字が記された扁額。玄関ドアには『準備中』のプレートが掛けられている。古民家を改装した無国籍レストランらしい。

「アップ・イン・ティ・ヴァレイか。経営者の名前をそのまま英訳したんだ」

遊休農地を埋め立てたのだろうか、妙に無粋にコンクリートを敷きつめた趣きの駐車場にセダンがぽつんと一台。その隣りに筈尾は覆面パトカーを停めた。

「あ。オーナーシェフの名前が上茶谷さんというんだそうです」

筈尾がそう注釈を入れてくる。それでようやく自分が無意識に首を傾げていたことに気がついた。おれはなぜだか経営者の名前がオノとかホソノの類いの苗字（みょうじ）だと思い込んでいたため「名前をそのまま英訳」のくだりに戸惑ったのだ。そんな様子を見て取り、すかさずフォローしてくれたというわけ。

こういうのも阿吽（あうん）の呼吸というのか、以心伝心なのかはともかく。相変わらず勘のいいやつだ、筈尾は。ひょっとして読心術の心得でもあるんじゃないか、と半ば本気で疑ってしまうくらいに。

「今回の情報提供者である小園（こぞの）さんは、そのお嬢さんだそうで」

運転席と助手席のドアの開閉音が合図だったかのように『準備中』のプレートを揺らして、建物の玄関ドアが開く。

現れたのはロングカールの髪をピンク色に染め、同系色のエプロンを着けた女性だ。こちらに微笑（ほほえ）みかけながら、やはりピンク色の感染防止用マスクを装着する。

少女趣味な服装も相俟（あいま）って小娘のようなイメージが先行していたのが、マスクを着けた途端、老け込んだは言い過ぎだが、四十がらみっぽい印象に変わる。

「警察の方？」

筈尾とおれを交互に見るたびに、そのピンク色のマスクが鼻息で膨らんだり萎（しぼ）んだり。

「ですよね。お忙しいところ、どうも。さ。どうぞお入りください」

招き入れられた店内は、向かって左半分がオープンキッチン。右側には四人掛けのテーブルが四脚と、わりとこぢんまりした家庭的な雰囲気。

「お電話をくださった、小園手鞠さんですね？」

オーナーシェフの長女でマネージャー、「手鞠」と書いて「まり」と読ませるのだという。

「お忙しいところ、お時間をいただきましてありがとうございます。県警の筈尾と申します。こちらは山名」

大企業の営業職並みに、そつなく頭を下げる筈尾。「実は去年でしたか、こちらのお店がテレビで紹介されているのを、たまたま拝見いたしまして。ええ。ずっと来てみたい来てみたいと思いつつも、なかなか時間的余裕もなかったのですが。こうして期せずして念願が叶(かな)いました」

テレビ。そのひとことが記憶を刺戟(しげき)する。そういえばこれは偶然だが、おれもその番組を観たはずだ。そして、なぜだかそれはひどく重要なことのような気がした。が、とっさには、はっきりせず。もどかしい。それはともかく。

筈尾の立て板に水の如き社交辞令に押し流されるかのように、小園手鞠の眼は細められるいっぽう。実際このレストランは、ランチもディナーもコースのみの完全予約制で、コロナ禍以前は連日満席の盛況だったというから大したものだ。

ただ昨年の秋から新規感染者ゼロを保ってきた高和市も、年明けからそろそろオミクロン株の影響が出てきそうな気配なので、この業界もたいへんだろう。

「いろいろ落ち着いたら、今度はぜひプライベートで、お食事にいらしてください。お待ちしております」

マスクの下で満面の笑みを浮かべているであろう小園手鞠に勧められ、透明アクリル板に仕切られたテーブルについた。

「早速ですが、こちらをご覧いただけますでしょうか」

笘尾はアクリル板の下の隙間から一枚のカラーコピー紙を押し滑らせる。遺体といっしょに発見された、被害者のものとおぼしき運転免許証の写しだ。

「いかがでしょう」

「えと。はい」

コピー用紙を手に取り一瞬、眉根を寄せた彼女だが、すぐに力強く頷いた。「はい、そうですね。昔とはだいぶイメージがちがうけど、あたしの知っている各務愛弓さんと同じ方です。まちがいないと思います」

「具体的には彼女と、どういうご関係だったのですか」

「たった一年足らずのあいだでしたけれど。あたしが家庭教師をしていたんです、愛弓さんの」

「それは、えと。高知で、ではなく」

「東京です。あたしが大学三年生のときだったので、二〇〇八年の春から二〇〇九年の頭にかけて。愛弓さんは高校三年生でした」

小園手鞠は当時、吉祥寺在住。某私立女子大学に通っていたという。

「どういう経緯で、彼女の家庭教師をされることに?」

「学生アルバイト情報で。できれば近場がいいなあと探していたら、お宅が善福寺で募集していたので。問い合わせてみたら、わりとあっさりと」

「では、それ以前に各務さんやその関係者と例えば顔見知りだったとか、そういうことではない？」

「はい。全然」

「小園さんが彼女と交流があったのは、その一年間のみ？」

「正確には十ヶ月ちょっと、かな。二〇〇八年の三月から翌年の一月にかけて。たしか愛弓さんがセンター試験を受ける直前くらいまで、だったから」

「その期間以外で、なにか特に彼女と接触する機会とかは？」

「進学先が山形の大学に決まったという連絡はもらったけど。直接会ったわけではなくて、電話で。愛弓さんの声を聞いたのは多分、それが最後です。以来、十三年」

「まったく音沙汰なし？」

かっくん、かっくんと音がしそうなくらい大きく何度も頷く。「年明けのニュースを観て、びっくりしました。ていうか、報道された名前の字面を見てすぐに憶い出した自分にいちばん驚いたかも。発見された遺体は各務愛弓さん、って。え？　まさか、あの愛弓さん？　同姓同名？　でも三十一歳という年齢も合っているし。やっぱりそうだ、と確信して。警察に連絡させていただいた、というわけなんです」

「被害者が、ほんとうにご自分の知っている各務愛弓さんなのかどうかを確認するため、ですか」

再び頷く小園手鞠の眼は、顔の下半分がマスクに隠れているのも一因だろうが、妙な圧をもってこちらへ迫ってくる。その眼に湛えられている光が、どちらかといえば下世話な類いの好奇の念であることはまちがいなく、それは「愛弓さんにいったい、なにがあったんですか？」という質問にも如実に滲み出ている。

つまり小園手鞠が今回、警察に連絡してきたのは各務愛弓に関する情報を提供してくれるというより、彼女のほうが己れの野次馬根性のおもむくままに、こちらから詳細を引き出そうとしている。そう解するほうが、おそらく真実に近い。

「我々も現時点では、なにも知りません。ニュースなどで報道されている以上のことはなにも、ね」

腹の底でなにを考えているかを容易に窺わせず、表面上はあくまでも温和な筈尾。「だからこそ、こうして詳しいお話を伺いにきたわけでして」

「死体遺棄事件として捜査中だそうだけど、誰かに殺されたんですよね、愛弓さんは。頭を殴られた痕がある、とニュースでも言っていたし」

忙しなく筈尾とおれを交互に見る。「そもそも愛弓さん、どうして高和くんだりまで来ていたんでしょう？　まさか、あたしが知らないうちに移住されていたわけじゃありませんよね？」

許可を求めるかのように横眼でこちらを窺う筈尾におれは、そっと頷いてみせた。彼女の好奇心を、ある程度は満たしてやったほうが、こちらもなにかと話を引き出しやすくなるだろう。

「現在判明している各務さんの生前の足どりですが。高和へは昨年の十二月三十一日、つまり大晦日の午後に、名古屋の小牧空港から飛行機で来ています」

「名古屋にお住まいだったんですか？　苗字変わっていない、ということは、お独りだった？」

筈尾は頷いた。「派遣社員で某化粧品会社にお勤めでした。が、コロナ禍の煽りを受けてか、昨年はずっと実質的に失業状態だったようです」

「じゃあ高和には例えば、就活にきていたとか？　大晦日にわざわざ、というのも変な気がするけど」

「愛知県警によると、各務さんの高和行きのことを知っていた地元関係者は、いまのところいないようです。東京のご両親も、年末年始は名古屋で巣籠もりするつもりだと聞いていた。それが、デルタ株が多少落ち着いてきた時期とはいえ、このご時世になぜわざわざ縁もゆかりも無いはずの高和へ行ったりしたのか。なんの心当たりもない、と」

「でも実際こうして飛行機に乗って、やってきたんだから。なにかあったんでしょうね、用事が。意外に観光目的とか」

「それならば、どこかに宿を取っていたはずだ。しかし、いま市内のみならず県内のホテルや旅館、民宿などをしらみ潰しに調べていますが、各務さんが宿泊の予約をしたと思われるところは見つかっていない」

「予約なしで、どこかに飛び込みで泊まるつもりだったのか。それとも」

「どなたか泊めてもらえる当てでもあったのか。しかし各務さんの知り合いがこちらに在住、もしくは滞在しているという情報はまったく得られていない。というか、得られていなかったのです。こうして小園さんから捜査本部のほうにわざわざご連絡をいただくまでは、ね」

「なるほど。え。いや、待ってください」

掲げた右掌といっしょに首を横に、車のワイパーもかくやとばかりに振りたくる。「あたしは、ちがいますよ。ちがいますちがいます。愛弓さんがもしもこちらで誰かに泊めてもらえる当てがあったのだとしても、それはあたしじゃありません。ええ。さっきも言いましたけど、愛弓さんとはこの十三年、まったくの音信不通で」

「携帯電話にお互いの電話番号とかメールアドレスとか、残していない？」

「二〇〇八年当時、高校生だった愛弓さんがケータイを持っていたかどうかは知らないけど。少なくともあたしは彼女と、そういう個人的なやりとりはしていませんでした。必要な連絡は、もっぱらご両親とご自宅の固定電話で。はい」

「各務さんが、なぜ縁もゆかりも無いはずの高和へ来ていたのか、その理由はともかくとして。きっかけとなったのは小園さん、あなただったのかもしれませんよ」

それまで質問役はずっと筈尾に任せていたおれが、いささか唐突にそう口を挟んだものだから小園手鞠は少し戸惑ったようだ。まるで刑事がもうひとりそこに居るのに初めて気がついた、とでも言いたげに、ぱちくり眼をしばたたいて寄越す。

「あたしがきっかけ？　って、どういうことです。いえ、そもそも愛弓さんはあたしが高和出身だなんてこと、知っていたかしら。どうもその、ええと、うーん。彼女とそんな話をした覚えはないんだけど」

「彼女は多分、知らなかったのでしょう。昨年までは」

「はい？」

「各務さんの家庭教師をしていた頃、あなたはまだ苗字が上茶谷さんだったんですよね、もちろん。その後、ご結婚されて小園姓となり、ご尊父の経営するレストランをご主人といっしょに手伝われているということを、ずっと疎遠になっていた各務さんはまったく知らなかった。これまではね。それが昨年、ひょんなことから、かつての家庭教師の近況に接することになる。それは」

「そっか、なるほど。テレビだ」

答えをこちらが明かす前に自分で思い至れたのが嬉しいのか、腰を椅子から浮かし加減に身を乗り出してくる。「そうだ。『ぐるまんクエスト』。あの番組は全国放送だから。きっと、うん、そうか。愛弓さん、あれを名古屋で観て。え。でも」

興奮気味だった声が一転、萎んだ。「でも仮にあの番組を観て、あたしのことを憶い出したんだったら、愛弓さん、事前にこちらへ連絡をくれそうなものだと思いますけど。だって、放送は昨年の十月二十四日の日曜日だったから」

自分の店が全国区となった、言わば記念日だからか、さすがによく憶えている。

「だから、たまたま直前に観たせいでこちらに連絡をくれる時間的余裕がなかった、なんてことも考えにくい。このお店の住所や電話番号もちゃんとテロップで紹介されていた。仮にそれを見逃したとしても、ネットで検索すれば、すぐに判るんだし」

「ですから、ここへ来る理由だったかどうかはともかく、きっかけになったのかもしれない、というふうに申し上げたんです」

「どういうことでしょう」

「たまたまあの番組を観ていた各務さんは、インタビューに応じているお店の女性がかつての家庭教師の方だと、最初は気づかなかったかもしれない。しかし小園さんの下のお名前がテマリと書いてマリと読ませることを知って、憶い出したのでしょう。これによって各務さんの関心は一気に高和市へ惹き寄せられた。具体的にどういう思惑を抱いていたのかはともかく、その目的はかつての家庭教師に会おうというものではなかった」

「あたしに会うのではないとしたら、では、なにを」

「具体的にはともかく、まったく別のことを思いついたのではないでしょうか。だから彼女はあなたには連絡など、いっさいしなかった。あくまでも例えば、ですけど。そんなふうにも考えられます」

「そのまったく別のこと、って。いったい、なんです」

「それは各務さんご本人にでも訊かないことには、なんとも。ね」

「いまひとつよく判らない、というか。納得しかねるのは、ですね」

小園手鞠は腕組みして、首を傾げる。「たまたま観ていたテレビ番組に出ているのがあたしだと愛弓さん、気づいたとしますよね。懐かしく感じたかどうかは別として、それがきっかけとなって、そうだ、高和へ行ってみようかしら、なんて思い立つこと自体は充分あり得ると思うんです」

「はい。そのとおりですね」

「いまのお話ではコロナ禍での自粛期間中、お仕事がままならずストレスも溜まっていたでしょうから。デルタ株が落ち着いているあいだに、ちょこっと旅行でもしてこようかなと。特に高和は、昨年の秋から新規感染者数がひと桁、もしくはゼロがずっと続いていたから。そういう意味でも打ってつけだった。はい。判ります。そこまでは、よく判るんです。けれど」

「各務さんが高和行きを思い立った時点で、あなたに連絡しようとしなかったのはおかしい、と？」

頷きかけた彼女を遮るように、筈尾が指摘した。「連絡は、しようとしたのかもしれませんよ」

「え？」

「どうせ高和へ行くのならついでに、かつての家庭教師の上茶谷さんにご挨拶がてら、そのレストランで食事をしよう。各務さんがそう思いつくのは自然な流れだ。くだんのテレビ番組で公開された店舗情報によると〈アップ・イン・ティ・ヴァレイ〉は完全予約制とのことなので、各務さんはテロップに表示された番号に電話をかけた。もしかしたら予約が取れた日に合わせて飛行機のチケットを買おうと思っていたのかもしれない。しかし残念ながら」

「予約が取れなかった。だから諦めた、と言うんですか？」

「予約が取れたら、実は昔、手鞠さんにお世話になった者ですと名乗ろうと思っていた。けれど取れなかったので結局、言えずじまいになってしまった」

小園手鞠としては一概には否定できないものの、釈然としない気持ちも強いのだろう。マスク越しに、なんとも複雑そうな顰め面が浮かび上がっている。

「例えば、東京でお世話になったことのある各務愛弓という者です、と先ず名乗っておいてから予約に融通を利かせてもらうようにする、とか。そういうことは考えなかったんでしょうか？」

「性格的に気後れしたのかもしれない。あるいはそもそも各務さんにとって、あなたに会うことは高和での最優先事項ではなかった。だからお店の予約が取れないとなったら、さっさと諦めた。そういう可能性もある。というか、そちらのほうが実情に近いのではないかという気もします」

現時点でこれらはすべて単なる憶測に過ぎず、通話記録などが実際に確認されているわけではない。各務愛弓が独り暮らしをしていた名古屋のアパートの部屋には固定電話は引かれていなかったし、彼女のスマートフォンも未だに発見されていないからだ。

「たしかに」

心なしか渋々といった態で頷く手鞠。「愛弓さんは大晦日の午後の便で高和へ来たんですよね？　だったらたしかに、ここへ来るつもりがあったとは考えにくいかも。うちは十二月二十七日から今日まで、ずっとお休みだったんだし」

今日は一月九日だから都合十四日間も休業していたのかと、ちょっとびっくりする。年末年始を挟んでとはいえ、そして新型コロナ禍の折とはいえ、ずいぶんのんびりしているなと訝しんでいると小園嬢、ちょっと切なげな声色になった。

「父がこのところ、体調があまり芳しくないので。なるべく無理をさせないようにしているんです。まあそのお蔭で、というのも変だけど、ずっと不義理していた夫の実家で、ひさしぶりに年末年始をゆっくり過ごせたのは怪我の功名だったかなと」

言い訳がましいというほどではないが、さっさと切り上げたい話題であるという本音はその口吻に滲み出ている。

「わざわざ大晦日に来て、しかも宿も取っていなかった、なんて。愛弓さん、高和にはどれくらい滞在するつもりだったのかしら？」

なにか思うところでもあるのか、小園手鞠はにじり寄るようにしてアクリル板に顔を近づけてきた。「名古屋へはいつ戻るつもりだったのかしら？　帰りの飛行機のチケットはどうなっていたんです」

「少なくとも往復チケットではなかったようです」

「じゃあ、片道で？」

「いつ名古屋へ戻るかは、ご自分でも決めていなかったのでしょう」

「ニュースによると、愛弓さんの遺体は公衆トイレの個室で発見された、ということでしたけど。阿由葉(あゆは)岬の駐車場の」

「初陽の出を見にいっていた学生グループの方たちが見つけたそうです。元日の朝、七時頃に」

直接の死因は窒息死。何者かに頭部を殴打され、抵抗力を奪われた上で扼殺(やくさつ)、つまり手で首を絞められて殺された。発見された時点で、死後およそ十時間は経過していると考えられる。

「つまり愛弓さんは高和に到着直後、あまり時間を置かずに殺害された？」

「おそらく」

「愛弓さんは高和空港から阿由葉岬まで、どうやって行ったのでしょう。車でも一時間以上はかかりますよね。タクシーかしら。それともレンタカー？」

免許証を携行していた各務愛弓は、車の運転は当然できたはずだが、彼女が高和でレンタカーを利用しようとした形跡はまったく残っていない。

「これまでに判明しているところだと、空港に着いた各務さんは、連絡バスに乗って県庁所在地のほうへ向かっている」

「あら？　では空港からは西のほうへ。岬とは、まるで逆方向」

そして連絡バスの終点であるJR高和駅で午後五時頃、降車している。生前の各務愛弓の足どりで確認されているのは、そこまでだ。県中部の高和駅から、空港のさらに東部の阿由葉岬まで、車でおよそ二時間。連絡バスを降車した彼女がその後、どこで殺害されたのか未だ特定には至っていない。が、遺体の状況からしておそらく死後に、犯人の運転による車輛で阿由葉岬の駐車場まで運ばれ、そして遺棄されたのだろう。

「例えば、あの」

しばし虚空に視線を彷徨わせていた小園手鞠、おずおずとそう切り出した。「ほんとに例えば、なんですけど。愛弓さんの知人がたまたま高和に住んでいるとか、そういう話は出てきていないんですか」

「いや、まったく。なぜです？」

「どう考えてもやっぱり、愛弓さん、どなたか当てがあったんだと思うんです。つまり、こちらで誰かに会うつもりでわざわざ名古屋からやってきた。その人物に泊めてもらえるはずだった。

だから片道チケットだったわけだし、宿も取っていなかった」

「かもしれませんが」

「ちなみに、おふたりともテレビはご覧になったんでしたっけ」

「はい？」

「あの番組。このお店が紹介された『ぐるまんクエスト』という」

「ええ、一応」

質問の真意をつかめず、おれは筈尾と顔を見合わせた。「拝見しました。といっても、たいへん失礼ながら流し観（み）といいますか、たまたまテレビをつけっぱなしにしていただけなので。きちんと集中していたわけではないのですが」

「すみませんが」

迷いを吹っ切るみたいに小園嬢、勢いよく立ち上がった。「ちょっといっしょに来ていただけますか」

筈尾とおれは再び顔を見合わせてから立ち上がった。玄関ドアから出て、建物の裏側へと回る彼女の後に尾（つ）いてゆく。

「ちょっと散らかっていますけど。もう誰も住んでいないので」

引き戸を開け、小さな沓脱（くつぬ）ぎからいきなり畳敷きになった小上がりの、四畳半ほどの部屋へ招き入れられる。

「狭くて、ごめんなさい。古い母屋をレストランに改装するのといっしょに、父が寝泊まりできる最低限のスペースをこうして造ったんですけど。さっきも言ったように最近、体調が思わしくなくって、独り暮らしをさせるのが不安になってきて。次男夫婦が、つまりあたしの弟夫婦ですけど、二世帯住宅を新築したので先月、父にはそちらへ引っ越してもらったばかりです」

聞けばオーナーシェフの上茶谷蓮(れん)は一九六〇年生まれ。今年五十七になるおれと年齢は五つちがいだ。離婚したか死別したかはともかく、仕事場に隣接するかたちでこうして小さいながらも自分の城をかまえていたのだから、妻のいない独り身の気楽さを存分に謳歌(おうか)していたのだろう。

もちろん実情のほどは本人に訊いてみないと判らない。が、少なくとも同年輩の独り暮らしの身のおれとしては、ちょっと勝手に共感してしまうところだ。

どうも世間の方々の眼にはおれって家族とはいっしょに暮らしてもらえない、孤独で可哀相な中年男というイメージが定着しているらしい。まあむりもない、と言えばむりもない。子どもたちがいずれもすでに結婚し、独立しているのはいいとして。妻と別居しているとなるともうその事実だけで、あれこれ下世話な想像力をかきたてられてしまうのが人情ってものなのだろう。

ましてやその妻が高和から遠く離れた北海道在住の息子夫婦と同居している、ともなればこれはもう、どんなふうに尾鰭(おひれ)が付いて面白おかしく噂されているものやら。そこへ当事者であるおれが、いやあ独り暮らしも気楽で意外にいいものですよ、なんて笑ってみせたところで説得力なぞひとかけらもなし。見苦しい虚勢としか映るまいし、変な憐憫(れんびん)の情を抱かれるのがオチである。って。まあ、そんな愚痴は措いといて。

その部屋は「誰も住んでいない」というわりには壁一面の造りつけの本棚を埋め尽くす膨大な

点数の料理関係の書籍や、書物机の上の固定電話の子機など、なかはけっこう生活感に溢れている。いつでも寝泊まりできるようにしてあるのだろう。

小園手鞠はリモコンを手に取ると、コンセントを差し込んだままのテレビのスイッチをオン。ハードディスクのビデオ録画メニューを検索する。

「とりあえずご覧になってみてください」

早送りなど微調整をして、お目当ての番組の頭出し。

『はーい、みなさま、こんばんは。全国の知るひとぞ知る美食を探求し、ご紹介する〈ぐるまんクエスト〉のコーナーでっす』

三十年ほど前に一世を風靡(ふうび)した男性お笑い芸人が諸手(もろて)を挙げて画面いっぱいに登場するや、その横に居る地元KTV高和の女性アナウンサーが『今日は地元の方々はもちろん、県外からもわざわざその味を求めてファンの訪れるという高和市の人気レストラン、〈アップ・イン・ティ・ヴァレイ〉にお邪魔していまーす』と嬌声(きょうせい)を上げる。

ふたりとも透明のフェイスシールド着用。毎回くだんの男性お笑い芸人が全国津々浦々を巡り、その土地の名産品や人気店を各ローカル局のスタッフといっしょに紹介するという、全国ネットの情報ヴァラエティ番組のいちコーナーだ。

進行役のふたりに挟まれるようにして小園嬢が登場。『フロアマネージャーの小園手鞠さん』とテロップが出た。

もともと市の中心地の繁華街で営業していた店が郊外へ移転することになった経緯から始まっ

て、シェフ自慢のスペシャリテの味見など、番組はテンポよく進んでゆく。ほぼ小園嬢の独り舞台といった趣きで、彼女の夫だという小園一哉（かずや）は『厨房（ちゅうぼう）スタッフ』として一応は映るものの、ほんの一瞬だけ。

　腰を落ち着けて番組を観なおしてみて初めて気がついたが、オーナーシェフの上茶谷蓮に至ってはなんと、いっさい出番なし。それどころか「上茶谷」という名前自体がコーナー全体を通じて、ただの一度も言及されないのである。

「実はですね。ほんとのところ、父はこの取材、大反対だったんですよ」

　こちらの胸中を読んだかのように小園嬢、口を挟む。「もう二十年以上も前、移転する前の店舗でも一度、あったんですね、全国ネットのテレビ出演が。そのときに撮影の仕方を巡って父は、スタッフの方と大喧嘩（おおげんか）をしてしまったとかで。それ以来、超の付くマスコミ嫌いになっちゃった」

　取材を嫌がる父親を、昔からの常連さんだってやがては世代交替してゆく、ましてや場所を移した現状ではパブリシティこそが重要だと小園嬢は必死で説得したんだそうな。

「結果、取材を受けることは渋々ＯＫしたんだけど。その代わりオレは絶対にインタビューなんぞは受けない、上茶谷という名前を出すのもＮＧだと頑として譲らず」

　片手間の流し観だったおれが店主の名前をオノとかホソノとかとかんちがいしていたのも道理。コゾノという苗字のほうの響きばかりが印象に残っていたせいか。

「それはともかく。お見せしたかったのは、ですね」

小園嬢、リモコンで映像を巻き戻した。進行役のふたりがスペシャリテに舌鼓を打った後のシーン。おそらくは別録りしたと思われる、普段の営業中の店内の様子がインサートされる。思いおもいに料理やワインを口にしながら談笑する客たちを背景に、小園嬢が空の皿を持って画面の外側へ消えた。そのショットを捉えて「ここ、なんですけど」と一時停止ボタンを押した。

さきほど筈尾とおれが彼女と向かい合っていたテーブル。そこに男女がふたり、座っている。男は半分以上こちらへ背中を向けているため、斜め後方からその横顔をかろうじて捉えられるカメラアングルだが、女性のほうはその笑顔が、くっきり静止している。

「この方、なんですけど」

小園嬢は、その四十から五十くらいとおぼしき彼女を指さした。「最近うちをご贔屓にしてくださっている、染谷さんていう。あ。えと。こんなこと、あたしの口から言うべきじゃないかもしれない、というか。その、お客さまのことをみだりに喋るような店だと思われても困るんですけど」

「どうかご心配なく」

筈尾は、仮におれが重要参考人だとしてもあっさり胸襟を開きそうな、頼もしげな声音と所作。「個人情報の重要性は我々も心得ております。ひととおりお伺いして、本件の捜査とは無関係であると判じた時点で、すべて聞かなかったことにいたしますので。はい。どうかご安心を」

「この染谷博子さんていう方、美容師さんらしいんですけど。ひょっとして愛弓さん、この染谷さんとお知り合いなんじゃないかと、ふと」

「どうしてそうお考えに?」

「ちらっと聞いたところでは、染谷さんて以前、山形県にお住まいだったんですって」

「山形」

「専門学校で知り合って結婚したご主人の実家が鶴岡市に在って。そこでご夫婦で美容院を開業されていたとか」

「以前。というと、現在は?」

「ご主人とは別れて。あ、いえ。正式に離婚はまだしていない、って話だったかしら。ともかくお嬢さんといっしょに高和へ戻ってきて。いまは〈シュ・アベル〉っていう美容院に。あ。並木通りのあそこじゃなくて、〈ぱれっとシティ〉のほうの」

同系列の同名店舗が市内に複数展開されている美容院らしい。

「つまりこういうことですか。現在ご主人とは別居状態で高和に居る染谷博子さんは、山形県鶴岡市在住の時期に各務愛弓さんと面識があったのではないか、と?」

「愛弓さんが通っていたのがなに大学だったかまでは聞いていません。さっきも言ったように電話で、山形のほうに決まった、みたいな。どちらかと言えば、そっけない報告の仕方だったから。あまり触れられたくない事情でもあるのかなと。こちらも気を回して、それ以上の詳しいことは。はい」

例えば被害者が大学生だった頃、染谷夫婦の経営する美容院を利用したことがあり、顔見知りだったのだとすると、各務愛弓が高和を訪れた目的とは染谷博子に会うためだったのかもしれない、という可能性はたしかに否定できない。

次の聞き込み先は決まったな、と気持ちはすでにその〈シュ・アベル〉なる美容院へと向かっているおれだったが、同時に妙な胸騒ぎにもかられている。

「ところで、小園さん」

せいいっぱいさりげなさを装ったつもりだが、すぐ傍らの筈尾の眼までごまかせたかどうか自信はない。「この手前のほうの、彼女の連れの男性客はどなたです？」

「さあ。知りません。染谷さんてだいたいこの方といっしょに来られるんですけど。どなたなのかまでは、ちょっと」

「この店内の映像は、いつ撮影されたものなんですか？」

「えーと。多分、放送日より一ヶ月くらいは前だったと思うから。昨年の九月？　もしかしたら八月だったかな。詳しくは憶えていませんけど」

「それ以降、染谷さんとこの男性は」

「何度か。はい。いらっしゃっています」

「おふたりはどういうご関係なんでしょう。ごきょうだいにしては、ちょっと年齢が離れ過ぎているような気もするし。かといって息子さんにしては」

「さあ、まったく判りません。けど」

含みありげに言い淀むので「ご迷惑はおかけしませんから」と、ひと押し。

「染谷さんが、おひとりで食事に来られたとき。あたし、話しかけてみたんです。ちょっと冗談めかして。今日はこの前のすてきな彼氏さんとはごいっしょじゃないんですか、って。そしたら染谷さん一瞬、顔が強張(こわば)ったような感じだったから。あ。まずいことを言っちゃったかしらと焦ったんだけど。彼女、すぐにころっと笑って。意味ありげにウインクして。ないしょにしてね、と」

「ないしょに、とはどういう意味で？」

「さあ。でも、誤解しないで、別に悪いことをしているわけじゃなくて、ちょっとおとなの事情があるの、とかなんとか。そんなふうにも言っていました」

おとなの事情、か。うっかりそう反復しかけたが、いち捜査官の立場として関心の対象となるのは、あくまでも染谷博子という女性のほうであって、その連れの男をこれ以上、深掘りしようとするのはいささか不自然の誹(そし)りは免れまい。

染谷博子の連絡先を訊いてみると、自宅の固定電話しか知らないという。筈尾がスマホでかけてみたが、留守電になっている。

小園嬢から聞き出せる話もおそらくここら辺が限界だろう。一般市民からの情報提供としてはある意味、望外の収穫だったと言えなくもない。

「最後に、ちょっとお訊きしておきたいのですが」

定番の質問で筈尾は締めた。「小園さんの眼から見て、各務愛弓さんとはどういう方だったんでしょう。もちろん高校生のときの彼女しかご存じではないと思いますが。なにか特に印象に残っている出来事とか、ありますか」

「そうですねえ」

しばし考え込む小園嬢。「こんな言い方は適切じゃないかもしれないけど、ちょっと主体性に欠けるきらいはあったかな。あまり明確に意思表示をするタイプではなかった。なのに進学先の第一志望は意外なくらい揺るぎないというか、はっきりしていて」

「山形県の大学ですか」

「どうしてそれほど山形にこだわるんだろうと少し不思議に思って一度、訊いてみたことがあるんです。そしたら彼氏の第一志望校がそこに在るから、と」

「ありがちと言えば、ありがちですね」

「その彼と付き合っていることは家族や友だちも誰も知らないから、先生もないしょにしておいてね、と釘(くぎ)を刺されましたけど」

「じゃあ念願は叶ったわけだ。彼氏と同じ大学へ行く、という」

「でも、それにしては合格報告の電話の彼女の声は全然元気がなかった。ぶっきらぼうというか、なんだか大学名も最後まで、ぼやかす感じで」

「すると合格したというのは同じ山形でも、その彼氏とは別の大学だったとか。例えばそんな、はっきりとは言いにくい別の事情でもあったのかな」

「あるいは肝心の彼氏のほうが不合格だったとか、とにかくなにか愛弓さんにとっては不本意な結果だったのかも。判りませんけど。まあ、いまにして思えば、ちょっと摑みどころのないタイプではあったかなと」

小園手鞠に礼を述べ、筈尾とおれは〈アップ・イン・ティ・ヴァレイ〉を後にした。

「被害者が高和へ来る前に、その染谷博子に連絡していた、なんて証言でも出てくれれば大きく一歩前進なんだけどな」

覆面パトカーのハンドルを操る筈尾の口調が妙に当てつけがましく聞こえるのは、おれの気のせいか。「ところで。その染谷博子の連れの男性のことがずいぶん、気になっているようですが」

ほらきた。やっぱり見逃してはくれないんだから。やれやれ。

「ひょっとしてお知り合いだとか?」

実はあの男性、娘婿の興津俊輔のような気がするんだよなあと。いっそのこと、そうぶちまけて楽になりたい衝動に一瞬かられた。

危うく思い留まる。

「ま、その、心当たりがなくもない、というか。似ているような気がするなあ、という程度で。確信がない」

たしかに流し観だった放送時には確信がなかった。が、クリアな一時静止画像で観たいまは九割がた自信がある。とはいえ斜め後方からという微妙なカメラアングルが他人の空似という可能性の余地を残している。

少なくとも現段階では我が胸に留めておくのが良識というものだろう。自分自身がそう納得できていればもう、どこからどう突っつかれようとも口を滑らせる恐れはない。そうかまえていたらかまえていたで筈尾のやつ、そこからなにも訊いてこようとしない。喰えない野郎だ。

ひと廻り以上も歳下の同僚の掌の上で転がされているかのような苦々しさを持て余しているうちに、車は市街地へ入ってゆく。ＪＲ高架橋の下を潜り、大型ショッピングモール〈ぱれっとシティ〉へ向かう。

駐車スペースを探すのに難儀する。四階まで上がって、なんとか屋内駐車場の空きに滑り込んだ。

無数の店舗を巡る、これまた無数の買物客たちでごった返すなか、区画内インフォメーションに従い、〈シュ・アベル〉へ辿り着いた。

一面ガラス張りの店内に居るのは利用客も従業員も、すべて女性ばかり。おっさんふたり連れが足を踏み入れるのは場ちがいの極みだったが、受付の若い娘はにこやかな笑顔で迎え入れてくれる。

「お忙しいところ、すみません」

筈尾は身分証明書を呈示し、ちょっと染谷博子さんとお話がしたい旨を申し入れる。ところが。

「あいにく染谷は退職いたしましたが」

「お辞めになった？」

「はい。昨年」

「それは、系列の別の店舗へ移られたとか、ではなくて？」

「そうです。一身上の都合で」

「あの。例えばいま、そちらから彼女に連絡してみていただく、というわけには」

「お急ぎでしょうか」

「差し支えなければ。はい」

「少々お待ちください」

受付嬢、スマートフォンを耳に当てる。何度か試してくれたものの、染谷博子のスマホにはつながらない。自宅も留守電になっているという。

「どういたしましょう？　実は染谷は本日、こちらに置いたままの私物を取りにくる予定になっておりますが」

それを早く言ってくれ。が、何時頃になるかは判らないらしい。こちらの名刺を渡し、出なおすことにした。彼女が現れたら電話してもらうように頼む。

染谷博子の自宅の住所を教えてもらうという選択肢もなくはないが、そこまで緊急性があるかどうか正直、微妙だ。考え方はひとそれぞれだろうが、たとえ警察であろうとも、というかむしろ警察だからこそいまの時代、個人情報の取り扱い方に慎重なところを、機会があるごとにアピールせねばならんのではないか。

もちろん、ここでそう自粛したからといってそれがどれほど警察のイメージアップに貢献できているかは保証の限りではないわけだが、まあいいのだ。単なる自己満足で終わっても。おれは自分自身が気持ちよく行動できることをなによりも優先するタイプの人間なので。

「さて、と」

〈シュ・アベル〉を出て、「どうするかな」と続けようとしたおれの足が止まる。ほぼ同時に筈尾も立ち止まった。

　無数の老若男女が忙しなく往き交うなか、グレイの感染防止用マスクを着けた若い娘がひとり、その流れに逆らうかのように佇立している。

　ときおり立ち止まったりする利用客ならば他にも多数いるが、その娘は明らかに様子が異なっていた。おれたちが〈シュ・アベル〉から出てくるところを待ち受けていたと露骨に匂わせる所作で、こちらへ歩み寄ってきたのである。

「すみません、ちょっといいですか」

　教師に質問しにきた小学生さながら、はきはき、物怖じしない様子にこちらはやや戸惑う。こんな場所で、まさか客引きでもあるまいが、と訝りつつ「なにか？」と訊いたおれは彼女の次の言葉で、さらに困惑することになる。

「ひょっとして、ですけど。染谷博子にご用でした？」

　思わず筈尾と顔を見合わせてしまう。この娘が先刻までどこに居たのかはともかく、店内での受付嬢とおれたちのやりとりが聞こえたとは、ちょっと思えないのだが。

「失礼。あなたは？」

　という問いをはぐらかすかのように彼女は筈尾とおれを交互に見る。「警察の方なんですよね？」

　驚く暇も与えませんよとばかりに、微笑みつつも畳みかけてくる。「だとしたら、あなたは山名隆夫さん？」

ここまで来ると胡散臭(うさんくさ)さを超越し、なんだか笑い出したくなる。

「いろいろお訊きしたいことがあるんだが、とりあえずどなたなんですか、あなた」

「突然、ごめんなさい。あたし、娘です。染谷博子の」

嘘じゃありません、とのアピールなのか、マスクを顎の下へずらせてみせるが、どのみち初対面なこちらは判断しようもない。

「染谷朝陽」

「染谷さんのお嬢さん？　えと」

ついお伺いでも立てるみたいに箸尾を一瞥(いちべつ)してしまう。「つまり、お母さまについて、あなたからなにかお話を伺える、という理解でいいのかな。って。いや。いやいや。その前に」

いささか前のめり気味の自分を引き戻しにかかる。「そもそも我々が染谷博子さんに会いにきたということを、あなた、どうしてご存じなの。まさか」

受付嬢との会話が聞こえたわけでもあるまいに、との含みを込めて〈シュ・アベル〉のほうを顎でしゃくってみせた。

「だってさあ、失礼ながらおふたりともシャンプーやカットのためにやってきた、って感じではないし。ね。どう見ても」

くりっと大きめの瞳に団子鼻、やや厚めながら左右に大きく弧を描く唇は愛嬌たっぷりで、後れ毛を、しゅっと伸ばしたポニーテイル。パンツルックの伸びやかな四肢も相俟って溌剌(はつらつ)としている。

年齢的には凜花と同じか、ちょっと下くらいか。やばいな。ストライクゾーンど真ん中というか、こういうタイプの女性に、おれってほんと、弱いんだよなーと染谷博子の娘と自称する彼女が発散する健康的なお色気に少々あてられ気味。だったのが、彼女がマスクを着けながら放ったひとことで、さすがに正気に戻った。

「お客さんじゃないってことは多分、従業員の誰かに用があって来たんだろうから。正確には元従業員だけれど、その相手がうちの母だとすれば、きっと山名さんていう警察のひとなんだろうな、って」

「は？　って、おいおい。それはいったいどういう脈絡で。えと」

どこからどう疑問をぶつけていったものか判らず絶句しているおれを宥めるように筈尾は「ま、立ち話もなんですから。ひとまず、どこかに腰を落ち着けましょう」と上向けた掌でレストラン街の在る方向を指す。「詳しいお話はそこで。ね」

さっさと歩き出す筈尾に案内されるかたちで向かったのは〈みんと茶房〉というカフェで、他の店はどこも行列が出来ているのにたまたまタイミングが良かったのか、それとも穴場なのか、わりとすんなり窓際の奥のテーブルに座れる。

「ここ、絶対に自腹じゃ入らないなあ」と、さらっと毒を吐く染谷朝陽。奢られることが前提らしく、コーヒーのみのこちらを尻目に、ひとり抹茶のロールケーキを注文。

大きな口でぱくつきながら「だめだなこりゃ。全然美味しくない」と、あくまでも屈託がない。その天真爛漫な笑顔を第三者が科白抜きで見たとしたら、無邪気な女子学生かなにかが喜んでスイーツに舌鼓を打っていると早とちりすること請け合いだ。

「でも、餅は餅屋というか、こと調べものに関しては、さすがにお手のものですね。警察の方って」

律儀にマスクを着けなおすや、どこか浮きうきと身を乗り出してくる。「うちの母なんて、自分の異父兄弟のことを調べるために相当、苦労をしたみたいなのに」

なんの話をしているのかまったく見当がつかず、どう反応したものやら。とりあえずコーヒーカップをソーサーに戻し、マスクを着けなおして、間を取った。

「ん。あれ？」

朝陽嬢、悪戯っぽく鼻にかかった声音で腕組みをした。「それとも母の素性をちゃんと把握しているわけではなくって、単にご自分の娘婿にちょっかいをかけている不審かつ不埒な年増女って認識？」

側頭部に筈尾の視線を感じた。「ま、まあたしかに。染谷博子さんは興津俊輔と個人的に親しいのかな、という印象はあった。ふたりでいっしょに食事をしたりして」

「あ、やっぱりね。『ぐるまんクエスト』でしょ？　あの番組で背景に映り込んでいるのを観て、山名さんも気づいたんだ。ほらあ。だから言ったのに、ママったら。顔をボカす処理も頼まずに、放映をＯＫしたりして。あんなシーン、全国放送で流されちゃってどうすんの、って。もしも彼の奥さん、もしくはその家族があれを観たら、めんどうなことになるよ、って。なのに、だあいじょぉぶよ、ほんの一瞬だし、俊輔くんの顔だってそんなにはっきりとは映っていなかったしさあ。なーんてお気楽なことを」

「俊輔くん、ね」

「歳甲斐(としがい)もないでしょ。ほとんど推し活のノリっていうか」

「ちょっと失礼」

笘尾が口を挟んだ。「それ以上、話を進める前に。きみがほんとに染谷博子さんの娘さんであることを証明できるものを、なにか見せてもらえるかな」

「え。なんで。あ。こういうのってプライバシー的に微妙な話題だから？ 例えばあたしが、ほんとは赤の他人なのにママの娘のふりをして彼女の悪口を垂れ流しているだけかもしれないとか、そういう危惧？」

軽佻浮薄(けいちょうふはく)なもののいいのわりに、頭の回転はなかなか速そうだ。「なるほど。一般市民同士の誹謗(ひぼう)中傷合戦に警察が加担したともなるとなにかと問。あ。それを言うなら、おふたりが警察の方だっていうのだってあたしの当てずっぽうなんだから。身分証明書、見せてくださいよ」

というわけでお互いのＩＤ交換のひと幕と相成った。彼女が呈示した運転免許証に軽くショックを受ける。名前はたしかに『染谷朝陽』で、それはいいのだが、生年月日が一九九九年七月になっているではないか。息子や娘たちと同年輩くらいかなあとは思っていたが、まさか凛花よりも五つも下とは。

さきほど、かなり強烈に彼女にむらむらした己れをさすがに猛省する。歳甲斐もないのはおれのほうだ。

「で、あなたのお母さまと、うちの娘婿とが道ならぬ関係に陥っているようだと」

いつまでも筈尾の耳をはばかって「興津俊輔が」みたいに、ぼやかす言い方をしていても埒が明かないと開きなおる。

「肉体関係はないようなんだよね。少なくともいまは、まだ」

あれほど腐していたくせに、なぜだか抹茶のロールケーキとコーヒーのおかわりを注文する朝陽であった。「いま言ったように、推し活っていうか、お気に入りのアイドルの追っかけみたいなノリなんだと思う。少なくとも現段階では」

少なくとも少なくともと予防線を張るかのような連呼に、ちょっとイラッとする。「だが、いずれは男女の関係に発展しかねない、と。あなたはそう危惧しているわけ？」

「今日、こうしてモール内で山名さんと遭遇したのはほんとに純然たる偶然で、最初は、どうしようかなと少し迷ったんだけど。いずれは顔合わせをしなきゃいけない因縁だろうし。共同戦線を張るなら早めのほうがいいだろう、とも思って。声をかけさせていただいた次第ですわ、伯父(おじ)さま」

因縁だの共同戦線だのといった不穏な単語群に眩惑(げんわく)された上に「オジサマ」の響きに再び下種(げす)に血迷いかけているおれの横で筈尾は心なしかのほほんと、こう言った。

「なるほど。さきほど異父兄弟がどうのこうのって言っていたときは意味不明だったけれど。つまり朝陽さんは山名隆夫の姪御(めいご)さんなんだ、というわけだね？」

なにを言っているんだコイツは。てっきり有能な同僚だと、つまりフツーの人類の一員だとばかり思い込んでいたのに実は謎の地球外生命体の如き異形のヤツだったのか、という三文ＳＦチックな妄想に、一瞬かなり本気でかられる。

「ちょ。お、おい。きみ。き、きみがおれの姪って」

「つまりこちらの朝陽さんのお母さまの染谷博子さんは、山名さんとは父親ちがいの、えと、どちらのほうの？」

「妹のほう」

「父親ちがいの、山名さんの妹さんだってことですよ」

筈尾よ、なんでそんな涼しげな表情で解説できるんだ。つかオマエ、おもしろがっていないか。

「そ、そんな。だいいちおまえ、なんでそんなにもあっさりと、こんな」

「以前に、ちらっとお聞きしたことがありましたよね。山名さんのいまのお母さまって、お父さまの後妻で。実のお母さまのほうは山名さんがお生まれになってすぐにお父さまと離婚したものだから、一度も顔を合わせたことがない、と」

いつどこでそんな話を筈尾にしたのかは憶えていないが、おれにとって母親といえばこの五十七年のあいだずっと、継母の山名佐和であったことは事実だ。

「実のご母堂のお名前は？」

「聞いていない。親父も教えてくれなかったし。おれも別に知りたいとも思わなかったから。いまに至るも生死不明のまま」

「一度、死にかけましたけど、彼女。生きていますよ、かろうじて」

朝陽の声はどこまでも、あっけらかんとしている。「実はそれこそが、すべての発端とも言えるんですけどね」

「発端？」

「あたしのお祖母ちゃんが昨年、あれは三月頃だったかな、新型コロナに感染して入院したんです。市の医療センターに」

朝陽の母方の祖母は裏田豊子という名前だという。「その段階でお医者さまは、あ、これは生きて退院することは無理だ、と思ったんだって」

裏田豊子は一九三六年生まれの八十三歳という高齢に加えて基礎疾患もあり、重症化していたという。「なので、覚悟しておいてくれ、って言われたんだ。ママとあたし」

「お祖父さまは、つまり豊子さんのご主人は？」

「八年前に死んでいて、お祖母ちゃんはそれ以来、ずっと独り暮らし。近しい身内はママとあたしだけ」

普通のかたちで葬儀を執り行えないため、残念ながら骨壺の姿で帰宅しなければならなくなるだろう、と。医師からはかなりストレートな表現をされたらしい。

「それが結果的には、なんと、持ちなおしちゃった」

「すごいね」

「ほんとにすごかった。お医者さんが、こんなことはあり得ない、どっきりカメラなんじゃないかってびっくり仰天するくらい、奇蹟的な快復だった。めでたしめでたし、なんだけど。まさか、そんな奇蹟が起こるなんて夢にも思っていなかったから、すっかり覚悟を決めていたわけですよ、あたしたち。特にママはもうたいへん。お祖母ちゃんが死んだらいろいろめんどくさいことが押し寄せてくるぞ、と。葬儀はもうやりたくてもできないから心配ないけれど、問題は遺産相続」

「そんなめんどくさい事態を引き起こしそうなほどスケールが大きなものなの、豊子さんの財産って」

　野次馬根性丸出しの筈尾を軽くいなすように、朝陽は肩を竦めてみせる。

「額よりも重要なのは、相続権を有する子どもがママひとりだけじゃない、ってこと。ママには父親のちがう兄がふたりいる、ってことをそのとき初めて、お祖母ちゃんから聞かされたんだって」

「兄がふたり？」と図らずも筈尾とおれの声がユニゾンになってしまった。厳密には、おれが発声したのは「ふたり？」の部分のみだったが。

「ただ名前や詳しいことは判らない。そのときお祖母ちゃんはじっくり話ができる状態じゃなかったから、ママは自分で調べることにした。つっても戸籍の附票だっけ？　入手するにはいろいろ法的な制限があるとかで、お祖父ちゃんが死んだときにもお世話になった行政書士の、いや、司法書士だっけ？　とにかく知り合いの専門家に相談。結果、判明したママの兄ふたり、つまりわたしの伯父ふたりのうちのひとりが」

　示し合わせたかのように同時に、朝陽と筈尾の視線がこちらへ集中する。「おれ……だったってこと？」

一般市民の前では通常「おれ」なんて一人称は使わないのだが、もしも彼女の説明が事実なのであれば、この染谷朝陽なる娘は当方にとって比較的気安い間柄とも言える姪っこなわけで、ま、まあいいのか？

「ママは早速、生まれてから一度も会ったことのない兄たちに連絡を取ろうとした。その矢先、という絶妙のタイミングだったんだよね、お祖母ちゃんがミラクルな生還を果たしちゃったのは。ほんとにミラクル。しかも、なんの後遺症も無し」

担当医師が己れの正気を疑うレベルの劇的な母の快復に安堵した染谷博子は、その反動で、異父兄弟たちとはいずれは連絡を取らねばならぬものの、そう急ぐこともあるまい、と思いなおしたのだという。

「実際に対面する前に、兄たちとその家族ってどんなひとたちなのか、もうちょっといろいろリサーチしておこうと。来るXデイに向けての心がまえのために、ね」

朝陽は明言はしなかったが、母親の博子はどうやら、おれの職業や家族構成などの詳細を調査するため、興信所の類いを雇ったりもしたようだ。

「山名さんの奥さまって、いま北海道にお住まいなんですって？」

「もともとあちらの出身なんだ、彼女は。共通の知人を介しての見合いみたいなかたちで結婚して。長女が高校を卒業するまでは、こちらに居たんだが」

北海道の大学へ行っていた長男の日名人が現地で就職したのに合わせて、妻の由紀江も実家へ引っ越した。当初は社会人になった息子の部屋へ炊事洗濯のために通っていたのが、日名人の結婚を機に、その新居でいっしょに暮らすようになる。

同居している息子の嫁と由紀江との関係も至って良好らしい。この話を他人にするとかなりの確率で「ほんとかなあそれ」と懐疑的な反応が返ってくる。

「息子さん、無神経すぎる」とか「好きこのんで姑といっしょに暮らしたい妻なんているわけないじゃん」とか見解はひとそれぞれでけっこうだけれども。「そんなふうに奥さんと息子さんを無責任に放置しているあなたは夫として、父親として、どうなんですか」的な、まるでおれになにか非や落ち度でもあるかの如き糾弾には承服しかねるし、かんべんしてもらいたい。

妻も息子もその嫁も、みんながみんな「仲よく、うまくやっている」と口を揃えているのに、なぜおれがその言葉を敢えて疑わなきゃならんのだ。不条理な。

「遠く離れて暮らしていても離婚はされていないんですよね？　ママはそこになにか符合めいたものを感じているみたいで」

「博子さんも以前は旦那さんといっしょに山形で仕事をしていたのが、いまは別々に暮らしているんだってね」

「あれ？　ちゃんと知っているんだ。油断ならない」

オマエが言うな、というツッコミをぐっと呑み下す。「で、あなたのお母さまは、現在地元には居ないうちの妻と息子については後回しにして、とりあえず娘の居る〈オキツ歯科〉へ様子を探りにいった、ってところかな。歯の治療を口実に？」

「ご明察」

〈オキツ歯科〉は凜花の夫、興津俊輔の父親が院長を務める歯科医院だ。高和市の中心街の板羽町に在る〈ＭＡＺＥ・ビル〉という大きな雑居ビルの二階にクリニックをかまえている。ゆったりしたサロン顔負けのふかふかソファ完備の待合室と、最先端のマイクロスコープ治療が売り。凜花もそこで義母、興津昭子とともに歯科衛生士として働いていて、将来は俊輔が院長として跡を継ぐ予定の典型的な家族経営だ。

「ママったらさ、予約するとき、どうせなら診療は若いほうの先生でお願いします、って堂々と言ったらしい」

「らしい」というからには、朝陽は〈オキツ歯科〉を予約した際の博子の具体的なものいいを直接聞いていたわけではないのだろう。母親の臆面のなさを面白おかしく誇張しているのか。

「で、いそいそと会いにいってみたらば、期待以上のいいオトコっていうか、ママの好みどんぴしゃりだったんだろうね。その日からもう、頭のなかは若先生のことでいっぱい、って感じで」

異父兄の山名隆夫の長女とはどんな感じの娘なのか。本来はそちらを〈オキツ歯科〉へ偵察にいったはずが、担当してくれた俊輔にひとめ惚れし、すっかりのぼせ上がってしまったというわけか。

「いわゆる老いらくの恋ってやつ」

「お幾つなの、博子さんは」

「えーと。一九七一年生まれだから、今年五十一」

おいおい。まだ五十一歳なら現役ばりばりじゃん。やれやれ。二十二、三の娘にとってはたとえ自分の母親であろうとも充分に「老いらく」組なのか。

「さっきも言ったように、肉体関係にはまだなっていないと思う。多分ね。でも、調子に乗って、隙あらばデートに誘い出したりするものだから、うっかり『ぐるまんクエスト』なんかに映り込んじゃったりする。結果こうして、奥さんのお父さんにもバレちゃったから。遠からず奥さん本人の耳にも届くことになりそうですね」

「あなたが思うほどお母さんは無防備でもないんじゃないの？　言うところのデートのために〈アップ・イン・ティ・ヴァレイ〉まで遠出をしたのは知り合いに見られたりしないように用心したからかもしれない。結果的には全国放送で取り上げられるほどの有名店だったため、それが裏目に出ただけで」

「そういう理由じゃないんですよ、ママがあのお店へ行くのは」

「まあ、普段から懇意にしているという話ではあったけど」

「言うほど古株の常連じゃないんです。だってママがあそこへ通い始めたのは、ほんの昨年のことで。しかも、そもそものお目当ては食事でもなんでもなかった」

「どういうこと？」

「昨年、ってヒントで判らない？　もっと細かく言えば、お祖母ちゃんが新型コロナで死にかけたことがきっかけになってママが入れ込み始めたことといえば？　さあ、なんでしょう」

「まさか……」

呻いたきり声が続かないおれを尻目に、筈尾はのんびり。「まさか、お母さんのもうひとりの父親ちがいのお兄さんというのが、ここで絡んできたりするのかな？」

にんまり、筈尾とおれに微笑みかけてきた朝陽嬢、つと視線を落とした。「あ。ごめんなさい。あたし、そろそろ行かなきゃ」とスマホを掲げてみせた。「知人と待ち合わせ、しているんで」

立ち上がり、「ごちそうさま」と店から出てゆく彼女の後を追うべきか迷ったが結局、やめておく。

「ま、本件と直接関係があることでもないですしね。多分」

筈尾は相変わらず読心術よろしく、こちらの胸中を代弁する。「もちろん山名さん個人にとっては人生におけるいちだいじ、ではありますが」

「ったく。ホントかよ、って」

おれたちも会計を済ませ、〈みんと茶房〉を後にすることにした。「フツーに聞き込みにきているだけのつもりだったのに。いきなり異父兄妹だのなんだのって。ドラマティックすぎるだろ、いくらなんでも」

「しかも曲がりなりにも事件の関係者として登場するとはねえ。もちろん、被害者の各務愛弓が染谷博子に会う目的で高和へやってきた、という裏づけが取れているわけではないけれど」

「おれに父親ちがいの妹のみならず、兄貴までいるとは」

「年齢的に言って、〈アップ・イン・ティ・ヴァレイ〉のオーナーシェフの上茶谷蓮のことですよね、山名さんと生き別れになっているお兄さんって。いや、生き別れって表現は正しくないのかな、この場合」

「おれもよく知らんけど、元はいっしょに居た者たちが離ればなれになる、みたいなイメージだよな。でも、おれの場合、異父兄妹が存在していたってこと自体、いま初めて知ったわけで」

「お父さまからも全然、聞いたことはないんですか、そういう話」

「実母に他に子どもがいてもおかしくないとは思っていたけれど。具体的なことは、まったくなにも」

ふと、あることに思い当たって、おれの足が止まる。

「どうしました」

「仮に、いま彼女が言っていたことがすべてほんとうで、上茶谷蓮がおれの兄貴だとすれば、あの小園手鞠という女性はおれの姪ってこと？」

「そうなりますね、当然」

「俄（にわか）には受け入れ難い話だが。あの娘が初対面で、こんなとんでもない嘘をわざわざつくとも思えないし。多分ほんとうのこと、だと判断するべきなのか」

「まあまあ。あの染谷朝陽って娘がとんでもない虚言癖の持ち主であるという可能性も、頭の隅っこに留めておきましょ」

三基あるエレベータの前にはけっこうな行列が出来ている。階段を上がって、屋内駐車場へ向かった。

「虚言癖、か。たしかに。そう疑いたくなるくらい突拍子もない。結局はおもしろくもなんともないデタラメでした、ってオチのほうが、こちとら気楽なんだが」

「それよりも。そもそもほんとに偶然だったんでしょうか」

「なんの話だ」

「彼女が我々と、このモール内で出くわしたこと自体が」

「偶然だろ。それはまちがいない。仮におれたちが彼女の母親に接触を試みると予測する手だてがなにかあったのだとしても、それが今日だと狙いを定めて、店の前で張り込むだなんて。あり得ないよ、いくらなんでも。しかも〈シュ・アベル〉は博子の現在の勤め先ですらないわけで」

「ですよね。我々だって、ここへ来たのは最初から予定を立てていたわけじゃないし。朝陽嬢はほんとにたまたま、我々を見かけて、母親に会いにきた刑事だと察知した。しかも用件は事件の聞き込みじゃなくて、個人的な事柄だろうから、ふたりのうちひとりは母親の異父兄である山名隆夫にちがいない、と見当をつけ。うーん。その点がちょっと引っかからなくもない、かな」

「というと」

　四階の駐車場へ上がる。徐行して往き交う車輛の群れを避けながら、覆面パトカーを停めたところへ辿り着いた。

「朝陽嬢は、母親の異父兄のひとりの職業が刑事だと知っていた。だから〈シュ・アベル〉に居る山名さんを見て、あ、ひょっとしてあのひとが？　とピンときた。そこまではいい。よく判るんです。未だ会ったことのない伯父の話を母親から聞かされ、興味津々だったでしょうから。偶然に出くわしたのを幸い、思い切って山名さんに話しかけてみた。そのこと自体はさほどおかしくないんだけど。ぼくが同行しているのにもかかわらず、というところがちょっと、あれ？　っと」

　車に乗り込む筈尾に続いて、おれも助手席におさまり、シートベルトを着けた。

「細かいことは気にしない性格なのか、あるいは他人の耳をはばかるような内容ではないと割り切っていたのか。いろいろ考えられるけれど、どうもそういうことじゃなくて。彼女、かなり衝動的に我々に声をかけてきたんじゃないか、と」

「衝動的に？」

「つまり、このチャンスを逃す手はない、と急いた気持ちがあったんじゃないか。そんな気がする」

「しかし、そんな切羽詰まった事情なんかあるとは思えない。だって彼女、現におれの名前も職業も知っていたんだから。接触しようと思えばいつでも好きなときに」

「出し抜いてやろう、という気持ちが強かったんじゃないかな」

「え。なに、出し抜く？　って誰を」

「もちろん母親の染谷博子を」

　唐突に筈尾の声が萎んだ。その視線を追って、おれも気がついた。

　出口のほうへ向かう車列を避けながら、一台の軽ワゴンへと歩み寄る女性。あの娘、染谷朝陽だ。

　さきほどは持っていなかった、お洒落なロゴ入り紙袋を提げている。あの後、どこかで買物でもしてきたのか？　それにしちゃ時間的に素早すぎるような気もする。包装と会計をあらかじめ済ませておいた商品を受け取ってきた、ということかもしれない。

軽ワゴンの運転席のドアが閉まる。それにタイミングを合わせるようにして筈尾も覆面パトカーのエンジンをかけた。

おれはなにも言っていないのに、「追っかけるんですね。はいはい」と立駐を出てゆく軽ワゴンの後を尾け始める。あいだに別の車輌数台分の間隔を置いて。

「あの朝陽嬢が、おれたちに近づいてきたのは母親を出し抜くためだった？　とは、どういうことだ」

「ポイントは、山名さんの実のご母堂だという方の存在です。ええと。裏田豊子さん、でしたっけ？」

「そんな名前だったな」

母親といえば継母の佐和しか知らないおれとしては未だに、いっこうにピンとこないのだが。

「それが？」

「その娘である染谷博子なる女性は、ご母堂が亡くなられた後に予想される親族間のトラブルを憂慮している。つまり近い将来、異父兄たちふたりと三分割してもなお莫大なものになると思われる遺産を相続することになるわけだが。博子のものとなったその財産は、さらにその先、誰のものになります？」

「博子が死去したら、という意味か？　そりゃ旦那のものになる。現在山形在住で別居中らしいが、その夫と娘の朝陽とで分けるかたちで。もしも朝陽に兄弟姉妹がいるなら、さらに分割することになるだろう」

「では裏田豊子が死んだ段階で染谷博子が夫と離婚していたとしたら？　さらに博子が別の男と再婚していたりしたら？　相続した遺産はどうなります？」

　こちらの身内が直接絡みかねない問題なので言葉を選んでいるのかもしれないが、回りくどいやつだ。

「つまり、もしもお祖母ちゃんが死んだとき、ママがダブル不倫の挙げ句に離婚して、興津俊輔なる若造と再婚していたりしたら、将来の遺産分割問題で自分にとって、ちょいとおもしろくない展開が予想されるかもしれないと。朝陽はそういう心配をしているんじゃないかと、おまえさんは指摘したいわけだな」

「母親が死んでその遺産を、実の父親とならばともかく、自分とあまり歳の変わらない男と分けるってのは人情として、普通に業腹（ごうはら）でしょうから」

「本格的な火遊びに発展する前に、母親の浮気心をなんとか鎮火しておこうってわけか。あちこちで暴露し、外部から圧力をかけることによって」

「という解釈もありっちゃありだけど。外濠（そとぼり）を埋めて母親の熱をクールダウンさせるのが彼女の狙いならば、それにはもっとシンプルかつオーソドックスな理由がありそうですけどね。つまり」

「お」

　板羽町へやってきた軽ワゴンは左折。並木通りのコインパーキングへ入った。

こちらもその出入口の前を一旦通過し、ちょっと離れたところの路肩に停まる。バックミラーで様子を窺っていると、染谷朝陽はさきほどの紙袋を提げて、コインパーキングから出てきた。

「交差点で待っていてくれ」と言い置き、おれは助手席から降りた。

あいだに適当に他の通行人を挟んで間隔を空け、朝陽の後を尾ける。軽快な歩調のその後ろ姿になんだかもやもやと、複雑な心地を持て余す。

あの娘がおれの姪っこ、とはねえ。そのままうっかり不埒な妄想に滑り落ちかけていたのが、ふと嫌な予感にかられた。

あれ？　このルートは。なんだか見覚えのある風景が拡がる。と思う間もなく七階建ての雑居ビルが眼前に現れた。

まさかと思っていたが、そのまさか。〈ＭＡＺＥ・ビル〉だ。

建物に入った朝陽は軽やかな足どりのままエレベータに乗り込んだ。その後からビルのエントランスに入り、デジタル表示を確認すると、エレベータはまさしく二階。〈オキツ歯科〉のフロアで停止している。

ふとおれはビルに入る前から微かに覚えていた違和感の正体に思い当たった。そうか。見慣れた風景のはずなのに、なにかが足りないように感じたのは、黒猫のメイズの姿が見当たらないからだ。

メイズはビルの招き猫としてこの界隈でマスコット的存在で、雨天以外の日中はほぼまちがいなくエントランス付近で鎮座ましましている。そのため〈ＭＡＺＥ・ビル〉関係者はこの黒猫牢名主へご挨拶をしておいてから建物に出入りするのが慣例だ。凜花もご多分に洩れず、出勤退勤のたびにこのメイズとひととおり戯れておかないことにはおさまらないクチらしい。

めずらしくその黒猫の姿が見えない。どうしたのだろう。おれもそれほど頻繁にこのビルの前を通りかかるわけではないが、必ずと言っていいほどメイズはここの風景とワンセットとなっているので、なんだかちょっと落ち着かないような気分にさせられる。まあ猫は気まぐれな生き物だ。たまにはこんなこともあるだろう。

一旦歩道へ出たおれは道路を挟んで真向かいのコンビニに入る。雑誌コーナーから窓越しに〈MAZE・ビル〉を窺っていると、やがて朝陽が出てきた。

手ぶらだ。ということはあの紙袋は手土産かなにかだったのか。例えば俊輔への？　本人に手渡したのか、それとも受付の凜花に預けてきたのか。

あれこれもやもやしている当方を尻目に、朝陽は先刻のコインパーキングとは逆方向、商店街のほうへ歩き出す。

コンビニから出ようとしたところでスマホに着信があった。筈尾だ。

「すみません。すぐに戻ってきていただけますか」

「どうした？」

「纐纈から電話がありまして」

例の筈尾の加齢によるおやじギャグ問題を指摘した同僚だ。「彼女がちょっと気になることを言ってきているんで。あ。いま交差点ではなく、まださっきと同じところに停めています」

遠ざかってゆく染谷朝陽にいろんな意味で後ろ髪を引かれながら、おれは覆面パトカーへ戻った。

「どうやら、さっきのおまえさんの見立てが的を射ていそうだが、それは後回しにして。纐纈がなんだって？」

「ぼくたちが今日、話を聞きにいった情報提供者の名前はなんていうんだ、と訊くので。小園手鞠だと答えたら、上茶谷ではないんですか？　と」

「なに？」

「上茶谷はその情報提供者の旧姓らしいと伝えると、ひょっとしてその身内に料理人がいないかと訊くので。小園手鞠の父親が〈アップ・イン・ティ・ヴァレイ〉のオーナーシェフだと」

「どういうことだいったい」

「まだ、ざっくりとしか話を聞いていないんですが」

筈尾はエンジンをかけ、発車。「一昨日（おととい）、桑水流町（くわずるちょう）の空き家で、三十ないし四十くらいと思われる男性の変死体が発見されたそうなんですが」

高和東署の所轄だ。「たしか鴨居（かもい）かなにかにロープを引っかけて首を吊（つ）ったとかなんとか、そんな話じゃなかったか」

「ええ。検視の結果、死後数日は経過していて。一応は自殺だと見られているそうなんですけど」

「なにか不自然な点でもあるのか。コロシじゃないかと疑われるような」

「その可能性は多分、ほとんどなさそうなんですが。調べても調べてもなかなか、問題の遺体の身元が判らない」

遺体発見場所である一戸建ては長らく空き家になっていて、持ち主はかなり以前に他界している。「その相続権者のほとんどは他県在住で、土地も家屋もほったらかしという状況なんだそうです」

「その相続権者たちの誰も、ホトケさんが何者なのか心当たりはないわけか」

「どうやら空き家なのをいいことに勝手に上がり込んで、寝泊まりしていたんじゃないかと思われる。もちろん電気もガスも止まっていますが、けっこうな量の生活ゴミが散乱していたらしい」

「身元を示すものも、なにも所持していなかったのか」

「運転免許証や保険証、マイナンバーカードなどはおろか、クレジットカードやキャッシュカードなどもいっさい無し」

「もちろんスマホもケータイも見当たらなかったわけだな」

「捜索願や行方不明者リストにもめぼしい候補が挙がっていなかったようで。行き詰まっていたところへ、生前のホトケさんらしき男性と言葉を交わしたことがあるという、ちょっと有望そうな証言が得られた」

近所の酒屋の店主で、空き家で縊死（いし）していたのは角打（かくう）ちの客として何度か来店したことのある男ではないか、と言う。

「地元の住民っぽくないので憶えていたらしい。酔うと必ず、父親の存在を超えることはできないから家業は継ぎたくないのに、他の仕事もまともにできない。オレはダメなやつだ、と愚痴をこぼしていたとか」

　お父上はなにをされている方なんですかと訊くと、料理人だとの答え。酒屋の店主も興味を抱いて、じゃあ二代目なんだ、へえ、よかったらなにかつくってみてくださいよと水を向けても、くだんの男は自嘲的な笑みを浮かべるばかりだったという。

「どうやら親父さんはかなり名のある料理人らしいと見当をつけていた店主、なにかの折にその父親の名前がレンさんだ、と知った。どんな漢字を当てるのかまでは判らなかったんですが」

「纐纈は、そこでピンときたわけか。その男の言う父親とは上茶谷蓮のことじゃないか、って」

「高久村（たかくむら）へ移転する前の〈アップ・イン・ティ・ヴァレイ〉へ彼女、行ったことがあるんだそうです。で。そういえば今日、山名と筈尾のおじさんコンビが高久村の飲食店へ聞き込みにゆく予定だとか言っていたけど、なんて店だっけ、ひょっとしてと思い当たって、ぼくに電話してきた」

　筈尾はすぐに纐纈に〈アップ・イン・ティ・ヴァレイ〉の電話番号を伝えたが、何度かけてみてもいっこうに応答がないという。どこかへ転送される気配もない。

「小園さんのケータイの番号、訊いておけばよかったですね。でも、まさかこんなことになるとは思わなかったから。さっき会ってきたばかりなんで彼女、まだ店のほうに居るかもしれない。これからひとっ走り、行ってくるよ、と」

それでこうして一路、高久村へと、とんぼ返りの巻と相成ったわけか。

「桑水流町の空き家で縊死していたのは上茶谷蓮の息子じゃないか、というわけか。でも小園手鞠によると上茶谷蓮はいま、二世帯住宅を新築した息子夫婦と同居している、という話じゃなかったっけ」

「それは次男夫婦でしょ。角打ちに現れていたというのは、二代目って呼ばれるくらいだから多分、長男で」

「しかし、さっき観たビデオにシェフの息子らしき人物が映っていたっけ。インタビューに応えていたのは小園手鞠とその夫だけで。息子はおろかシェフ本人でさえ姿を見せていなかったが」

「家業を継ぎたくないと言っていたそうだから、まともに仕事をしていなかったんじゃないかな。仮に捜索願も出されていなかったのだとしたら、どういう経緯でかはともかく家族とは疎遠になっていたのかもしれない。しかも高久村から遠く離れた桑水流町の空き家で変死体で発見された、となると」

県庁所在地の高和市を挟んで、前者は県西部。後者は県東部とまるで反対方向だ。

「調べてみないと詳細は判りませんが、その空き家に住み着いていたのだとしたら、なんらかの事情で家族とは義絶し、路上生活者のようになっていたのかも」

「路上生活の果てに精神的に行き詰まり、首を吊った、のかな」

「どうでしょう。とりあえず身元を確認しないことにはなんとも。ところで」

再び高久村へ入る頃には陽が落ち、周囲は徐々に暗くなってゆく。

「ぼくの見立てが当たっていた云々、というのは？」

「染谷朝陽がおれたちに近づいてきた真意。彼女が母親の不倫願望の火消しをすべく外濠を埋めようとしているのだとすれば、おまえさんの指摘通り、それにはもっとシンプルかつオーソドックスな理由がある。すなわち、朝陽自身、同じ男に傍惚（おかぼ）れしている、ってことだ」

「不倫願望を巡るライバルってわけですか、母親が。ぼくは直接お会いしたこともないので、いささか無責任な発言になっちまいますが、お嬢さんの旦那さん、もてもてのご様子で。なんとも羨ましい。どういうタイプの方ですか」

「どういうって。まあ、いまどきの若い男って感じか。いや、いまどきのっていうのもずいぶん抽象的でよく判らん表現で。単にあと三年で還暦を迎える者の眼から見て、というほどの意味しかないんだが。一時期流行（はや）った草食系って言うのか。なにごとにもがっつかない、年齢のわりには超然とした。いや、中味は知らんよ、中味は。でもときどき、おれなんかより落ち着いているなあ、おとなだなあ、と感心することもしばしば」

車体がちょっとバウンドし、しゃっくりするみたいな語尾になった。畦道に入る。街灯があまり無い。

昼間と同じルートを通っているはずなのに周囲が薄暗いというだけで、なんだか冥界を迷走しているかのような錯覚に陥りそうになる。が、それもほんの一瞬。

ほどなくして〈アップ・イン・ティ・ヴァレイ〉へ着いた。ヘッドライトの光が駐車場の灰色の地面を円く切り取る。

車が一台、ぽつんと停まっている。が、白いワンボックスカーで、昼間に見たのとは別の車種だ。

その傍らに男が、ひとり立っていた。三十くらいだろうか。感染防止用マスクは着けていない。車体の運転席側で身体を傾き加減にしている姿は、いまワンボックスカーから降りたばかりのようにも、あるいはこれから乗り込もうとしているところのようにも見える。

まだエンジンを切っていない覆面パトカーから降りたおれは「こんばんは」とその男に声をかけた。

鰓（えら）の張った痩せぎすな印象の顔が、のろのろとこちらを向く。覆面パトカーのエンジンの音が止む。数秒の空白を置いて、男は顎を引くような仕種（しぐさ）をして寄越した。

会釈のつもりのようだが眼はなんだか、とろんとして焦点が合っていない。顔に見覚えがあるような気もしたが、とっさには憶い出せない。

「失礼。レストランの関係者の方？」

そう訊くと、男は頷いた。基本的に困惑の表情なのだが、心なしか見開いた眼に妙に無駄な力みが籠もっていて、そこがなんだか裏腹というか、ちぐはぐだ。

「あなたもお店のほうに、なにかご用があって？」

「いや。よく判らないんだが、ここ……ここへ呼び出されて」

男の視線が、つとレストランの建物のほうへ流れる。そのとき、憶い出した。

「ひょっとして、あなた、小園さんじゃありませんか？」

そうだ。『ぐるまんクエスト』で厨房スタッフとして紹介されていた小園手鞠の夫、小園一哉だ。

「呼び出された、というと。お義父さまに、ですか？」

なにげなしに発したその質問が妙な間合いで宙に浮く。小園一哉は答えず、頭をがしがし掻き毟りながら〈アップ・イン・ティ・ヴァレイ〉のほうへ歩き出した。

一拍遅れて、おれもその後に尾いてゆく。背後で「真っ暗ですね、なかは」と筈尾が呟きながら覆面パトカーの運転席のドアを閉める音が聞こえてきた。

レストランの窓という窓は黒く塗り潰されている。が、建物の輪郭が仄かに烟るように浮かび上がっていて、まったく無明の闇というわけでもない。

足元に注意しながら、おれたちは裏手へ回った。住居の引き戸のガラスを通して、屋内にオレンジ色の明かりが灯っているのが見える。常夜灯代わりなのか、それとも、なかに誰か居るのか。

先導するかたちだった小園一哉は、そこで立ち止まった。しばらく待ってみたものの、それ以上なにも行動に移す気配がない。ただ突っ立っている。

筈尾が代わりに「上茶谷さん？」と呼ばわりながら引き戸をノックした。何度か「小園さん？」と言い換えてくり返すが、屋内からの反応は無い。

「おや」

一旦手を引っ込めた筈尾は、そっとドアの把手に触れた。ちょっと力を込めた気配が伝わってきて、それとともに引き戸は横に、がらりと開く。どうやら鍵は掛かっていなかったようだ。

「上茶谷さ……」

ふたり同時に覗き込むと、室内には異様な光景が拡がっていた。五分刈りで無精髭(ぶしょうひげ)の、おれと同年輩とおぼしき中肉中背の男が、座敷に仰向けに寝転がっている。ぱっと見、そんな構図だ。しかしその身体のうち実際に床に着けている部分は男がだらりと垂らした両手の甲と両足の踵(かかと)のみ。腰から背中、そして後頭部へかけてなだらかな傾斜をつけて全身を床から浮き上がらせているのは、男の首に巻きついたロープだ。その端っこが奥の部屋へ通じるドアノブに固定されている。

筈尾とおれは急いで座敷に上がり込んだ。その際、靴を脱ぐべきか否か一瞬迷ったせいか、上がり框(がまち)への距離感を見誤り、身体の重心が不自然に傾く無理な姿勢で、数歩たたらを踏む恰好になった。

右足首を捻(ひね)ったような感覚。事実、鋭い痛みが衝き上げてきたのだが、このときは気にしている余裕はない。

男の身体を降ろそうとした。すると、首を吊った際の衝撃ですでに壊れかけていたのだろう。ロープを括りつけられたままのドアノブが扉の表面を裂かんばかりに根こそぎ外れたかと思うや、ひゅんッと風を切る音とともに宙を舞い、床に落下した。

ごんッ。ドアノブが着地したのがちょうどフローリング部分だったため、けたたましくも激しい衝撃音。なんとも生理的嫌悪を催す質感で残響する。

でき得る限りの心肺蘇生(そせい)措置を男に施すいっぽう、消防と警察に通報。救急車はすぐにやってきたが、この様子では残念ながら手遅れだろう。男が息を吹き返すことはまずあるまい、と思われた。

最寄りの駐在所から駆けつけてきた若い巡査は男をひとめ見るなり「あッ、シェフ」と驚きの声を上げた。どうやらこの男がレストランの主（あるじ）、上茶谷蓮で、くだんの巡査も顔馴染（かおなじ）みだったらしい。

てことはこの男が、おれの父親ちがいの兄貴なのか？　この世に生を享（う）けて五十七年。かつて一度も顔を合わせたことのない異父兄と初めて相まみえたのが、そのデスマスクだったとは。なんとも複雑な感傷に浸りかけている己れに、ふと変な危機感を覚えた。上茶谷蓮とおれが異父兄弟だというのは単に染谷朝陽がそうだと言っているに過ぎず、証明されたわけでもなんでもない。

「なにがあったんですか、小園さん」

そんな巡査の声でおれは我に返った。

「なにが、ど、どうなって、こんなことになっちゃったんですか」

しかし当の小園一哉は、いくらそう問いかけられても、ぼんやりしたまま。ただいたずらに首を横に振るのみ。

筈尾とおれはここへ、小園手鞠の兄とされる人物について訊くためにわざわざ引き返してきたわけだが。せっかくその義弟がここに居るというのに、事情聴取をさせてもらえる余裕はなさそうである。

ストレッチャーで運ばれる上茶谷蓮の後からいっしょに救急車に乗り込む、というより押し込められる小園一哉を見送りながら、筈尾はスマホを取り出した。

「とりあえず纐纈に連絡しておきます」

「なにがあったんだろうな、ほんとに。こんな人気店のオーナーシェフが、いったいなにが哀しくて」

「ひょっとして、なにか関係があるのかな、例の桑水流町の空き家の変死体と」

「というと？」

「問題の変死体の身元が小園手鞠の兄だとします。で。もし仮に上茶谷蓮が、その息子の死に娘婿が関与しているのではないか、という疑念を抱いたのだとしたら」

「死に関与って。つまり小園一哉が義理の兄を手にかけたんじゃないか、と？　上茶谷蓮はそう疑ったというのか」

「さきほど小園一哉は、ここへ呼び出されたんだ、と言っていたでしょ。義父にわざわざレストランに隣接する簡易住居へ呼ばれて、なにごとかと思って来てみたら、なかで上茶谷蓮が首を吊って死んでいる。あまりにも突然のことでどうしていいから判らず、ふらふら駐車場へ戻ったものの、義父の遺体を放置して立ち去る踏ん切りもつかない。途方に暮れて立ち尽くしているところへ我々がやってきた、というわけです」

「つまり上茶谷蓮は当てつけのために死んでみせた、って言うのか？　わざわざ娘婿をここへ呼び出した上で？」

それってなんていうサイコサスペンスドラマだ、というツッコミは自粛しておく。「息子が小園一哉に殺されたんだと、もしもシェフが本気で疑っていたのなら、警察に相談すべきだろ」

「上茶谷蓮はこのところ体調が優れない、という話だったじゃないですか。具体的な症状や病名はともかく本人が世を儚むくらい思い詰めていたのだとしたら、ついでに己れの死にざまを娘婿に見せつけておいてやろう、なんて考えたのかもしれない。ま、判りませんけどね、もちろん」

筈尾は肩を竦めてみせた。「ただ小園一哉が、自分はここへ呼び出されたんだ、と言っているのが気になって」

たしかに。駐車場でおれが声をかけたときから挙動不審だった点も含めて、いろいろ引っかかることは引っかかる。

あるいは上茶谷蓮の首吊りは偽装された他殺なのかもしれず、小園一哉が「呼び出された」というのは犯人に誘き出され、罠に嵌められたとか、そういう可能性もあるのかもしれない。

「しかし長く生きていると、いろんなことがあるもんだ。聞き込みだけで今日一日は終わるはずだったのが、変死体の第一発見者になっちまうとは」

「そういうのも職業柄、めずらしくないんじゃないの、とか言われそうだけど。たしかに第一発見者というのはぼくも、あんまり覚えがないな」

所轄の警官に上茶谷蓮を発見するに至った経緯をなるべく詳しく説明しておいてから、筈尾とおれは引き上げることにした。あとはこちらへ駆けつけてくるはずの纐纈たちに引き継いでもらう。

「父親が自殺したとなると小園手鞠もたいへんだな、これから」

助手席で車の振動に身を委ねながら、スマホを取り出す。娘の凜花に『いま電話してもだいじょうぶか』とＬＩＮＥする。

「旦那があんな、頼りないようじゃなあ」

「そう決めつけるのは気の毒だ。いきなり身内の縊死現場に遭遇したりしたら誰だって、あんなふうに固まっちゃいますよ。まあどのみち、もうレストランを続けてゆくのは無理っぽいでしょうけれど」

凜花から『いいですよ』と返信。普段ならそのままＬＩＮＥ通話に切り換えるところを、なんだか微妙な話題になりそうなので、普通の電話で凜花のスマホにかける。

どうもデジタル機器全般に疎いせいか未だに無料アプリでのやりとりにはプライヴァシー漏洩的な不安が拭い切れない。むろんこんな用心は無知ゆえの的外れなのかもしれず、あくまでも気休めに過ぎないが。

「はい、もしもし。隆夫さん？」と、すぐに応答があった。

凜花も、それから息子の日名人もおれのことを「パパ」とか「お父さん」とは呼ばない。幼い頃から現在に至るまで、ずっと「隆夫さん」一本槍で、これはおれ自身が継母のことを「佐和さん」としか呼ばなかったことの影響かもしれない。

凜花と日名人の幼少期や思春期には「自分の親を下の名前で呼ぶのは如何なものか」的な批判も少なからずあったようで、妻の由紀江も「親の教育が悪いのではないか」と、けっこう眉をひそめられたりしたらしい。

　おれとしては子どもたちから「おい、オヤジ」呼ばわりされるより、さん付けしてもらうほうがよっぽど居心地が良いので、どれほど口を極めて批判されようとも周囲のいわゆる良識派を、しれっと柳に風と受け流してきてくれた妻には感謝している。

「仕事は終わったのか」

「うん。いまかたづけているところ。もうすぐ上がり」

「俊輔くんは」

「もう帰った。今日はなにか、ひとと会う約束があるとかで」

「妻はほったらかしか」

「わたしはわたしで今夜は気晴らしに、お友だちとお出かけの予定。迎えにきてくれるそうだから、そろそろＬＩＮＥしようかな、と思ってたところ」

「忙しそうだな、相変わらず」

「ほんとだよもう。元日にお義母(かあ)さんが自宅のお手洗いで転んじゃって」

「え。だいじょうぶなのか」

「頭とか打ったりはしていないんだけど。でも手首を骨折しちゃってるから、お仕事は当分むり。本来ふたりで回してた業務をわたしがワンオペでやらざるを得なくなって。いやあ、きついことはきついです、連日。なので今夜はひさしぶりに美味しいもの食べて、ぱーっと憂さ晴らしするつもり」

「存分に息抜きをしてきてくれ」

「ご用件はなんですか。ひょっとして隆夫さんのお仕事に関係すること？」

「ちょっと、そちらの患者さんのことで。といっても個人情報を知りたいとかそういうんじゃないんだが。染谷博子ってひとが、そこに治療に来ているだろ」

「ちゃっぴいのお母さん？」

「え？」

「あ、ごめん。染谷朝陽さんのお母さんのこと？」

「え、と。知っているのか？　染谷博子と朝陽母娘（おやこ）のことを」

「ふたりとも定期検診に来ている。それに、今夜のお出かけというのは、その朝陽さんといっしょだし」

困惑した。というか、めちゃくちゃ後ろめたくなった。「えと。そ、そんなに親しいのか？　凜花は朝陽さんと？」

「もともとシュンくんの遊び友だちなんだけど。今夜はちょっと、あたしの気分転換に付き合ってくれるんだって。新年明けての激務の慰労会で」

ちょっと待て。俊輔をデートに誘っているのは母親の博子のほうじゃないのか？　それに遊び友だちって、ずいぶんさらっと言ってのけるけど、それっていったい、どういう意味の？　まさか染谷母娘の不倫願望レースに於（お）いて、朝陽はとっくに博子を出し抜いているのか？

そもそも凜花自身は、夫とその朝陽嬢との関係性をどう捉えているのか。いろいろ気になる疑問はてんこ盛りだったが、どんなふうに糖衣にくるんで訊いたものか。適当な言葉が浮かんでこない。これはやっぱりあれか。〈ぱれっとシティ〉で遭遇した染谷朝陽に歳甲斐もなくインモラルな劣情を催した己れに対する後ろめたさゆえ、頭のなかが混乱して収拾がつかなくなっているのか。

思い煩うのもめんどくさくなったので、朝陽と俊輔のことはとりあえず脇に置き、代わりに「母親の博子さんのほうだけど。彼女となにか個人的な話をしたことはないか」と質問した。が。よく考えてみれば、いち捜査官の立場としては、こちらのほうがよっぽど本題である。

「個人的、って。雑談ならちょこちょこ。具体的にはどんなこと？」

「山形県に住んでいたことがあるらしいんだが、その頃の話とか。あるいは県外から、例えば名古屋あたりから知り合いが高和へ遊びにくる予定があるとか。どうだろ。そんな話をなにか、聞いたことはないか？」

「ぜんぜん。そういえば今日のお昼、博子さんじゃなくて、ちゃっぴいが、ちらっと受付に顔を出してくれていたけど」

「途中で口を挟んでもうしわけないが、さっきからなんなんだ。その、ちゃっぴいっていうのは？」

「朝陽さんには言わないでね。わたしが勝手に彼女のことを、そう呼んでいるの。ひそかに。そのココロはアサヒだから最初は、さっぴい、だったんだけど。それが変化して、ちゃっぴい。可愛いでしょ？　でも、シュンくんによれば彼女、そんな愛称は絶対に嫌がるから言わないほうがいいよと」

いよいよ頭のなかがとっ散らかるばかりの当方を尻目に、凜花はあっさりと。「隆夫さん、ごめん。もう切るね。ちゃっぴいには隈部町から迎えにきてもらわないといけないから。そろそろ連絡もしておかないと」

「隈部町？」

「うん。最近、引っ越したんだって。マンションを買って」

「染谷母娘が？」

「すごくお洒落なデザイナーズ・マンションで、猫ちゃんもいっしょに暮らせるんですって。いいなあ。いつか遊びにいこうと思ってるんだ。じゃあね、隆夫さん。お仕事、がんばって」

通話は切れた。

「腹、減ったな」

スマホを仕舞いながら思わず、そんなひとことが洩れた。昼食抜きのツケがそろそろ回ってきている。

「どこかドライブスルーでも寄りますか」という筈尾の声に被さるようにして着信音。筈尾のほうのスマホだ。

ちらっと画面を一瞥すると、左手でおれに差し出してくる。「纐纈です」

代わりに彼のスマホを耳に当てた。「もしもし、おれだ。筈尾はいま運転中」

「ども、お疲れっス」

纐纈ほたるの声が流れてくる。「いま高久記念病院にいます」

上茶谷蓮が搬送されたところだ。「お疲れさん。東へ行ったり、西へ行ったり、たいへんだな。で、どんな感じだ」

「上茶谷蓮の死亡が確認されまして。氏の息子さんだという男性がこちらへ駆けつけてきて、いろいろ話を聞いているところです」

「息子というのは、父親と同居していた次男のほう？」

「はい。名前は天の空と書いてソラ。三十二歳。その姉の小園手鞠もいま、こちらへ向かってきているところで」

「彼女にも連絡がついたか」

「救急車に同乗してきた小園一哉の言うことがどうも要領を得なくて。妻や次男夫婦の連絡先を聞き出すのもけっこう手間どりましたが。まあなんとか」

「よかったよかった。って。本題はまだこれからか」

「ほぼほぼ決まりっぽいですけどね」

桑水流町の空き家で発見された変死体はやはり上茶谷蓮の長男だ、ということのようである。

「長男の名前は圭以（けい）。土をふたつ重ねる圭に、以て（もって）瞑（めい）すべしの以を書いて、ケイと読ませるそうです」

名前の漢字の説明のため「以て瞑すべし」という例文を採用するというのも、なかなかユニークな気がする。

「年齢は三十七歳。まだ弟さんからざっくりとしか聞いていないんだけど、家族とはかなり折り合いが悪かったというか。ここ数年、事実上の絶縁状態だったみたいで」

「互いに顔も合わせなくなっていたと」

「それがそうでもなくて。圭以のほうから、ときおり憶い出したみたいに、ふらっとレストランに立ち寄ったりしていたらしい。主に金を無心しに」

「営業中に、という意味か？」

「どんな経緯で挫折したかは判りませんが、もともと圭以も料理人だったようです。以前は父親の店を手伝っていた気安さからか、勝手に厨房へ入り込んだりするものだから、みんな手を焼いていたらしい」

「いろいろ根が深そうだな」

「次男の天空(そら)は父親と同居していたものの、家業とは全然畑ちがいの仕事をしている。なので長男についてのもっと詳しいことは、姉の手鞠とその旦那に訊(き)いてくれ、と」

仮に問題の変死体の身元が上茶谷圭以だとすると、自殺したのは料理人としての挫折やら家族との確執やら、原因にはこと欠かなそうだな、と思っていると。

「え。なに？」と綴綴の声が一瞬遠のく。

なにやら騒々しいやりとりの後、彼女は嘆息混じりに、「すみません。なにか揉(も)めてるようなので、ひとまずこれで」

「どうした」

「小園手鞠が到着するなり、旦那と喧嘩を始めたとか」

「って。父親の遺体を前にして、か」

「アンタが付いていながらこれはどういうことよ、とかなんとか。だいぶ興奮状態みたいです。詳しいことはまたのちほど」

通話を切ったスマホを筈尾へ返しながら無意識に「隈部町、か」と呟いている己れに、数秒ほども遅れて気がついた。

「なんです」

「隈部町に最近、新しいマンションが出来ていたっけ」

「デザイナーズ・マンションですか」

先刻の凜花とのやりとりが洩れ聞こえていたらしい。「えと。〈サンステイツ隈部〉かな、もしかして。たしか昨年、テレビかなにかでコマーシャルを見た覚えが」

「ちょうどここから遠くないし。ついでに寄っていってみよう」

「もしかしたらそこで、染谷博子さんとお会いできるかもしれませんね」

「ま、駄目もとってことで」

盛りだくさんな一日だったわりには〈サンステイツ隈部〉に着いたのは、まだ午後七時を回ったところだった。が、緊急時ならばともかく、一般市民宅を訪れるにはちょっと微妙な時間帯かも。

「とりあえず郵便受けの名前だけでも確認してくる」

そう言い置き、おれは道路脇に停めた覆面パトカーから降りた。

一歩踏み出した途端、激痛が右足首から脳天へ突き抜けた。身体がよろめく。すっかり忘れていたが、さきほど上茶谷蓮の遺体を発見した際、座敷に上がろうとして傷めた箇所が徐々に腫れてきているようだ。

即、回れ右して帰宅し、湿布したい誘惑にかられたものの、ぐっと我慢。改めて歩き始める。まあ、だいじょうぶだろ。立てないというほどでもないし。

改めてマンションの共同玄関へ向かおうとしたおれは再び、ぎくっと立ち止まってしまった。ちょうど建物から若い娘が出てくるところだ。ポニーテイルはほどいていて、マスクも着けていない。まちがいなく彼女、染谷朝陽だ。

彼女はひとりではなかった。腕のなかに丸っこい黒猫を抱っこしている。

これで朝陽が洋装ではなく和装なら竹久夢二の『黒猫を抱く女』の現代風パロディだとか思いつつ、おれはつい彼女を差し置くようなかたちで「メイズ」と声をかけていた。

「あら、伯父さま。こんばんは。どうも、さきほどは」

腕のなかの黒猫と、おれの顔を悪戯っぽく見比べる。「お知り合い？」

「板羽町界隈でメイズを知らないやつがいたら、もぐりだよ」

「ていうか、高和市民で知らないひとがいたら、もぐりかも。地元じゃないケイちゃんだって、こーんなに仲好しだったし」

ケイちゃんって誰のことだ。友だちかなにかかと訝りながらも、黒猫を抱いた朝陽からは〈ぱれっとシティ〉で遭遇したときとはまた別種の色香がむんむん漂ってきて、のけぞってしまう。

「いつの間に、きみが飼い主に」

「ううん。そういうわけじゃなくって。事情があって、ちょっとのあいだ、うちに居候してたの。でも伯父さまったら、さすが。よくここが判りましたね。あ。ひょっとしてあたしのこと、尾行してた？」

なにもかもお見通しなのか、それともカマをかけているだけなのか。このやりにくさはもしかして、おれのなかで彼女に対する身内意識が芽生えているから、なのか。

「いや。その、お母さまは。染谷博子さんはご在宅かな」

「今夜は留守です。ついでに言うと、帰宅の予定も当分ございません」

「当分？　というとご旅行かなにかで？」

「いいえ。そんなに遠くではなくて。地元は地元に居るんですけど」

「どちらのほうへ？」

「さて。いいひとのところでお泊まり、ってところじゃないですか」

にゃあ、と彼女の腕のなかでメイズが鳴いた。おれと朝陽を交互に見るその眼が「早く行こうよう」と急かしているみたい。

「じゃ、あたしはこれで」

「お送りいたしましょう」

とっさにそう申し出ると、朝陽は眼をしばたたいた。

「実はさっき娘と電話で話していて。ほんとに、たまたまなんだけど。そしたら今夜、あなたと食事をごいっしょさせていただく、というお話だったので」

「あ。なるほど」

「板羽町までお送りしますよ。それとも、もうタクシーを頼んでる?」

「いえいえ。大通りに出てから拾うつもりだったので。助かります。じゃあさあ、ケイちゃん。じゃなくって、メイズ」

ケイちゃん? 友だちのことかとさっきは思ったが、メイズの別称? やれやれ。凜花のちゃっぴいといい、この娘といい。あまり周知されていない独自の愛称を敢えて使うのが流行ってでもいるのか。

「ね。せっかくだから伯父さまに送っていってもらおっか」

にゃあ、と鳴く黒猫。その表情が「うむ。苦しゅうない」とか澄ましているみたい。

黒猫を抱っこしている朝陽を伴い、覆面パトカーのところへ戻ってきたおれを見ても笄尾は慌てず騒がず。しれっとして「あ。〈MAZE・ビル〉までご乗車ですね。はいどうぞ。はい」ときたもんだ。

後部座席にひとりと一匹を乗せ、おれたちは一路、板羽町へ。

「しかし知らなかったとはいえ、昼間はたいへん失礼しました。そんなに凜花が親しくさせていただいているとは」

「あたしも知らなかったんだけど」

「は？」

「いえいえ、こちらこそ。りんちゃん。あ、失礼。凜花さんの懐の深さに、すっかり甘えてしまって」

その凜花によると、あなたはもともと俊輔の遊び友だちだそうだけれど、具体的にはどういうご関係ですか。そう訊いてみたいような気もしたが、やっぱりどうも、穏当な表現が思い浮かばない。こういう問題について自分がそれほど保守的な価値観に囚われているとは思わないのだが、というか思いたくないのだが、やはり娘が絡むとなるとオレもしょせんはひとりの父親に過ぎない、ということなのか。やれやれ。

「あ、そうだ。伯父さまは知ってるかな。これから行くビルの名前って、ほんとはメイズじゃない、ってこと？」

「メイズじゃなくて、マゼですよね、本来の読み方は」

おれの代わりに筈尾が答えてくれる。「方言で南風という意味のマゼ。でも誰もそうは読まないから。いまはあのビルのことを検索しようとしても、メイズのほうでしか出てこないでしょ、多分」

へえ、そうなのかと感心したが、さも常識だろ、と言わんばかりの態でノーコメントを押し通すおれ。ここでわざわざ己れの無知を曝す必要もあるまい。

その〈ＭＡＺＥ・ビル〉の少し手前で、朝陽を降ろした。抱っこしたメイズの前脚を持ち上げ、バイバイのジェスチャーをして寄越す彼女の姿が見えなくなってから。

「筈尾。すまんが」

「了解です」

いちいち指示しなくても察しのよすぎる相棒はハンドルを切り、さっさと〈サンステイツ隈部〉へ取って返す。

再び建物の前の道路脇で、おれは車から降りた。ひっそり、ひとけのないマンションのエントランスホールに入る。

各世帯の呼び出し用インタホンのパネルとネームプレートを見ると、六階の六〇四号室が『染谷』となっている。

インタホンを押してみた。返答はない。何度か試してみた。が、結果は同じ。

ほんとうに染谷博子は不在なのか。それとも居留守を使っているのか。六階の当該世帯辺りの照明が消えているのを外から確認し、おれは覆面パトカーへ戻った。

「どうです。感触のほどは」

「なんとも言えない。さっき朝陽が、おれたちと別れてすぐに母親に連絡したのかもしれないし。来客があっても絶対に出るな、電灯も消しておけ、と指示して」

「仮に博子が、我々と顔を合わせるのを避けようとしているのだとしたら。重要参考人として事情聴取をされる前に、どこかへ高飛びしようと準備している、とか？」

「そこまで思い切った行動に出る選択肢を、もしもほんとうに検討しているとしたら、染谷博子は山形県在住時に、各務愛弓とけっこう深い接点があった、ということにもなりそうだな」

「各務愛弓を手にかけたかどうかは、また別として、ね」

「被害者とたしかに面識はあったが殺してはいない、というのなら堂々とおれたちの前に出てきてもよさそうなものだが。実際に手は下していないものの、なんらかのかたちで事件にかかわっているのか。それとも、単に各務愛弓と知り合いだったというだけで痛くもない腹を探られるのを極端に嫌がっているだけ、なのか」

仮に各務愛弓があの『ぐるまんクエスト』を偶然テレビで観て、名古屋から遠路はるばる高和へやってきたのだとする。なぜ染谷博子に、しかもこのコロナ禍の折にわざわざ会いにゆこうと思い立ったのかは、さて措くとして。

染谷博子とコンタクトを取り、高和市のどこかで彼女と落ち合った各務愛弓が、そこで感情的ないきちがいかなにかで殺害されてしまったとする。その現場とは、もしかして先刻の〈サンステイツ隈部〉の六〇四号室だったのでは？

各務愛弓の遺体は阿由葉岬へ、どこか別の場所から運ばれてきている。車を使って遠方へ死体を遺棄しにゆくという手間をかけた理由は、殺害現場が犯人の自宅だったから。少なくとも手を下した人物と、なんらかのゆかりのある場所だったからのはず。でなければ各務愛弓の遺体は犯行現場にそのまま放置されていただろう。

問題は遺体の運搬が、たとえ車があったとしてもそう容易ではなかったはず、という点。少なくとも染谷博子単独でそんなことが可能だったとは、ちょっと考えにくい。

そこで登場するのが共犯者もしくは事後従犯者の存在である。それが興津俊輔だったのではないか。染谷博子は俊輔に、各務愛弓の遺体を自宅から運び出し、遺棄してくる作業を手伝わせたのではあるまいか？　だとしたら朝陽の見立てに反して、ふたりはすでに男女関係に陥っている可能性は高い。俊輔は、手を貸さなければ自分たちの不義の関係を凜花にバラすと博子に脅され、やむなく協力した、というわけ。って。いやいや、おい。

我ながらだいぶ煮詰まっているぞ。単に接点がありそうだというだけで、仮にも自分の娘婿をこんなふうに疑うとは。いささか短絡的に過ぎる。なにか俊輔に含むところでもあるのかな。自覚はないんだが。

「ともかく今日は、ここらで切り上げるとしよう」

スマホを取り出し、凜花に『いまどこ？』というメッセージをＬＩＮＥで送っておく。再度〈ＭＡＺＥ・ビル〉へ様子を見にいってみることも考えたが、もうあれからだいぶ時間が経っている。凜花も朝陽もとっくに食事へ出かけているだろう。

「すまんが、市役所前の電停あたりで降ろしてくれ」

「了解」

妄想めいた疑念はまだ続く。仮に博子と俊輔が共犯だったとする。首尾よく各務愛弓の遺体を処分し、だんまりを決め込もうとしたふたりだったが、彼らの犯行に気づいた人物がいた。他ならぬ染谷朝陽だ。

〈ぱれっとシティ〉で偶然出くわした彼女が積極的にこちらに接触してきたのは、初対面である伯父に対する興味以上に、おれが警察官だからではなかったのか。母親の犯罪を自分自身で直接告発するのは心理的抵抗が大きい。なので、あれこれ周囲に働きかける手法で明るみに出るように画策して。いや、まて。

だとすると彼女が母親に居留守を使うよう指示をするのはおかしいわけで。博子はいまマンションにはほんとうに居ない、ということになるが。

これも職業病の一種なのだろう。妄想めいた疑念が止め処なく無限増殖してゆくが、それには相応の理由がある。要するに、おれが引っかかっているのは以下の二点。ひとつ。染谷博子本人をつかまえられないことの不自然さ。そしてもうひとつは、さきほど凜花が電話で言っていたことだ。俊輔は今夜、ひとと会う約束がある、という。

これは果たしてただの偶然なのか。もしかして俊輔が今夜密会しようとしているのは染谷博子なのではあるまいか。そんな疑念を、どうしても払拭できないのだが。

「じゃあまた明日、よろしく」

電停近くで降りたおれは、走り去る覆面パトカーを見送る。

車中ではずっと忘れていたが、歩き出すと右足首の痛みがぶり返す。気のせいか、けっこう悪化しているようだ。

少し覚束ない足どりで大通りから天華寺商店街へ入る。どの店舗も窓のブラインドやシャッターが下りており、真っ暗だ。ひとけはまったく無い。

歩きながらスマホを取り出した。LINEアプリを開いてみる。さきほど凜花に出したメッセージに既読は付いていていない。

商店街を抜ける。森閑としている天華橋の歩道で立ち止まった。橋といっても、長さはほんの五、六メートル。川というより用水路の趣き。

大雨などのときには増水するが、いまは川面が極端に下がっている。水がほとんど無い状態で、護岸工事とともに川底に敷いたとおぼしきコンクリートブロックが薄闇に浮かび上がっている。高さにして多分これも四、五メートルほど。

この小さな川の欄干越しに住宅街の夜景が見通せる。蛇行する川の袂にある十二階建てのマンション〈コーポ天華寺〉、その四階の角部屋が凜花たちの住居だ。

少し身を乗り出し、眼を凝らしてみたが、窓に明かりは灯っていない。俊輔もまだ帰宅していないようだ。

凜花の不在を衝いて、俊輔は自宅で染谷博子と落ち合うつもりなのではないか。おれは依然としてそう疑っている。というのも、凜花を食事に連れ出すようにさりげなく朝陽を誘導したのが俊輔だった、みたいな感触があるから、なのだが。考え過ぎだろうか。

踵を返しかけたそのとき。ＬＩＮＥに着信があった。表示を見ると凜花だ。

アプリを開こうと、片手で操作しようとしたのが祟った。「お。っと」

スマホを取り落としそうになった拍子に、踏ん張った右足首に激痛が走る。慌てて身体の重心を左へ移そうとして。足が滑る。

欄干を乗り越えそうになったものの、なんとか踏み留まった。と思ったのは錯覚で。

その直前に背後から誰かが駈け寄ってくる気配。そして前のめりになった腰の辺りを突き飛ばされる感触が、山名隆夫として残っている最後の記憶で。おれはそのまま。
奈落へと沈んでゆく。

〈博子〉

リビングの床に直接、体育座りをしようとしてよろめき、後ろ手に受け身をとろうとして失敗し。結局、仰向けに転んでしまったかのような恰好で四肢を硬直させている。その人物。

服装はジーンズにジャンパー、感染防止用マスクは着けておらず。歳は若そう。三十くらいか。小柄な女性だ。

三白眼で天井を睨み上げるその顔。石膏で固められたかのように、ぴくりともしない。胸の豊かな隆起もまた微動だにする気配はなく、人工造形物さながら。

そういえば、いまの若いひとはジャンパーではなくてブルゾンと言うんだっけ……頭の隅っこで、そんなどうでもいいことを考えていたのはひょっとして、雑念に縋(すが)ってなんとか精神的均衡を保とうとする無意識の自己防衛規制だったのか。

彼女の傍らで身を屈(かが)めたあたしは改めて、その顔を覗き込んだ。首に、まるで刺青(いれずみ)を彫ろうとして失敗したかのような斑(まだら)の、赤黒い痣(あざ)が出来ている。これは。

これは……指の痕？

首を絞められた？

両膝を床につき、あたしは思い切って彼女のその手首に触れてみた。冷たい。

ふわっと気が遠くなる。前のめりに倒れそうになるのを必死でこらえながら、掌を彼女の顔面に翳してみた。なにも。

なにも感じられない。

息をしていない。これは。

死んでいる。まちがいなく。

「……だれ？」

立ち上がろうとして体勢を崩し、手を床につく。あたしはひと呼吸、間を取り、傍らに佇立する直道を睨み上げた。

「これ、誰？」

「たしか、えと。カガミ、とか」

這いつくばるような恰好で、ようやく立ち上がるあたし。まるで徒競走を終えた直後みたいに呼吸が乱れる。

息苦しくなって、毟り取るようにマスクを外した。「カガミ？　って、苗字？」

「多分な」

「どういう漢字」

「知らねえよ、そこまで」

「ミラーの鏡？」

「知らん、と言ってるだろ」

「下の名前は」

「なんだっけ、マユミ？　アユミ？　とか。とにかくそんな感じ」

直道は困惑しつつも、オレはいま不貞腐れているのが判らんのかと、めいっぱい強調しておかないと気がすまないようで。何年離れて暮らそうが変化も進歩もまったく無い。幼稚さと尊大さの綯い交ざった、相変わらずのオレさまクオリティである。

「何者？」

「知らん」

「どういうひとなのよ」

「だから知らねえ、と言ってるだろ。いい加減にしろ。答えようがねえんだよ。なんにも知らねえんだからさ、おれは」

「なんにも、ってことはないでしょ。なんにも、ってことは。そもそもあなたとはどういう関係？」

「それは、だな。そのう」

「まさか、なんの関係もないんだ、なんて言うつもりじゃないでしょうね」

「いや、ほんとにない。なんにも。ねえんだから仕方がない。少なくとも、その、深い関係は。た、ただ」

「ただ？　ただ、なに？」

「同じ飛行機だったんだ」

「え。じゃあ山形から？」

「いや、名古屋で乗り換えたときに。小牧空港からの便で。座席をひとつ空けての、隣り同士で」

「機上でナンパしたと」

「話しかけは、した。したよ。けど、全然。マジそっけないというか、ガン無視するような反応しか返ってこなくて。ほんとだって。そのときは。いくら彼女に名前を訊いても。高和出身のひと？　とか水を向けてみても、全然ぜんぜん。はぐらかされるばかりでよ。こりゃ脈はねえなあと」

「あのね、あなた。いい加減に、ひとを虚仮にするような戯言は」

「嘘じゃねえって。ほんとに。そのときは、それっきり。高和空港へ着くまで彼女、マジ押し黙ったままだったんだって。さすがにこちらもそれ以上、ちょっかいをかけようがねえじゃん。ほんとだって。ほんとにほんと。飛行機を降りるときだって別々だったし。その後、たまたま空港から同じ連絡バスでＪＲ高和駅まで、ずっといっしょだったってことも知らなかったんだ。そのときは」

「じゃあ、いつ知ったの」

「だから連絡バスを降りた後。停留所で。なにげなしに周囲を見回していたら、そこに彼女が居て」

「これ幸いと。再びナンパした」

「向こうから声をかけてきたんだ」

「また、そういう」

「ほんとだって。ほんとにほんと。なにを思ったのか、彼女のほうから、おれに話しかけてきたんだってば」

「ふうん。どうおニイさん、今夜アタシと遊ばない、とかって？」

「気色の悪い声、出すな。だいぶちがう。どう、じゃなくて、ねえ、だったっけ。ねえ、ちょっと訊きたいんだけどさ、高久村ってところはここから遠いの？　って」

「高久村？」

「そう」

「そこへ行こうとしていた、ってこと、このひと？」

「そうなんじゃねえの。多分」

「なにしに」

「なんだっけ。えと。アップルティ、とかなんとか」

「なにそれ。紅茶？」

「じゃなくて、そういう名前のレストラン。そこへ行きたいんだけど、みたいなことを言ってた」

え。それは。ひょっとして〈アップ・イン・ティ・ヴァレイ〉のこと？　そう口にしかけて思い留まる。

「レストラン、ですって?」

「そう」

「お腹空いたから、なにか食べたいと」

「そんなんじゃなくて。そもそれが目的で高和まで来たんだ、と」

「そのお店の評判を聞いて遠路はるばる」

「というんでもなくて。昔の知り合いがいるんだってさ。そこのオーナーシェフの娘で。彼女が高校生のときに家庭教師をしてもらっていたとか。そんな話だった」

「そのためにわざわざ名古屋から? 旧交を温めようと」

「いや、そんな和やかな話じゃ全然なくて、だ。彼女から詳しい話を聞いて、おれもちょいとビビッちまったんだけど」

ぶるッ、と直道はそこで、震えながら己れの身体を掻き抱くかのようにして間を取る。なんとも芝居がかった仕種。

それは心底怯えている己れを悟られまい、と剽げた表情でごまかしているのか。あるいは聞き手であるあたしを怪談よろしくしっかりと怖がらせておきたいのか。どっちとつかず。直道らしいといえば直道らしい、中途半端な薄笑いが暑苦しい。

「レストランのマネージャーになっているその女に実は自分は深い怨みがあるんだ、と。そんなことを彼女、言い出して」

「怨み、とはまた穏やかじゃないわね」

「彼女が高校生のとき、付き合っていた男子がいたんだってさ。家族や友だちには秘密にしていたのにバレて。受験生の分際でなにチャラついてんだか、みたいに周囲から理不尽にイジられてメンタルやられた。なんで自分たちがこんな目に遭わなきゃいけないのって愚痴ってたらお互いに気まずくなって結局、別れちまったんだと。で、彼氏のことをバラしたのがその家庭教師だったという女で。って。いや、ほんとかどうかなんてもちろん知らねえよ、おれは。判るわけねえじゃん、そんなこと。ただ彼女はそう言っていた、ってだけの話で」

「いまでも怨んでいるんだ、ってこと？　自分が彼氏とダメになったのは、その」

小園手鞠のせいだ、と具体的な名前が喉もとまで出かかった。「その家庭教師だった女のせいだ、と？」

「それがケチの付き始めで、お蔭で自分の人生はすっかり狂っちまったんだとさ」

「どういうこと」

「それ以降、なにをやっても貧乏籤ばっかり引かされる運命になったのはすべてその女が悪いんだと。ほんとなら元カレといっしょに行くはずだった本命の山形県の某大学の入試に落っこちたのも、そいつのせいだと」

　そのくだりで、もしやこの女性は直道が山形県鶴岡市在住であることを知っていてなにか意図的にその地名を挙げたのかとも訝ったが、どうやらそういうことではないらしい。彼女の出身地は不明だが、高校時代に目指していたのがほんとに山形の学校だったのだとしたら、これはなんとも数奇な巡り合わせだと言わねばならない。

「家庭教師のくせに勉強の教え方もなっていなかった、と？」

「そんなとこだろ。なのに、そいつは入試の後、電話でぬけぬけと合否を訊いてきたんだと。彼女は頭にきたものの、アンタのせいで駄目だったんだ、とも言えず。お蔭さまで合格しました、と嘘の答えをしたんだとよ。ほんとに受かったのはまったく別の大学だったにもかかわらず」

「いったい彼女、なにをそこまでこだわっていたの。どうもよく判らない」

「要するに、あの女がアタシの人生を台無しにしたんだという怨みごとだろ。第一志望じゃなかった大学生活も悲惨で。新しい彼氏はおろか、友だちもろくにできない。卒業後も良いことなし。転職をくり返して全国を転々とするも、なんにもうまくいかない。思い返せば大学受験のとき、あの女に家庭教師を頼んだのがすべての元凶で」

「そこがね、被害妄想なんじゃないの」

「おれに言うなって。ともかく彼女、いまはコロナの煽りで仕事も無い。悩みを聞いてもらえる親しい友人や恋人もいない。毎日まいにち苦しく、虚しい。だからもう死ぬことにした。でも自分ひとりで死ぬのも癪だ。どうせなら、この人生を狂わせた張本人であるあの女を殺してから自殺してやると。そう決めたんだ……って」

　あたしはよほど恐ろしげな表情で睨みつけていたのだろうか。直道にしてはめずらしく気弱げに、こちらを宥めるかのように手を振り、のけぞった。

「って、一応はな。冗談めかしてたけどな。最後に、なーんちゃって、って笑って付け加えたりして。おちゃらけてみせてた」

「ほんとに……ほんとに、ただの冗談だったの、それ」

「だから知らねえっつうの。ただ、その店のマネージャーさんがかつての家庭教師だというのはほんとうで、ひさしぶりに先生に挨拶しておきたいから。アップルティっていうレストランへどうやって行くのか、教えてくれないか、って」

「スマホも持っていなかったの」

「え」

「あなたにわざわざ訊くって彼女、自分のスマホも持っていなかったってこと？　地図アプリで検索すればいいじゃない」

「だよなあ。それは、えーと」

「訊かれたのは、ほんとにそのレストランへの行き方？　それとも」

「ま、まあその。できればそこへ連れていってくれないか、と頼まれたんだが」

「なんて答えたの」

「いや、ごめんごめん。おれも地元じゃなくてさ、よく知らないんだよね。そう言ったら彼女、今夜はどこに宿を取っているのって訊くから、つい、その」

　無意識に眼を瞑(つむ)っている己れに気づく。思わず苦笑いが洩れた。

「で。うちのことを喋ったの、あんた」

　そう問い質した途端、苦笑いどころか、猛烈な怒りが込み上げてきた。

「古女房の実家が、いま誰も住んでいなくてさ。オレは今夜はそこに泊まらせてもらうことになっているんだよね、とかって？　ぺらぺらと？」

呆れたことに、どうやらほんとにこちらの挙げた一言一句そのまんまだったらしい。直道は飼い主に盗み喰いがバレた犬さながら、眼をまん丸くして絶句。

「今夜は女房も誰もいなくてオレひとり。気がねしなくてもいいんだ。よかったらキミも泊まりにおいでよ、と。はい。かくてめでたくナンパ大成功」

「ちがうって。そこ、ほんとにちがうから。よかったら泊まらせてくれ、とは彼女のほうから言い出したんだって。ほんとに。マジでほんとにほんとに」

「そう頼まれて大喜び。この娘をほいほい、うちへ連れてきた」

「ほいほい、のこのこ付いてきたんだよ、彼女のほうが」

「で。ここへ来るなり、あんたは彼女に夜伽を申しつけて」

「よ。夜伽って、おま。古ッ。さすが昭和四十五年生まれな」

大阪万博の年の一九七〇年生まれは、あんたのほうでしょ。こちとらその翌年の昭和四十六年生まれだ。たったひとつちがいだから、どうでもいいといや、どうでもいいことだけれど。

「あんたは当然、苦もなく彼女と一発やれるもんだと高を括っていた」

なにか言い返してくるかと待ってみる。しかし直道は口を開こうとしない。

「けれど彼女は拒否した。察するに、あんたはそこで引っ込みがつかなくなってしまったのね。ちがう？」

直道は黙ったまま。

「むりやり抱こうとして、抵抗された。しかもそこで話は終わらず。この娘になにか侮蔑的な科白でもぶつけられたのかな。詳細は想像するしかないけど、ともかく。あんたは逆上して、揉み合うかどうかした挙げ句に彼女を手にかけた」

あたしは再び跪いた。リビングの床に倒れているカガミ嬢の、顔からはなるべく眼を逸らしつつ再度、手首に触れてみた。

やっぱり脈も無い。何度確認してみても、ほんとうに死んでいる。

さきほどは眼を逸らし加減にしていたせいで気がつかなかったが、遺体の頭部の近くに重量感のある置き時計が転がっていて、その周辺には微かながら血痕とおぼしきものが飛散している。どうやら直道はこれで、まず彼女の頭を殴って抵抗力を奪った上で扼殺に及んだようだ。

「で。こんなことになっちゃった、と」

寸分違わず、こちらの推理通りらしく、反論が出てくる気配はいっさい無し。

やれやれ。直道ったら。もともと手のかかる困った男だが、今回は最悪中の最悪。これ以上はないくらい、取り返しのつかない粗相をやらかしてくれた。

大晦日に夫をこちらへ呼び寄せるに当たって、自分が高和へ来ていたという痕跡はなるべく残したくないと直道本人から要望があったとき、それはなるほど、もっともだ、と思った。

だから裏田の実家の合鍵は、母屋のキッチンの勝手口のドアマットの下に隠しておく、と事前に電話で伝えておいたのである。とりあえず一夜明けた元日に改めて、ここで落ち合う手筈になっていたのだが……甘かった。あたしが大甘だった。

直道をひとりで裏田の実家に泊まらせることに、なんの不安も無かったわけではない。とはいえ、たったひと晩だ。さほどの悪さもできまい、と高を括っていたのだが。まさか機上で袖振り合っただけの見知らぬ若い女を連れ込むとは。

やってくれるぜ、と吐き捨てる他ない。いくら無人で好都合だからって安易に実家を宿として提供なんかせずに、ビジネスホテルの部屋でも取らせるべきだった。いや、仮にそうしていたとしても、夫の女癖の悪さからして結局はこれと似たりよったりのオチになっていたかもしれないが。

「どうするのよ、これから」

あたしは立ち上がった。「ていうか、いったいどういうつもりであたしを、ここへ呼んだの?」

「それは、ほれ。やっぱり」

「オレの代わりに警察に通報してくれっておっしゃるなら、すぐにやらせていただきますけど」

「ばか言うな。心臓に悪い。だいたい警察にここへ来られたりしちゃあ、おまえだって困るだろうがよ」

さて。それはどうでしょうね。

たしかにこの事態は完全に想定外で、めんどくさい展開は避けられない。が。

場合によっては、ここで即刻、直道を警察に突き出しておいたほうが、こちら本来の計画遂行のためには影響を最小限に抑えられるチャンスも期待できるのではないか。ふとそんな気がして、あれこれシミュレーションしてみるのだが、とっさにはうまくまとまってくれない。

　あたしにとって先ず欺かなければならない相手は直道だ。そのプランをキープしつつ、この身元不明の女性の遺体という事案を、いちばん無難なかたちで処理するためにはどうしたらいいか。もっと精神的に余裕のある場面ならば即座に単純明快な解答を導き出せそうな気がするのに、もどかしい。

「そうだろうが。おれが逮捕されてみろよ。おまえは、ひと殺しの妻だぞ。後ろ指をさされる身になっちまってもいいと」

　そこで直道は口を噤んだ。他ならぬ自分自身の手で死に至らしめられる予定になっている妻が、いまさら世間体を気に病むはずもない、と思いなおしたらしい。

「朝陽。そ、そうだ。娘のことを、よーく考えろよ。父親のおれが逮捕されてみろ。朝陽はひと殺しの娘だと一生、日陰者の身になっちまうんだぞ。それでもいいのか。おまえ、自分はさっさとこの世からおさらばする予定だからカンケーないわ、なんて身勝手なことを考えているんじゃねえだろうな。おい。それでも母親かよ」

　はいはい。この見事なまでに自分のことはすべて棚上げ方式。いつもの直道サマだ。むかつくのを通り越し、笑い出したくなる。

「じゃあ、どうしろって言うの」

「こいつを始末する」

「は？」

「死体が無きゃ犯罪は成立しない。だからこいつを、誰の眼にも届かないようなところへ棄ててくりゃいい」

「棄ててくる？　どこへ？　どうやって。車も無いのに。どうやってここから運びだそうって言うのよ」

「え。車が無い？　って、おまえ」

「処分した。とっくに」

「どうして」

「不安だから。運転するのはもう」

「それは。え。え？　そんなに体調が悪いのか、もしかして」

「まあね」

頷いたものの実は自己診断に過ぎず、正確な病状を把握しているわけではない。もう病院へ行くのは止めているからだ。

先日、職場で同僚に「あのう、染谷さん。ちょっといいですか。失礼ですけど、歩き方がおかしくないですか？」と指摘された。なんでも以前、彼女の親戚の女性が似たような不自然な歩き方をしていることに周囲が気づき、検査を勧めた。その結果、脳腫瘍が見つかり、手術に至ったのだという。

あたしがそれと同じケースなのか否かは不明だ。が、その同僚の言葉を受けた数日後にあたしは〈シュ・アベル〉を辞めた。

深刻な症状を疑われるほど歩き方が不自然であることの自覚が、指摘されるまで皆無だったのはやはりショックだった。運転にも影響があるかどうかは判らないが、どのみち染谷博子という人間にとっては無用の長物となる予定の乗用車である。いい機会とばかりに手放すことにしたのだ。

「え。じゃあおまえ、どうやってここへ来たんだ？　歩いてか？　引っ越し先ってそんなに、ここから近いのか」

「あなたからの電話を受けてここへ到着するまでのレスポンスタイムを考えれば、だいたいの見当はつくんじゃないの」

徒歩で参りましたわよ、というニュアンスで、さりげなく躱す。ほんとうはタクシーを使ったのだが、正直にそう告げるのはあまりうまくない。直道がこれから問題の違法行為に関する具体的な提言をしてくることは確実な状勢だからだ。

オレたちはいまからこの女性の遺体をどこかへ遺棄してこなきゃならんというのに、うっかり公共交通なんか利用して、よけいな行動の痕跡を残しやがって。オマエはバカか、とかなんとか。典型的な猿の尻笑い的マインドの夫にいろいろ理不尽に責められそうな気がして、それは精神衛生上たいへんよろしくないので回避するに限る。

ここへ来る際、家のちょっと手前でタクシーから降ろしてもらっておいてよかった。つくづくそう思った。あの段階では事情がなにも判らなかったが、ひょっとして車で来たことを直道には察知されないほうが得策かも、と警戒したのは我ながら神がかり級の虫の知らせだったわけだ。

それともうひとつ。実家へはタクシーで往復しなきゃならないほど遠くに新居を構えたとなると、それはどういう物件なのかと直道に要らぬ詮索をされるかもしれない。賃貸ではなく新築分譲マンションをローン無しで購入した、なんて知られたらろくなことにならないのは確実。いつまでも隠し続けられる内幕ではないにせよ、まだこの段階ではよけいな情報を洩らさないに限る。

「ま、まあいいか。仕方ねえ。車なんか無くても、なんとかならあな」

「なんとかって、どうやって」

「とぼけるなよ。おい」

「え」

「とぼけるな、つってんだ。このために、おまえを呼んだんじゃねえか」

あ……まさか。

「あんた、ひょっとして。だ、ダメよ」

「まだなんにも言っていないぜ、おれは」

「まさかこのひとの死体を、うちに隠せ、って言うの？」

「だって、そのために準備しているんだろ。ちがうか？　ん？　していなかったらそもそも、おれを高知へ呼び寄せたりはしないはずだもん。なあ？」

「聞いて。ある。たしかに用意してある。部屋をね。部屋というのはちょっとちがうかもしれないけど、ともかくそのためのスペースを準備している。だけど、それは」

「おまえが自分で入るため。そんなことは百も承知だよ。別にそっちを中止しろって言っているわけじゃねえ。ついでに彼女も、そこへいっしょにお隠れあそばしてもらおうや、って。それだけの話だわ」

「だめだったら」

「どうして」

「あたししか入れないから。ていうか、入れちゃダメだから」

「全然判らんね、なにを言っているのか。どうして駄目なはずがある。まさかそのスペース、死体がひとつしか収納できないくらい小っちゃいからだ、なんて言うなよ」

　言葉を失っているあたしに直道は、ずいッと近寄ってくる。

「案内しろよ。おい。その部屋とやらへ。見せるんだ。早く」

　こちらの肩を乱暴に鷲掴みにする。あたしが痛みに呻き声を洩らすと一転、猫撫で声で懐柔にかかってきた。

「なあ、どうしたんだよ。難しいことなんてなんにもねえだろうが。どうせやらなきゃいけないんだぜ、おれは。なんせ、おまえを殺した後で、その死体を始末する手筈になっているわけじゃん？　他ならぬおまえ自身の頼みで、だ」

「……まあね」

「そこに死体が、ひとつ増えるだけじゃん。イレギュラーにはちがいないが、この際、ひとつもふたつも変わらねえだろうが。さ。早くしろ。そこへ案内するんだ」

　なにか妙案はないものかと焦るが、頭は空回りするばかり。時間稼ぎにも限度がある、と降参するしかなかった。

「こっちへ」

リビングと続きになったダイニングを抜けて、キッチンのほうへあたしは向かった。勝手口を開ける。

ひんやりした夜風に頬を撫でられつつ、ふと視線を落とすと、そこには男物と女物の靴が一足ずつ。あのカガミとかいう女も、直道といっしょにここから上がり込んだのか。というか、彼に連れ込まれたわけだが。

ドアマットの上に置きっぱなしにしているサンダルを履いた。直道も自分の靴を履き、あたしに付いてきた。

「物置小屋のほうか？」

背後から直道の囁きが追いかけてくる。

「ま、多分そのへんというか、そこしかねえだろうなあ、とは思っていたけどさ」

同じ敷地内に在るものの、家屋の裏手に潜むようにして公道からは完全に死角に入っている、バラック同然の古ぼけた建物。あたしの父方の祖父が昔、ここで澱粉(でんぷん)工場かなにかを個人経営していたらしい。

二十畳ほどの広さで、工場というより小屋と呼ぶほうがしっくりくる趣き。隣接するかたちで現在の住居の前身となる木造住宅を建てるよりも以前の、昭和三十年から四十年代前半にかけての話で、当然あたしはまだ生まれてもいない。

経営は順調だったようでなかなか羽振りがよかったと聞いているが、あたしがもの心ついたときに祖父はすでに他界しており、父も母も家業を継ぐ意思がなかったため、なしくずしに物置小屋となった。住居部分を洋風に改築する際に取り壊す予定だったのが、どういう経緯かは不明なものの結局、手つかずのまま現在に至っている。

出入口のシャッターは上げっぱなしだ。その下をくぐり、物置小屋のなかへ。黴臭(かびくさ)い空気に全身を包み込まれながら、手探りで裸電球のスイッチを点けた。

オレンジ色の光のなかに直道の顔が浮かび上がる。見ず知らずの女の命を奪ったばかりの男という眼で見るせいもあるのだろうが、その顔面に刻まれた陰影がなんとも酷薄、かつ不気味に迫ってくる。

「……なんだこりゃ」

直道は眉を吊り上げた。

板張りの小上がりに黒々とした金庫が、でんと鎮座ましましている。高さ一メートルほどの、かなりの年代物だ。

「これは？」

半ば予想されていた展開とはいえ、こちらを凝視する彼の眼は異様に底光りしている。まさに猫に鰹節(かつおぶし)。やばいなあ、と思った。

うまく平静を装って、やり過ごすことができるだろうか。おそらく無理だろう、という諦念が胸に渦巻く。

「見てのとおり。金庫」

「誰の？」

「もとは父方の祖父の。商売をしていた頃のものらしいけど」

「いまは？」

「誰も使っていない」

「なにが入っているんだ」

「多分、なにかのお宝」

どうせ紙屑同然の古い有価証券の類いでしょ、なんてへたにごまかそうとしないほうがいい。とっさに、そう判断する。価値のあるものは入っていない、と言い繕うだけ逆効果だ。

「お宝、っていうと。祖父さんの？　それとも婆さんのか」

じいさんばあさんと続けて言うから、祖父母の意味にかんちがいしそうになるが。この場合、後者の「婆さん」は祖母ではなくあたしの母、裏田豊子のことだろう。

にしても、仮にも義理の母親のことを婆さんとは失礼な。こんなときだというのに、いや、こんなときだからこそなのか、そんな瑣末事にイライラする。いけない。いけない。冷静を保たないと。どんなところでボロが出て、足を掬われる羽目に陥るか。判ったもんじゃない。

「知らないけど。どっちみち、いまは母のものよ」

「なんなんだ、中味は？」

「だから、知らないって」

「開けてみろよ」

「あたしだって、そうしたいわよ。できることなら」

「どういうことだ」

「鍵が無い」

「は？」

「家のなかにあることはたしかなんだけど。それがどこなのか、判らない」

「婆さんに訊けばいいじゃねえか。なんでそうしない」

「もちろん訊いてみた、何度も何度も。特にいま、頭のほうが正直ちょっと心配だし。なにかあったら困るじゃない。あたしが預かっておくから、どこにあるのか教えて、って。でもダメ」

「教えてくれないのか？」

直道の眼の底光りが強くなる。

「なんていうのか、うまくはぐらかされる感じ。特養ホームへ様子を見にゆくたびに、さりげなく訊いてみるんだけど。惚けているのか、それとも惚けたふりをしているのか。暖簾に腕押し。糠に釘」

「そりゃまた、よっぽど信用されちゃいねえんだな、おまえ。哀しいね。婆さんの、たったひとりの子どもだっていうのに」

あたしは裏田豊子の、たったひとりの子どもではない。実は父親ちがいの兄が、ふたりいる。

その長兄こそが言うところの高久村アップルティもどき名称のレストランのオーナーシェフで

あると知ったら直道は、どういう反応を示すだろう。いや、さらにとっておきのカードがある。あたしの父親ちがいの次兄というのが実は警察官なのだ。この状況下でその事実を暴露してやったら、なにしろ殺人を犯したばかりの身、さぞや慌てふためくにちがいない。

小気味よさげな意趣返しの誘惑にちょっぴりかられたものの結局、言及はしなかった。いまここでそんな手の内を曝したところで、なんにもならない。それにあたし自身にしてからが父親ちがいの兄たちの、長兄は〈アップ・イン・ティ・ヴァレイ〉の店内で何度か見かけたことがあるだけで言葉は交わしていないし。次兄に至ってはまだ一度も直接会っていない。

「でも、でも。この家のどこかにあるのは、たしかなのよ」

ふと思いつき、心持ち気色ばんだふりをしてみせた。他人に感情を読まれやすいあたしとしては一世一代の演技だったが、どうやら直道は引っかかってくれたご様子。

「いんや。それは判らんぜ。婆さんが常に持ち歩いているかもしれねえじゃん。自力で歩き回れる状態じゃなくなっているいまもさ、肌身離さずに」

「それだけは絶対にない。断言できる。だって母は一度、死にかけたんだから。今年の初めに新型コロナに感染して」

「へ。そうだったのか。死にかけた、って。マジで?」

「重篤で、絶望的だった。入院した医療センターの担当医師に宣告されたもの。まずまちがいなく骨壺で帰宅することになるから覚悟しておいてくれ、って」

さすがに直道も驚いたようだ。生まれて初めて特撮映画を観る子どもみたいに眼を瞠っている。

「なのに婆さんは結局、くたばらずに済んだのかよ」

「快復した。奇蹟的に」

「すげえな」

「医者も驚いてた。母の年齢や基礎疾患に鑑みて、こんなことは普通あり得ない、って。でも実際に、こうして持ち直したんだから。信じるしかない、みたいな」

「眼の前で見せつけられちゃあなあ。ぐうの音も出ねえわ」

「とにかく。そのときはもう遺品整理のつもりでいろいろとたくさん、かたづけたわけ。家じゅうを。だから特養ホームへ持ち込んだ母の私物で、あたしが把握していないものなんて、ひとつもない」

どうもあたしのなかで役者魂みたいなものが覚醒したらしい。うっかり喋り過ぎている自分に途中で気づいて、むきになるまいと鎮静化を図っているふり、という難度の高いお芝居をさらに加える。するとこの演技も、さらに功を奏したようだ。

これで直道はあたしを自殺幇助(ほうじょ)というかたちで殺した後、金庫の鍵を求めて、裏田家の隅々まで捜索するだろう。家のなかにあるはずだと確信して。しかし見つからない。見つけられるわけがない。なぜなら。

なぜなら金庫の鍵はあたしの私物をまとめた袋のなかに入れて、元の職場〈シュ・アベル〉に預けてあるからだ。お店の元同僚に、年が明けたら娘の朝陽に代理で取りにこさせるのでよろしく、と伝えてある。

が、もちろん実際に取りにゆくのは、あたし。しかも誰がどこからどう見ても、その正体が染谷博子であるなどとは絶対に看破しようのない歳若き女の姿で。娘の染谷朝陽として生まれ変わった、このあたし自身が金庫の鍵を回収するのだ。

「おい、そんなことより。そろそろ」

直道は憶い出したみたいに声を低めた。

「かたづけちまおうぜ。どこだ」

凄（すご）まれて、屋内の隅っこを指さした。土間の部分だ。古ぼけた作業台を解体して、何重にも廃材を積み重ねてある。

それがカモフラージュだと、すぐに察知したらしい。直道は近寄ると廃材を、ひとつずつ退（ど）かしてゆく。

ぽっかり穴が現れた。身を屈めた直道は、しげしげと感心したように覗き込む。

「おまえ、これ。独りで掘ったのか」

言うところの「部屋」だ。あたし自身の遺体を隠すために準備したスペース。直径と深さはおよそ一メートルほどで、ちょっとしたバスタブ並み。ぐるりと縁の円い形状は、さしずめ五右衛門風呂か。

小柄な女性なら、体育座りをさせて押し込めば、たしかにふたりくらいは容量範囲内ではあるだろう。

「たいへんだっただろ。穴の蓋代わりの廃材も自分でバラしたのか」

「時間はたっぷりあったから。毎日こつこつと。掘る作業そのものより、掘り出した土を少しずつ、あっちこっちへ棄ててくるほうがたいへんだった」

「にしても、ここまで大きくするとはなあ。よくぞがんばりました、だよ」

「窮屈そうなのは嫌だったからね。死んじゃったらそんなこと、感じなくなるだろうとはいえ、なにしろ自分が入らなきゃいけないところなんだもの。なるべく快」

あたしは最後まで言い終えることができなかった。

ごんッ、と後頭部に重い衝撃。

激しさのあまり首が折れ、舌を丸ごと嚥下（えんげ）してしまったかのような錯覚。そして直道が、なにかを思い切り振り上げるような恰好をしている残像を最後に。

眼の前が真っ暗になった。

すべて無。

*

はッ、と。

唐突に我に返った。

すぐに違和感を覚える。眼に差し込んでくる光が変。この照明は物置小屋の裸電球とはちがう、と。

そう思い当たると同時に、足もとの遺体に気がついた。あの若い女性。カガミ嬢だ。マユミか、アユミなんたら。

え。えええッ？　てことは。

改めて周囲を見回してみる。いま自分が居るのは物置小屋ではない。住居のリビング。いつの間に戻ってきたの？

それに直道は？　どこに居る？

キッチンの勝手口のほうへ踵を返そうとして、ふと。え？　な、なにこれ。とんでもないことに気がついた。

手足の動きがおかしい。身体の芯に、なにか馴染みのない異物を、みっしりと詰め込んだかのような感覚。

な、なんなのよ……恐るおそる視線を下げてみる。と。

ズボンを穿（は）いた下半身。その形状は女性にしては明らかに、いかつい。

それになに、この手。太い腕は。

これって。え。

え。えええーッ。

慌ててバスルームへ駈け込んだ。うそだ嘘だ、と泡を噴きそうになりながら。

嘘だ、こんなの。絶対。頼む。お願い。嘘だと言って。

だがその祈りも虚しく、洗面台の鏡に映っているのは眼の血走った中年男。染谷直道なのであった。な、なんで。

なんでよッ？　どどどッと膝から床に崩れ落ちる直道。いやさ、あたし。

直道になっている。なぜだかあたしは、直道の身体のなかに入ってしまっている。え。てことは、ま、まさか？

しゃがんでくだを巻く酔っぱらいみたいに、へたり込んでいる場合じゃない。発条(ばね)仕掛け玩具(おもちゃ)のミサイルよろしく、びょんッと跳び上がったあたしは、勝手口のドアを破壊せんばかりの勢いで物置小屋へ突進。

裸電球のオレンジ色の明かりはさきほどのまま。先ず眼に入るのは存在感たっぷりの、小上がりの金庫。

息をととのえ、周囲を見回してみた。一見小屋のなかは無人。だが先刻とは明らかに異なる点が、ひとつ。

土間の隅っこに穿(うが)たれた穴。その口を覆い隠していた作業台の廃材がすべて取り除かれている。さきほど直道が退かしていたから、それはいいのだが。

眼の錯覚だろうか。穴の縁に黒い、影のようなものが見える。まるで、なにかがそこに隠れているかのような。や、やだ。嫌な予感が。いいいい嫌な予感が。

神さま。どうか。お願いです。神さま、どうか。どうか穴のなかには、なにもありませんように。必死でそう祈りながら、あたしはへっぴり腰で穴のなかを覗き込んだ。祈りは天に通じなかった。

女が死んでいる。穴のなかで。両脚を折り畳んだ体育座りで。

全身から骨格を抜き取られたかのように、でれんと仰（あお）のいているその遺体の顔はまぎれもなく染谷博子。つまり。

つまり、このあたしだ。あたしが死んでいる。なんてこった。死んだ。あたしは死んでしまったのだ。

さきほど頭に重い衝撃を受けたのは直道になにかで殴られたのだろう。穴にうずくまる遺体の首に赤黒い痣が出来ているのは、意識朦朧（もうろう）となったところで首を絞められたものと思われる。絶命して、そして。

こうしてあたしは転生した。新しい身体に生まれ変わった。

予定通りだ。たしかに。転生したこと自体はまさに当方の思惑通り。しかし。

しかし、なんで？　なんで、こうなっちゃうの？　話がちがうじゃないかッ。どういうことなの、お母さん。

死んだあたしは朝陽の身体に転生しなきゃいけない。でしょ？　ね。そうでしょ。あたしは朝陽として生まれ変わらなきゃいけないはずよね。だって。

お母さん、あなただって中味の心は裏田豊子ではないんだから。あたしにとって祖母に当たる忽滑谷（ぬかりや）シズというひとの人格が、ずっとその豊子の身体を支配しているんだから。

あたしたちの一族は、己れの肉体の死滅と引き換えにその自我を、直系の子どもの脳へと転送し、文字通り生まれ変わることができる。先祖代々そんな摩訶（まか）不思議な超常能力を継承してきた。

その血筋の遺伝子をこのあたしも確実に受け継いでいる、と。

お母さん、あなた、しっかり保証してくれたじゃない。ね。あたしが死んだらそのときは朝陽に生まれ変われるんだ、って。

それが、なに？　いったいなにごとなの、このありさまは。

たしかに転生しましたよ。ええ。これこのとおり、あたしは一旦死んで、ちゃんと生まれ変わりましたともさ。

でも、なんで直道に？　なんであたしが、よりにもよって穀潰（ごくつぶ）しの夫なんかに転生しなきゃならないの。

だいたいコイツは、またなにを急に血迷って。そうだ。それも判らん。直道ったらいったい、なにを考えてたんだ。どうしてこんなトチ狂った真似をいきなり。

いや、もちろん。そもそも嘱託殺人でしたよこれは。ええ。あたしが直道に依頼した。準備はこちらで整えておくから、こっそり高和へ来て、あたしを殺し、遺体を処分して欲しいと。たしかに頼みましたとも。従って夫に殺されること自体は想定の範囲内。納得ずくの計画通り。

だけど、どうして突然？　どうしてこのタイミングで？　そんなに急がなくても先ず。そう。そうだよ。直道はなによりも先ず、あのカガミ嬢の遺体をなんとかしておかなきゃならんわけでしょ。

そのためには手伝いが要る。人間の遺体をリビングから物置小屋へ運び込むのは独りでも決して不可能ではないかもしれないが、手を貸してくれる者がいたほうが断然いいに決まっているではないか。直道は当面、あたしを生かしておくべきだったはず。いずれは殺すにせよ、少なくともカガミ嬢の遺体を穴に隠し終えるまでは。

そんなの幼稚園児だってまちがえようのない順番じゃないの。なのに、どうして。直道ったら、ほんとになにを考えて。

どすんッと尻餅をついたみたいに無意識に腰が小上がりへ落ちた。両膝に両肘を立てて頭をかかえる。

どうする。どうする？

「どうすんのよ、これ」

そう呟くと喉の奥に、かつて経験したことのない種類の野太い振動を感じた。直道の声だ。他者の耳で聞くそれと自身の頭蓋内での響きとでは微妙に異なるものの、まぎれもなく夫の声音。

ほんとに直道になっちゃっている。改めて絶望感が込み上げてきた。ほんとに、どうしたらいいのこれ。こんなはずじゃない。こんなはずじゃなかったのに。

そもそものきっかけは大腸内視鏡検査を受けたことだった。結果、悪性のモノが見つかる。その胃腸科クリニックでは対応しきれないので、別の大きな病院を紹介すると告げられた。

そのときあたしの脳裡（のうり）をよぎったのは、やはり大腸癌（がん）で死去した父の姿だった。いや。正確に言うと病院の受付の風景だ。

総合受付。専門受付。診察室。そして各種検査。結果が出るまで何時間も何時間も、何時間も待たされ。

日を改め、転移に関する検査。入院。抗癌剤投与。切除手術。それら父が死に至るまでの一連のプロセスが、あたかもあたし自身の走馬灯であるかのようにフラッシュバックしたのである。クロースアップで観る人生は悲劇だが、ロングショットで観れば喜劇だ、とは俳優のチャールズ・チャップリンの言葉だったか。その解釈はひとそれぞれだろうが、あたしにとっての人生のロングショットとはまさに父に付き添っての病院での長い長い、いつ終わるとも知れぬ待ち時間そのもの。

入院準備外来へ戻り、検査の結果をひたすら待つ。受付で同様に呼出機をそれぞれ手に何時間も何時間も、ひたすら待機するひと、またひとたちの巨大な群れのなかに砂粒の如く埋没する父と自分の姿。その風景を、ふと幽体離脱さながらに俯瞰したあたしは形容し難い虚無に包み込まれた。

迷える仔羊たちに譬えるのは不謹慎であると重々承知ながら、そのロングショットはグロテスク、かつ滑稽。まさに喜劇だ。いっぽうですぐ手許からクロースアップで迫ってくる呼出機が突きつける悲劇。どちらも人間の現実。その双方のあまりの落差を前にして、あたしは途轍もない無力感に打ちのめされた。

人間の死というものの回避しようのない圧倒的な無情さを痛感した瞬間だった。あれに比べたら、言葉は悪いかもしれないが、父の闘病や葬儀などは家族にとってまだしも精神的に堪えようのあるルーティン的側面があったような気がするほどで。あくまでもあたしの個人的な捉え方であることはお断りしておかなければいけないけれど。

そんな病院の受付という名前の大きな虚無のなかに埋没する父と自分の小さな姿がフラッシュバックしたあたしは、大腸内視鏡検査を受けたことを後悔した。そして思った。あの風景をもう一度くり返すのは真っ平だ。それくらいなら治療など受けずに死んだほうがましだ、と。

我ながら極端だしある意味、同じ闘病をしている方たちの苦悩に対する冒瀆（ぼうとく）的な態度ですらあるかもしれない。けれど本気でそう思った。そこへ止（とど）めを刺したのが元同僚の「歩き方がおかしい」の指摘だ。入院直前の父にまさしく同じ症状が見られ、新たな検査の結果、大腸癌から転移したとおぼしき脳腫瘍が発見されるに至ったという経緯があったためその段階で、人生に自ら終止符を打つという方針は、あたしのなかで揺るぎない決定事項となったのである。

その決意をさらに促進するかたちになったのが母、裏田豊子が折に触れて語っていた、あたしたちの血筋に代々受け継がれているとされる謎の人格転生能力だ。

ただ特養ホームを訪れるたびに雑談に紛れて「あれはほんとのことなの？」とくり返し訊いていたのって基本的には冗談のつもりだったし。それを受けて母がいつも「もしもいまおまえが死んだら、娘の朝陽の身体を手に入れることになるだろうね」と答えるのも惚けが入り混ざったブラックジョークの類いと捉えていた。が。

この世からの退場を決めた途端、俄然（がぜん）その気になったのだ。ほんとかどうか試してみよう。やってみて損はない、と。もちろん心の底から朝陽の身体を、自死と引き換えに我がものにできるならば悔いはない、とまで思い詰めていたかどうかはよく判らない。

それでも賭けてみる気になったのは、もしもうまくいけばこれで夫の直道を陥れる計略を立てられる。そう考えついたことがやはりいちばん大きな要因だ。あたしの人生を決して幸せなものにはしてくれなかった夫への、ささやかな復讐を果たせるのではないか。そう思いついたのである。

直道を唆し、嘱託殺人というかたちで協力をさせるのは造作もない。妻は悪性の腫瘍が見つかって絶望しているというだけではいまいち説得力に欠けるかとも思ったが、余命宣告をされたとよけいな嘘を付け加える必要はなかった。なにしろ救いようのない浪費癖による万年金欠病の夫だ。高額の生命保険の受取人に指定するという餌をちらつかせるだけで即、喰いついてくる。

もちろん直道にだって、妻が不審死を遂げたら夫が真っ先に疑われるに決まっているじゃねえかと用心する程度の知恵はある。なので死体を隠す手段はこちらで用意するから、染谷博子は行方不明になったということにするのよ、とあたしは提案。

しかしそれじゃオマエの保険金はすぐには下りねえじゃんよと当然の懸念を示す夫を、さらにこう丸め込む。あなたは頃合いを見計らって山形から警察に相談するのよ。別居している高和在住の妻と連絡がとれない、心配なので調べて欲しい、と。

あとは警察があたしの遺体を発見できるよう、さりげなくその場所を示唆する証拠品をばら蒔いておく。これによって別居以降、ずっと高和には来ていないはずのあなたにはアリバイが出来るという仕掛け。保険金も無事に手に入る。どう。完璧でしょ、と。

我ながら説明の仕方がうまかったのか、直道はわりとあっさり納得してくれた。が、改めて考えてみるまでもなくこんな計画、出発点からして破綻している。そもそも変死体が発見された時点で、アリバイの有無など関係なく、配偶者が疑念を抱かれる展開は避けようがない。ましてや被害者に高額の保険金が掛けられていたともなればなおさら。一発アウトだ。直道はそこまで思い至っていなかったのか、それとも、なんとかなるさと楽観視していたのか。

いずれにしろ直道は、あたしの保険金なぞ受け取れずに終わる運命にある。なぜなら彼は、妻殺しの罪を告発されることになっているから。しかも他ならぬその妻本人の、朝陽として生まれ変わった、このあたし自身の証言によって。

あたしは朝陽の姿を借りて母親の博子の、つまりあたし自身の遺体を発見する役割を務める。そういう段取り。

警察の事情聴取を受け、朝陽（＝あたし）は「そういえば母と別居している父、染谷直道が昨年の大晦日の夜、なぜだか高和へ、こっそり来ていたようです」と密告。嫌疑をかけられた直道がどうなるかは警察の捜査次第だが、彼が染谷博子を殺害した事実がそこにある以上、逮捕起訴される可能性は極めて高い。どのみち直道の社会的立場はどん底まで堕ちるという寸法。

自死と引き換えに夫を決定的に破滅させられるのならば、試してみる価値は充分あろうというものだ。そして、もうひとつ。というか、もうひとり。

興津俊輔くん。実はあたしが人格転生能力などという海のものとも山のものとも知れぬ話に賭けてみようと決断した要因として、彼の存在も決して小さくない。

俊輔くんはあたしたち母娘が揃ってかかりつけの〈オキツ歯科〉の若先生。年齢は三十くらい。息子といってもおかしくない彼に、あたしは歳甲斐もなく夢中なのである。

といっても、言い訳になってしまうが、あたしが歯の治療という名目で彼に接近したのには当初、まったく別の意図があった。それは俊輔くんの妻、興津凜花の父親である山名隆夫。

今回のコロナ禍では奇蹟的に生き延びたとはいえ母、裏田豊子はいずれ死去する。となれば、その遺産分割協議に臨むことになる法定相続人とは如何なる面々なのかと手を回して調べてみたところ、判明したのが異父兄弟である上茶谷蓮と山名隆夫だ。

あたしが、お薦めしたいレストランがあるからと俊輔くんを連れていったお店が〈アップ・イン・ティ・ヴァレイ〉だったのには理由がふたつある。ひとつは客としての視点からそれとなく、オーナーシェフのひととなりを観察するため。そしてもうひとつが山名隆夫という人物の周辺事情を探るべく、義理の息子である俊輔くんに接近することから始めた、という次第。

だが現在、これらは単なるお題目に成り下がっているのが実情だ。はっきり言うとあたしはもはや異父兄弟のことなぞどうでもよくなってしまっていて、ただ俊輔くんといっしょに居るのが楽しい。彼が気軽に応じてくれるのをいいことに、なんやかや口実をつけて誘い出しては擬似的な恋人気分に耽（ふけ）る、というていたらく。

少なくとも当初はそれ以上の進展、すなわち男女の関係になりたい、とまでは望んでいなかった。しかし脳内お花畑な母親を尻目に娘の朝陽が、ちゃっかり俊輔くんと深い仲になっていることを知った途端、すっかり潮目が変わった。

朝陽と立場が入れ替わりさえすれば、あたしは俊輔くんを我がものにできる。そんな願望が深層意識に根づいたのは、夫を陥れる計略を思いつくのとほぼ同時期だったような気がする。むろん本来なら、そのどちらもが単なる妄想に留まっていたはず。あたしが染谷博子という人間でいる限りは。

だが己れの肉体の滅びと引き換えに、その二大妄想は現実化するかもしれない。たしかに賭けは賭けだ。しかも無謀極まりない。人格転生能力なんて母の妄言だと切って捨てるのがまともな反応というもので、やってみて損はないと考えた時点ですでにあたしは理性を失っていたわけだが。

結果は、こうなった。あたしは賭けに勝った。ように見える。けれど、どういうことなのよこれは。たしかにあたしは殺され、他者の体内へと転生した。しかし肝心の転生先は娘の朝陽ではない。夫の直道ときたもんだ。さ、最悪ッ。最悪だよこんなの。ただのカオスじゃん。誰も望んでねえって。

さて、困った。どうしたものか。がしがし頭髪を掻き回すと夫の体臭が混ざったヘアスタイリング剤が指に絡みついてくる。臭ッ。忌まいましさを振り払うようにして、ばんッと小上がりの床を両手で勢いよく叩(たた)き、あたしは立ち上がった。

ぐだぐだしていても始まらない。こうなってしまった以上、とにかくこの状況を少しでも整理しなくっちゃ。

そのためには先ず、あのやっかいなカガミ嬢の遺体をどうにかしなければ。そう頭を悩ませていて。ふと。

ふと変なことを考えた。まてよ。

ひょっとして直道はこの事態に朝陽を巻き込むつもりだったのではないか？　例えば、こんな具合に。

あたしを殺した直道は死体を物置小屋の穴に隠しておいてから、朝陽のスマホに電話をかける。すぐに裏田の実家へ来い、と半ば強要。むりやり呼びつけるかたちで。そして、やってきた娘に、リビングのカガミ嬢の遺体を見せる。

直道は熱弁を揮う。かくかくしかじかでオレはうっかりこの女を殺してしまった。手が後ろに回るのは避けたいので、この遺体をなんとかせにゃならん。オマエもひと殺しの娘なんて日陰者の身に堕したくはなかろうから手を貸せと。そう朝陽を脅し、死体遺棄の作業を手伝わせる。とまあだいたい、そんな段取りを直道は練っていたのではあるまいか？　ポイントは、なぜわざわざそんな手間をかけるのか、その理由。狙いは、やはり金庫の鍵だろう。それしかあり得ない。

金庫の鍵は朝陽が持っている。直道はそう当たりをつけたのだ。

鍵は家のどこかにあるはずだというあたしの嘘を彼は、もしかしたら一旦は鵜呑みにしたかもしれない。しかし特養ホームでもなければ裏田邸でもない、第三の候補があると思い当たった。それが朝陽だ。

仮に裏田の婆さんが博子をそこまで信用していないとしても、孫娘についてはまた話が別。朝陽にならば自分のたいせつな秘密、すなわち金庫の鍵を託そうという気にもなるんじゃないか。そうだ。きっとそうにちがいないぞ。我ながら鋭い読みだぜ、と直道は有頂天になったのではあるまいか。

そこで鍵の在り処を朝陽からスムーズに訊き出せる環境を整えるべく、邪魔な妻の存在をさっさと抹消しておくことにした。普通に考えればカガミ嬢の遺体の処分をあたしに手伝わせておいてからでも遅くないはずだが、直道はそこで妙案を思いつく。

ただでさえ父親を忌み嫌っている朝陽だ。たとえ極限状況下に於いても、そうそう従順に直道の言う通りに動いてくれるとは限らない。いちいち反抗的な態度をとられるのは序の口。最悪、警察への相談というかたちで裏切られる可能性だって決して低くない。

そこで直道は娘を自分の意のままにコントロールできるようにするため、カガミ嬢の遺体を利用するという、とびっきりの奇策を思いついたのではあるまいか？

いわゆる運命共同体の原理だ。見ず知らずの女性の死体を互いに協力して遺棄するという、言わば究極の非日常的体験を共有させることで、朝陽を精神的に自分側へ取り込み、完全に味方につけてしまおう。その結果、金庫の鍵の在り処もすんなり彼女から訊き出すことができる、と。

そんなふうに目論んでいたのではあるまいか。

突飛と言えばかなり突飛な想像だが、そんなふうにでも考えないと、カガミ嬢の遺体をはったらかしにしたままあたしを殺す、だなんて短絡的かつ無謀な行為に走ったことの説明がつかない。

そう。あながち的外れではなかろう。

遺棄作業を手伝わせるつもりでわざわざ呼び出したはずのあたしをいともあっさりお役御免にしたのは、直道は有望な協力者の当てが他にできたということなのだ。そしてそれは娘の朝陽以外には考えられない。

　というわけで。

＊

　というわけで、あたしは直道が持っていたスマホを拝借する。そして電話をかけた。朝陽のスマホに。

　もちろん母親の博子ではなく、山形から高知へやってきた父親の直道として。実の娘がいつ運転免許を取得したかも知らなければ、実際に自動車のハンドルを握っている姿を一度も見たことのない男として。

　ここでも俄の役者魂を発揮したあたしは直道のクズっぷりを熱演。朝陽が蛇蝎(だかつ)の如く忌み嫌うであろう父親像を、迫真の演技で再現してみせた。ただし、やり過ぎては駄目。朝陽が完全に臍(へそ)を曲げてしまっては元も子もないので、そこは慎重に。適度に傲岸不遜(ごうがんふそん)さを保ちつつ、バランスをとる。

　いますぐ車を持ってこいと命令した上で、直道なら絶対こうするはずという無礼さでもって一方的に電話を切ってやった。朝陽はさぞや怒髪天を衝いているだろう。もしかしたら完全無視されるかもしれない、と危ぶむくらい。だけど、結局。

　朝陽は来てくれた。指示通り、車で。それはいいのだが、なんと、彼女といっしょに現れたのは興津俊輔くんではないか。

　しまった、と焦った。たしかに連絡した段階で朝陽がすでに飲酒していた場合、たまたま居合わせた下戸の知人に運転の代行を頼む可能性は完全にゼロではなかったわけだが、それにしたって。あろうことか、その相手が俊輔くんだとは。

　自分だってなるべくかかわり合いになりたくないはずの父親を彼に引き合わせる気になった朝陽も朝陽だけど、もっと驚いたのは俊輔くんだ。まさか大晦日の夜に朝陽なんかとつるんでいるってどういうこと、いったい。可愛い奥さんをほったらかしにして。なに考えてんの？

　想定外の事態に少なからず慌てたものの、車を持ってこい、と命じたのはこちらのほうだ。いまさら後へは退けない。

　直道のクズ男演技を続行する他ない。「つべこべ言ってねえで、手伝え。この死体を車に積み込むんだ。ほら。さっさとしろ」と横柄な態度で朝陽を急かしまくる。

　朝陽は朝陽で「ざけんなよ、っつうんだ。なんであたしが、そんなアホ臭い真似なんかを。意味判らんし」と容赦なく、ぎゃんぎゃん噛みついてくる。宥めたりすかしたりがなかなか通用せず。手こずる。まあ当然っちゃ当然だ。

　これが妻であるあたしになら「朝陽を殺人犯の娘にして、オマエはそれで平気なのか」という文字通りの殺し文句も使えるが、朝陽相手にそれは通用しない。「殺人犯の娘として一生、日陰者の身になってもいいのか、おまえは」と一応脅してはみたものの、案の定「へっ。どうでもいいっスよ。はい。つか、むしろ望むところだったりしてね」と開きなおられる始末。

「オレが逮捕されたりしたら博子が哀しむことになるぞ」と密かに自分自身をダシに使う案も検討したが、さすがにこれは却下。朝陽に、せせら笑われるのがオチである。「ママが哀しむ？って、ご冗談。喜ぶ、のまちがいでしょ」とかって。

最後は、もう恥も外聞もない。「頼む。朝陽。頼むよ、このとおりだ。助けてくれ。お願いだから」

平身低頭で泣き落としである。「なんでもする。なんでもするからよう。な。今回だけは。なあ。助けてくれよう」

「なんでも。って例えば？」

「だから、なんでも。おれにできることならば、なんでもやるから。な。な？」

「じゃあ教えてもらおっか」

「ん」

「ナオッチ、なんで高和に居るの。しかも、どうしてわざわざ大晦日に？」

「え。っと。そ、それは」

「だいたいさ、どうやってこの家に入ったの？　鍵も持っていないくせに。しかも、いま誰も居ないと判っていて勝手に上がり込むだなんて。泥棒じゃん。え？　なんのつもり。さ。以上の疑問に、すべて答えてもらいましょうかね。もちろん正直に、ありのままに。なんとかうまくごまかそう、だなんてゆめゆめ考えるんじゃねーぞこら」

正直に。って。いや。いやいやいや。むり無理ムリ。絶対。だ、だってさあ。

オレがここに居るのはオマエの母ちゃんを殺しにきたからだよ……なんて言える？　仮にいまあたしが博子自身の姿でそう訴えたって駄目だろう。これは染谷博子が夫に依頼した嘱託殺人なんですとありのまま説明したところで、いや、ありのままに説明すればするほど胡散臭さの極みとなるだけ。

ましてやそれが直道の口から語られたりした日には。遠路はるばる高和まで妻を殺しにきたんだ、という部分に関しては説得力があるだろう。これ以上はないくらいに。しかし博子本人に依頼されたんだと主張してみたところで信じてもらえる道理がない。

かといってこの場で、へたな作り話をでっち上げるというのも如何なものか。それなりに信憑性のあるストーリーを組み立てられるかどうか正直、自信はまったくない。朝陽に重箱の隅を突っつかれて墓穴を掘るのは確実で、決定的に物別れになってしまうのがオチだろう。

「さあ、ナオッチ。どうした。釈明する気、あんの？　それとも」

こうなったら仕方がない。部分的に。あくまでも部分的にだが、正直に伝えるしかあるまい。

「頼まれたんだ、博子から」

むろん重要な点は隠して。

「は。ママに？　って、なんて？」

「大晦日にこっそり、誰にも気づかれねえように高和へ来てくれ、って」

これはほんとうだ。あたしが自分で直道に頼んだことなのだから。まちがいない。けれど朝陽にしてみれば、苦し紛れの出鱈目に聞こえてしまうんだろうなあ。

「嘘じゃねえって。ほんとなんだって」

「まだなんも言ってないっしょ。ママにそう頼まれて、それで？」

「言われたとおり今日、山形から。小牧空港で飛行機を乗り継いで、やってきたんだ。博子とは明日、ここで。この家で落ち合う手筈になっている」

　これもまた偽りなし。ほんとにほんと。博子であるあたしが言うのだから真実以外のなにものでもない。なのに朝陽の耳には嘘っぽくしか聞こえていないことが手に取るように判り、なんとも歯痒(はがゆ)い限り。

「合鍵は勝手口のドアマットの下に隠しておくから、自分でそれを使って、なかへ入っていてくれと。で、おれはここで泊まって、博子が来るまで待機していてくれと。ほんとなんだって。そう言われたんだ。だからおれは指示通りにした。すべて博子に言われた通りに。ほんとにほんとに、それだけで」

「それだけ？　なら、これはなに」

　朝陽のそのひとことで全員の視線が、いっせいにカガミ嬢の遺体へと注がれる。

「この女のひとをここへ連れ込んだのも、ママの指示通りだってわけ？」

「い、いや。彼女とは、その。つまり彼女も宿が無さそうだったんで。うん。ちょうどいいかなあ、とかって」

「そろそろ要点を聞かせてもらおっか。そもそもママはどうしてナオッチに高和へ来い、なんて指示したの？」

「知らん。ほんとだ」

この箇所に関してはもう、なにがなんでも知らぬ存ぜぬで突っぱねるしかない。「おれも彼女に訊いた。訊いたんだ、何度も。どういうことなんだよと。教えてくれよと。でも博子は、来れば判る、の一点張りで。だからおれは未だに知らねえの。なんにも」

「嘘だねそれは」

さすが我が娘。鋭い。って感心している場合じゃねえわ。

「そう言われてもなあ。知らねえものは知らねえ、としか言いようが」

「仮にすべてママからの要請だった、としましょっか。しかーし。そんなあやふやな、目的もなにもきちんと打ち明けてもらえない怪しげなお願いにナオッチがほいほい乗っかって、わざわざ飛行機で高和までやってきた、ですと？　あり得ない。たとえ太陽が西から昇って東に沈んだとしてもそんなこと、絶対ないわ」

「ま、まあその、あやふやっていや、うん。たしかに怪しげで」

「例えばナオッチにとってなにかけっこうな旨味(うまみ)っていうかさ、メリットでもなきゃあ、ね。応じるはずはない」

「だからさ。博子からは、あなたにとっても悪い話じゃないわよ、という意味のことは言われた」

「ほう。悪い話じゃない、とな。ナオッチにとって？　なによ。お金？」

たしかに。直道が釣られるとすれば、それがいちばん説得力がある。っていうか、金しかねえわな。

「まだ詳しく聞いているわけじゃねえが。婆さんの。あ。いや、お義母(かあ)さんの遺産について少し相談しておきたい、みたいなことは、うん。ちらっと。な」

　ここら辺は真実を適当に織り交ぜやすい側面もあるが、だからといって喋り過ぎても後で、めんどうなことになりそう。慎重に言葉を選ばなければ。

「お祖母ちゃん、今年の初めに新型コロナに感染して、危うく死にかけたそうだな。幸い医者も驚くほど奇蹟的に快復したというが。これでいよいよ懸案の遺産相続問題にも本格的に着手しなきゃならなくなってきた、ってえわけだ」

「なんで。お祖父ちゃんはもういないんだから。お祖母ちゃんが死んだら、その遺産はママが相続する。それだけの話でしょ。あ。まさかとは思うけど、ナオッチさ、あまり法律には詳しくない？　被相続人の子どもの配偶者に相続権はないんだよ、あいにく」

「知ってらい、そんなこたあ」

「じゃあ、なにもないじゃん。問題なんか、いっこも」

「いやあ、判らねえぞ。だって博子には異父兄弟がふたりもいて」

　あたしは一旦口を噤んだ。どこまで突っ込んで内情を明かしたものか迷いが生じたためだが、それが朝陽の眼には変に含みありげに映ったらしい。

「なにそれ。いふきょうだい？　って。なんの話？」

「いや。おれも、よく知っているわけじゃねえんだが」

なんとも微妙な事柄が事柄なせいか、ただ間を置くだけで我ながら、そんなつもりもないのに、もったいぶっているかのように聞こえる。「博子には父親ちがいの兄がふたりいる、という話で」

その次兄のほうが実は俊輔くんの妻の父親だと知ったら朝陽はどういう反応を示すか興味があるが、もちろんわざわざ口にしたりはしない。「といっても、まだお互いに会ったことはないし、その存在すらも認識していないだろう、と。博子も最近ひとを使って、調べてみてもらうまでは自分に兄弟がいることもまったく知らなかった、という話で」

「ひょっとして」

こちらの無駄にドラマティックな口調に感化されでもしたのか、朝陽は朝陽で、なにか思いついたようである。「ひょっとしてママはそのことでナオ。じゃなくて。パパに、なにか相談しようとしたのかな。例えばその父親ちがいの兄たちって、ママの手には負えない強面のようだから、とか。つまり話し相手として」

「あーなるほどな。異父兄弟たちと遺産分割協議をしなくちゃならん、となると揉めるかもしれない。博子はそいつらと互角に渡り合える自信がないから、その交渉役をおれに代理で頼むつもりだとか？　うん。それはあり得るかもしれねえな。こんな亭主でも汚れ仕事には役に立つ、と踏んだか」

なにか言い募ろうとする朝陽をあたしは慌てて押し留めた。いい加減に打ち止めにしないと、きりがない。「かもしれねえ、ってだけの話だ。まだ、なんも判らん。明日まではな。とにかく明日だ。博子に会えばなにもかも、はっきりするだろうよ」

むろん、あたし自身も含めて誰も、染谷博子に会うことはもはや永遠に叶わない。少なくとも生きた姿では。

「さあ。これでおれが知っていることは、すべて喋ったぞ。もちろん正直に。ありのままに。約束通り、この死体を遺棄するのを手伝ってくれるよな」

朝陽は即答しない。完全な拒否というわけではなく躊躇しているのが窺える。なので、ここはもうひと押しといきたいところだが、匙加減をまちがえたらなにもかも台無しだ。かといって、いつまでもぐずぐずしていては埒が明かない。

「おれはなにも嘘はついちゃいねえ。言っておくが、この場で博子に電話して確認する、ってえのはナシだぞ。彼女に手を貸してもらえるものならば、とっくにそうしている。そもそもママをこんなトラブルに巻き込みたくないからこそ、こうしておまえを呼んだんじゃねえか。なあ。判るだろ？」

まさか自分自身の口から、こんな歯が浮くようなお為ごかしを並べ立てなきゃならん羽目に陥るとは。なんとも皮肉というか人生、判らないものである。おまけに肝心の朝陽の心にもあまり響かなかったようで、逡巡を一掃とまでは行かないご様子。

この膠着状態をなんとか打破する妙案はないものかと頭を悩ませていると、唐突に意外な声が上がった。俊輔くんだ。

「じゃあ男ふたりで、やりましょう」

彼がこの場にいっしょに居ることをほとんど忘れかけていたせいで、驚くというより、ぽかんとなった。「ほえ？」

「ぼくとお父さんで、このひとを、どこか遠くへ運んでくるから。ね。サーちゃんは、ここで待ってて」

サーちゃん、というのが朝陽の愛称であると、すぐには察せなかった。その朝陽、眼を剝いて俊輔くんに詰め寄る。

「な。なにを。バカ言ってんじゃないよ、オッキー。犯罪だぜ、これ。犯罪」

かたや、オッキーときましたか。由来は苗字の興津ね。サーちゃん、オッキー、なんて呼び合ったりしちゃってまあ、若いひとたちは可愛らしくって、いいわねえ。

こんな場面だというのに、あたしは妬み嫉み全開。おいこら、オマエらなあ、不倫の関係のくせして、ぶりっこしてんじゃねーよ。って。いかんいかん。迫真の演技に自分でも引きずられ、内面モノローグまで直道みたく野卑な口調になってしまった。

「ほんとに理解してんの、オッキー。これが立派な犯罪だってことを。事後従犯だよ。もしもバレたら、あたしたちも罪に問われちゃうんだよ。しかも、こんな男のために。って意味判らんし。そんなバカばかしいこと、ありますか、ってくらいの」

「その問題については、うん。後で、じっくり考えようよ」

「あ？　あとで、って。あのね」

「バレたらバレたときのこと。そのときは、みんなでいっしょに罪を償おう。ね」

「そのときは、って。そ、そんな。オッキーったら」

「よく考えてみてごらん。ここで通報して、サーちゃん自らお父さんを警察に突き出すような結果になったら将来、禍根を残すことになると思うんだ。いろんな意味で」

「なに。えと。か、かっこんとう、じゃなくって」

「禍根。だったらさ、とりあえずは偽善でもなんでもいいから。サーちゃんとしては、お父さんを庇う立場を守ったほうがいいと思うんだよね。そんなふうに秘密を共有できるのもね、親子というもののすばらしいところだと、ぼくは思うんだよね。うん」

なんだかんだ美辞麗句の類いを駆使、乱発しているけれど、その大意って要するに「バレなきゃ儲けものでしょ？」ってことじゃんよ。物腰の柔らかい紳士的イメージが先行して、これまで思いもよらなかったけれど、俊輔くんてこう見えて、けっこうクズでダメな男なのかもしれない。

彼にぞっこんなはずの朝陽も、さすがに引き気味。露骨に、ちょっとオッキー、頭だいじょうぶ？　な眼してるし。けれど同時に、俊輔くんの言葉に心が揺らいでいることも明らかだ。

「よく言ってくれた。きみ、よくぞ言ってくれました。さ、やるぞ。やろう」

このチャンスを逃すまいとばかり、あたしはこれ見よがしに感染防止用マスクを装着。景気づけにことさらに強く音を立てて手を打ってみせた。

いま自分の立場がカガミ嬢を手にかけた直道である以上、他に選択の余地はない。いくら「あたしってえ、染谷直道にしか見えないと思うんですけどお、そうではなくってえ、実は中味の心は妻の博子なんですう」とか女性っぽい声帯模写で主張してみたところで絶対に聞き入れてもらえるはずがないという現実がある以上、逮捕されることだけは絶対に回避しなければ。

「じゃあ、お父さん。そっちをお願いしてもいいですか」

　俊輔くん、遺体の足元のほうを指さしながら自分は頭部側へ回り込む。身を屈め、カガミ嬢の肩甲骨あたりに両手を差し込んだ。そのままゆっくり、ゆっくりと遺体の上半身を抱き起こす。ほ、ほんとに人間の遺体に触れている、と怯(ひる)んでいる暇はない。あたしもカガミ嬢の両足首を摑む。俊輔くんと呼吸を合わせ、重量のある身体を持ち上げた。

「サーちゃん。悪いけど、車の後部座席のドア、開けておいてくれる？」

　澱(よど)みなく指示を出す俊輔くん。すっかり場のイニシアティヴを取っている。

　遺体を、一旦は軽ワゴンの後部座席のシートに座らせようとしたが、うまくいかず。なんとか横たえる恰好にして積み終えた。

「ぼくたちが戻ってくるまでサーちゃんは、ここで待ってて。あ。そうだ。お父さん。この女性の方、ここへ来てから家のお手洗いとかを使いました？」

「え。そういえば。う、うん」

　頷いてはみたものの、少なくとも直道は全然そんなことには触れなかったから、あたしは知りようがない。

「サーちゃん、お手数で悪いけど。トイレのドアノブとか、ウォシュレットのスイッチとか。あと勝手口の周辺も。このひとが触れていそうなところは全部、布巾かなにかで拭って。指紋を消しておいて」

　思わず朝陽と驚愕(きょうがく)のお顔を見合わせてしまうあたし。「そ、そこまで？」

する必要あるの？　という言葉の続きが喉の奥につっかえて出てこない。

「もしもここが家宅捜索を受ける事態にまで発展しちゃったら、偽装工作なんてどのみち無駄な気もするけれど。まあ一応。念のため。あ。拭った痕跡って、それはそれで不自然に思われるから。きれいにした箇所は後で適当に、自分でさわりなおしておいたほうがいいかもね。ここは実家なんだから。サーちゃんの指紋はいくら残っていても、ちっとも変じゃないわけだし」

父娘揃って（内実は母娘揃って）俊輔くんに、てきぱき指示されるがまま。

「さて。どちらへ向かいますか」

運転席のシートベルトを締めた俊輔くんにそう訊かれたあたしは反射的に「東のほう」と答えていた。その理由は自分でもすぐには言語化できなかったのだが。

「じゃあ行きますよ」

俊輔くんの運転で、カガミ嬢の遺体を積んだ軽ワゴンは住宅地の夜の闇のなかを、ゆるゆる突っ切ってゆく。

「死後硬直が、まだ本格的には始まっていないのがよかったかな」

市街地を抜けて国道へ出た辺りで、俊輔くんがそう呟いた。なんのことなのかとっさには理解が追いつかず、反応が一拍遅れる。

「え。なに？」

「人間は死後、神経支配の解けた筋肉が一旦弛緩し、そして身体がだんだん硬直してゆくんです。だいたい二、三時間ほどで顎や首の筋肉から硬くなってゆく。八時間くらい経つと全身に波及し、丸一日でピークを迎えるとされている。それが死後硬直というものだけど、この方の場合は」

後部座席のほうを顎でしゃくる。「それがまだ始まっていなかったようです」

「え、と。じゃあもしも、それが始まっていたとしたら？」

「経験があるわけじゃないから断言はできないけど、ひょっとしたら車に積み込むのに、けっこう難儀したかもしれません」

「難儀。って、どういう」

「うまくシートにおさまってくれる姿勢を取らせられなかったかも。おまけに、うまくおさまったらおさまったで、時間が経ち過ぎるとその恰好のまま、かちんかちんに硬直してしまうかもしれないし」

「ふうん。え。じゃあ、硬くなってしまう前に一刻も早く車から降ろしておかないとマズイかも、ってこと？」

「まあそういうことかな。それよりも。このまま行っちゃって、ほんとにいいんですか。東方面は県内外から阿由葉岬への初陽の出ツアーのグループが居たりして、けっこうひと目があると思うけど」

「あーうん。はい。そうだね」

「もっとも今年は、いま多少落ち着いているとはいえ、新型コロナの影響で例年ほどには混雑していないかもしれませんが。それでも検問があったりするかも、だし」

検問。その言葉の響きが醸す圧に内心、真っ蒼。強制的に路肩へと誘導された軽ワゴンの後部座席を、警察官が如何にも疑り深そうな表情で覗き込んでいるという、映画やドラマなどでお馴染みの緊迫シーンを想像するだけで卒倒しそうになった。

「で、でも、かといって。ね。西のほうへ向かうわけにも」

そう言いかけてあたしは先刻、なぜ県東部へ向かおうと反射的に宣言したのか、その理由にようやく思い当たった。それは無意識に県西部方面は避けようという気持ちが、より正確に言うと〈アップ・イン・ティ・ヴァレイ〉からはなるべく遠ざかったほうが無難であるという判断が、働いたからだ。

カガミ嬢は、かつての家庭教師だった小園手鞠に会うためにわざわざ名古屋から高和までやってきたと、直道にそう語っていたという。しかも冗談めかしてという注釈付きではあるものの、小園手鞠を殺して自分も死ぬつもりでいる、とまで。

俄には信じ難いし、あたしを煙に巻くための笑えない作り話という可能性もあるが、あのときの直道が置かれた状況に鑑みるに、どうも彼にそんな嘘をつく必要があったとも思えない。仮にカガミ嬢がそんな剣呑極まる科白を実際に吐いたのだとしても、本人がどこまで本気だったのかも判らない。

問題は、そんなカガミ嬢の変死体が発見されたらどうなるか、だ。彼女が高和在住ではないことは警察が調べればすぐに明らかとなる。では被害者はなぜわざわざこんな時期に名古屋からやってきたのか。当然その点が捜査では重要視されるだろう。

彼女と小園手鞠の昔の関係性もほどなく炙り出される。あたしが懸念するのは、さらにその先だ。小園手鞠がどの程度、疑惑の対象になり得るものかは予測できない。が、彼女が一旦着目されれば、それに伴い〈アップ・イン・ティ・ヴァレイ〉の存在が取り沙汰される頻度も自動的に上がる。

ここから芋蔓（いもづる）式にあたしの不安が増殖してゆくわけである。例えばこんな具合に。警察はオーナーシェフである上茶谷蓮にも着目。捜査の過程で彼には父親ちがいの染谷博子という妹がいると判明。そして博子と別居している夫の存在が捜査線上に浮上。その結果、直道は犯行当日に小牧空港経由で山形から高知へ来ていたことを突き止められ、任意で事情聴取。そして拘束。とまあ、ざっとそういう一連の流れだ。

そう。なんとも業腹なことに、あたしは直道が逮捕される事態を恐れているのである。それはもちろん至極当然の心理だ。なにせ、いま他ならぬあたし自身がその直道なんだから。自己保身のはずが、夫を庇うような恰好になってしまうとは。なんという皮肉。なんというジレンマ。こんな奇想天外な状況でさえなければ、あたしがこの手で直道を警察に突き出してやりたいくらいなのに。

ただ、そのために〈アップ・イン・ティ・ヴァレイ〉からなるべく離れた場所に死体を遺棄しにゆこうという選択はよくよく考えているうちに、的外れだったような気もしてきた。カガミ嬢とは完全に行きずりの関係の直道の存在が捜査線上に浮上するか否かの確率は、あくまでも五分五分。ならば他に誰か有力な容疑者さえ登場してくれたら、彼は泡沫（ほうまつ）候補にすら挙げられずに終わる可能性だって充分にあるわけだ。

つまり、そうか。もしもあたしが直道（＝あたし）逮捕というリスクを回避したいのであれば、むしろ高久村の〈アップ・イン・ティ・ヴァレイ〉付近に死体を遺棄することによって疑惑の眼がピンポイントで小園手鞠へと向けられるよう仕掛けるべきだったのだ。なのに。しまった。失敗だ。

失敗した。大失敗。激しく後悔した。だけど、いまから方向転換して西のほうへ向かうというのもなあ。それはそれでまずいような気も。死後硬直のこととかいろいろ考えると時間がもったいないし。

二時間弱のドライブ中、あれこれ思い悩みっぱなしで精も根も尽き果ててしまったが、幸いなことに検問にだけは引っかからずに済んでくれる。結局あたしと俊輔くんは阿由葉岬の、ちょうどひとけが途切れるタイミングだったとおぼしき駐車場の公衆トイレのなかにカガミ嬢を遺棄した。

やはり適当な遺棄場所に行き当たるまで時間がかかり過ぎたのか、カガミ嬢を後部座席から降ろす作業は若干、難航した。が、ある種の無の境地とでも言おうか。自分がいま触れているのが人間の遺体であることを意識しないよう、意識しないように努めてどうにかこうにか、やり遂げる。

周囲に目撃者が居ないかを慎重に見極めつつ、高和市へと引き返した。その車中、これは虫の知らせのようなものなのだろうか。どうも背後に、なにやら妙な気配を感じて落ち着かない。仕方なく振り返ってみると、空っぽのはずの後部座席にスマートフォンが転がっているではないか。

げッと声を上げそうになった。どうやらカガミ嬢のものがポケットからこぼれ落ちたらしい。

「いまから阿由葉岬へ引き返すわけにもいかないので。どこか適当なところに棄てておきましょう」と俊輔くんはハンドルを切り、一旦自動車道から下りた。旧道に入る。

田圃の畦道に停まる。あたしは軽ワゴンの窓から真っ暗な用水路へカガミ嬢のスマホを投げ棄てた。ちゃぽん、という水音以外、周囲は森閑としていて無人のようだったが。もしもどこかから誰かに見られていたりしたらどうしよう、と終始ドキドキしっぱなし。

「すまん。世話になったな、きみ」

無事に裏田邸へ帰り着いたときは心底ホッとした。よく考えてみるまでもなく問題はまだなにも解決しちゃいないのだが、往復で四時間近いドライブを終えた直後はさすがに、ひと仕事を乗り越えられたという高揚した気分が抑え切れない。

カーポートには入らずに、前の道路に停車した軽ワゴンから降りるあたしのステップは軽かった。少なくとも死体遺棄に出発する前よりは。

「恩に着るよ、朝陽を呼んでくるから。待っていてくれ」

さて。物置小屋の穴のなかにあるあたしの遺体はどうすればいいのか、と頭を悩ませつつ、玄関から入る。「朝陽？　お待たせ。いま帰ったぞ。彼氏が車でお待ちかねで」

ふいに、あることに思い当たって、ぎくりと足を止めた。そういえば……カガミ嬢が持っていたものって、あのスマホだけだったのだろうか？　うっかりポケットのなかとか検(あらた)めるのを忘れていたが、財布とか、入ったりしていなかったのだろうか。そして、そのなかに例えば運転免許証があったりしたら……と冷や汗をかいていると。

「ちょっとお。ナオッチ」

いきなりそんな怒声が飛んできた。「ちょっと来てよ、こっちへ。早く」と続く。バスルームのほうからだ。な、なんだ。なんだなんだ？　ずいぶん苛立（いらだ）っているというか、不穏な雰囲気だが。

「どうした、そんなでかい声を出して。近所に聞こえちまうぞ」

「バスタブにさあ、見たことのない女ものの服が置いてあるんだけど。これって、あのひとの？」

「え？」

そんな遺留品が？　え。まずいじゃん。でもなんで？　なんで浴室にカガミ嬢の服なんかが。ひょっとして直道め、あたしがここへ駆けつけてくる前に彼女に、ひとっ風呂、浴びさせようとしていたとか？

小走りになりながら思わず舌打ち。「どれだ？　なんでそこに、そんな」

脱衣所に入る。前屈みに覗き込む姿勢で浴室に一歩足を踏み入れ、なかで佇（たたず）む朝陽と鉢合わせしそうになった、その刹那（せつな）。

がつんッ。

後頭部に重い衝撃。「ぐッ？」

すかさず首に。なにか。

「……うッ」

なにかが首に巻きつけられる。皮膚を裂きそうな勢いで喰い込んでくる。と思ったのを最後に意識が暗転。

どうなっているんだ。これって、いわゆるデジャ・ヴュってやつ？　なんとも嫌あな既視感がぷんぷんしてるんだけど。

先刻、物置小屋で直道に頭を殴られ、扼殺されたときとほぼ寸分違わぬシークエンスがいま新たに反復されているではないか。唯一の相違点といえば、直道には手で首を絞められたが、今度はなにか紐状のもので殺られていることくらいか。などと妙に間延びした思考が明滅するなか、ずるずる虚無の深淵へと埋没してゆくあたしは。

はッと唐突に我に返った。

「あ。あれ。あ、ららら？」

周囲を見回してみる。あたしが居るのは、え。浴室のなか？　しかも内部から脱衣所のほうを見る立ち位置に居るけど。なに。いったいなにが。えッ？

足元を見て魂消てしまった。男が。男がうつ伏せに倒れているではないか。下半身を脱衣所に残したまま、上半身だけを浴室のなかへダイブさせているかのような恰好で。そして首には梱包用のビニール紐のようなものが巻きついている。

少し横へ捩じり気味に覗いているその顔。弾け飛ぶように後頭部側へ外れたマスクが耳に引っかかっている。直道だ。

「ひゃッ」

思わず甲高い声が出た。直道の身体を跳び越え、浴室からまろび出た。その拍子に眼に飛び込んできたのは洗面台の鏡。

そこにあたしが映っている。正確には、あたしの意識がいま入っている身体が、くっきり映っている。

大口を開けて驚愕に歪んだその顔は、まぎれもなく朝陽。

娘の朝陽だ。ど。

どういうこと。ていうか。ど。

どうしよう。とりあえず。

判らないけど。とりあえずは、そうだ、ここから引き上げなきゃ。

バスルームやその他の照明をせかせか消して回る。靴箱を開け、そこから家の鍵のスペアを取り出そうとして……はッ。

慌てて手を引っ込めた。え。な、なに。なにやってんの、あたし？ こんな緊急時に、なぜそんな拒否反応が出たのやら。とっさには自分でもわけが判らなかった。が。

ぐずぐずしている場合じゃない。ええいッと勢いをつけ、持ち手にレザーのキーカバーが掛けられたスペアを取り出す。

常夜灯を消し、玄関を施錠する。なにかに追い立てられているかのように小走りで軽ワゴンへと駈け寄った。

「ご、ごめん。しゅんすけく。じゃなくて、ほっきょい。おまたせ」

動悸(どうき)がして呂律(ろれつ)が回らず、オッキーという俊輔くんの愛称をうまく言えない。座るというより腰が抜ける感じで助手席のシートにへたり込んだ。

「どうしたの、サーちゃん？　そんなに慌てて。だいじょうぶ？」

「だ、だい。うん。もちろん。だ、だいじょうぶだいじょうぶ」

「ひょっとして、お父さん？」

「へ」

「なにか揉めてたの、お父さんと」

「いや。いやいやいや。なんでもないよ。うん。なんでもない」

「ほんとに？」

「うん。ほんとにほんと。うん」

俊輔くん、いまにも運転席のドアを開けて車から降りようとするみたいな素振り。やめてやめて。お願いだから。よけいなこと、しないでちょうだい。

なんとか止めようと、こちらは必死。いま俊輔くんに家のなかへ行かれたりしたら一巻の終わりだ。浴室の遺体を見つけられてしまう。そしたら絶対、あたしが直道を殺したと思わ。ん。えッ？

「じゃあぼくたち、もう帰ってもだいじょうぶなんだね？」

「うん。だいじょうぶだいじょうぶ。さ。帰ろ。かえろう帰ろう」

車が走り出してから、あたしはようやくシートベルトを締めた。感染防止用マスクも着けようとしたが、見当たらない。どうやら朝陽の分は裏田邸のどこかに外し忘れたままになっているらしい。

「日付、変わっちゃったね」

俊輔くんのその言葉にもあたしは、しばし上の空。一応「うん」とは返したものの、胸中それどころではない。

あれはあたしが。じゃなくて、朝陽が殺したってこと？　直道を？　彼の頭を殴って、首を絞めて？

どうやらそうらしい。浴室には他に誰もいなかった。あのとき直道を手にかけられた人物は朝陽だけ。

そして彼が死ぬと同時に、あたしの人格は直道の身体から飛び出して。朝陽のなかへ移った、と。

それはいい。いや、ちっともよくない。というか、考えなければならないことがたくさんあり過ぎるが、それはともかく。

朝陽だ。朝陽は、どうして？　どうしてこのタイミングで、こんなことを。

母親が潔く認めざるを得ないというのも忸怩（じくじ）たるものがあるが、娘が直道に対して害意を抱くこと自体はさほど驚くに値しない。ときと場合によっては勢い余って命を奪ってしまう。そういう最悪の悲劇だって決して起こり得ない話ではない。しかし。

あくまでも、ときと場合によっては、だ。同じ実行するにしても、よりにもよって、どうして今夜なの？　どうしてこんな、ややこしいタイミングで？

「あけましておめでと」

「へ」

「二〇二二年だよ」

「あ、ああ。そか。そだね」

「ちょっと遅れちゃったけど。カウントダウン・パーティー、やりなおす？」

「は。えと」

「と言いたいところなんだけど。ごめん、できなくなっちゃった」

「ん？」

「ついさっき父から連絡があって。母が倒れて、病院へ緊急搬送されたんだって」

「えッ。えええええ？」

「倒れたというのはちょっと語弊があるな。転んだらしいんだ、自宅のお手洗いで。手首を骨折したみたい。頭も打っているかもしれないのでＣＴ検査もして。父が付き添っているからだいじょうぶだとは思うけど、一応念のために。どんな具合か、これから見てこようと思うんだけど。いい？」

「も、もちろんもちろん。早く。早く行ってあげて」

「もうしわけない。じゃあ先ずサーちゃんを送っていくね」

「うん。よろしく」

行き先は当然〈サンステイツ隈部〉だが、ここでふと疑問が湧いた。朝陽は今日、というか日付的には昨日、直道（＝あたし）から電話で呼び出された際、どこで俊輔くんと過ごしていたのだろう。シティホテルにでも宿泊していたのかと思ったが、どうやらちがうようだ。もしもそうなら、朝陽（＝あたし）をそのホテルへ送り届けておいてから病院へ向かうだろうし。

いまの話からして俊輔くんのご両親が在宅だったとおぼしき実家のはずもない。ひょっとして俊輔くん夫妻のマンション〈コーポ天華寺〉で？　とはなんとも大胆だが、例えば奥さんの興津凜花が旅行かなにかで長期不在とかだったらあり得るかも。いや。うーん。でもなあ。仮に妻が留守だとしても自宅へ他の女性を連れ込むなんてリスキーな真似を俊輔くんがするかしら？　それよりは例えばどこか余所（よそ）に別宅をかまえているとか。そのほうが現実味がありそう。

よく見てみると車輛のフロントガラス越しには赤い『予約』の文字。たまたま通りかかったわけではなく、お父さんから連絡を受けた俊輔くんが、あらかじめ〈サンステイツ隈部〉前を指定して配車しておいたタクシーだったようだ。

〈サンステイツ隈部〉の敷地内駐車場に軽ワゴンを停めた俊輔くん、「また連絡するね」と朝陽（＝あたし）にキス。ちょうどマンションの共同玄関の前へやってきたタクシーに乗り込んだ。

ほんとに抜け目のない子だなあ。ぼんやり感心するあたしの掌のなかには、俊輔くんから返してもらった朝陽の鍵束が……あ、そうか。なるほど、そういうことだったのか。

エレベータで部屋へ上がりながら納得。さきほど裏田の実家から引き上げる際、靴箱のなかの鍵のスペアを取り出そうとして、慌てて手を引っ込めた。あれは……あれは朝陽の身体が勝手に反応したのだ。

あたしは博子のほうの寝室で、しばし虚脱状態。しげしげ自分（＝朝陽）の両掌を見つめてみたり。ワードローブの傍らの姿見の前に立ってみたり。

あたし自身は、つまり博子は金属アレルギーではない。にもかかわらず鍵を取り出そうとする動作に一瞬、無意識のブレーキが掛かった。もしもあれにレザーのキーカバーが掛けられておらず、なおかつ無理矢理に摑んでいたとしたら、どうなっていただろう。

意識ではなく身体が過剰反応し、いつもの朝陽がそうであるように皮膚炎のみならず、激しい精神的ショックを受けて寝込んでいたかもしれない。つまり、ほんとに。

あたしは、ほんとに。

ほんとに転生してしまった。

まちがえて直道の身体に入ってしまうというアクシデントを一回あいだに挟んだものの、とにかくこうして予定通り、というか思惑通りに、朝陽として生まれ変わることができた。その実感がじわじわ湧いてくる。

でも。気になるのは娘のこと。

朝陽はどうなったのだろう？　彼女の身体はここに在る。ちゃんと生きている。

だけど朝陽の心は？　どうなってしまったのだろう。

あたしがこの身体のなかへ飛び移ってきた結果、朝陽の心は外へ追い出されてしまったのか。

だとしたら彼女はいまどこで、どうしているのか。そこら辺りの仕組みというか、メカニズムはどうなっているのか。

母の豊子はこの点に関して、あまり詳しく教えてくれていない。彼女もよく知らないのではないか、と疑われる節もある。

そこで改めて思い当たった。豊子がどうのこうの以前に、あたし自身にしてからがこの問題について、これまで深く掘り下げて考えてみようとはまったくしてこなかった、という事実に。

摩訶不思議な特殊能力によって若い娘の肉体を我がものにできるかもしれない、という夢物語にただただ浅ましく眼が眩（くら）み、人間としての道義や倫理が欠落していたのか。だとすれば苦しい言い訳にしかならないけれど、これには致し方のない面もある。

もしも豊子自身がこの現象の基本的なシステムを、すなわち彼女の中味が実はあたしの祖母、忽滑谷（ぬかりや）シズならば本物の母親のほうの心はどうなっているのかその行方などの諸事情を、理解も把握もしていないのだとしたら、どうしようもないではないか。豊子にも判らないことを、いまさらあたしが頭を悩ませるだけ時間の無駄だろう、と。そんな割り切りが最初からあったのかもしれない。

それよりも、そう。いま考えなければならない問題がある。直道の遺体だ。

なにをどうする暇もなかったから、やむなく裏田の実家の浴室に放置してきたが。あれをなるべく早く始末しておかないと。いや、しかし。始末なんて簡単に言うけれど、いったいどうやって？

どうしたらいい？　それは。

それはやっぱり。あたしは頭をかかえてしまった。物置小屋の土間の穴に隠すしかなかろう。少なくとも当座は。しかもあたしの、つまり染谷博子の遺体といっしょに、だ。それしかない。

想像すると、ふうっと気が遠くなる。直道と博子。夫婦揃って同じ穴のなかに押し込められている図そのものもぞっとしないが。もっとうんざりするのは、直道の遺体を浴室から物置小屋へ運ぶなんてあたし独りでは到底無理だ、という現実。

誰か手伝ってもらえそうなひとはいないかしら。真剣にそう思案している己れに気づいて呆れ果てた。いやいやいや。バカですかあたしは。こんなこと、他人に知られるわけにはいかないでしょうが。絶対に。赤の他人を実家へ連れていってさ、浴室の直道の遺体を示してさ。それで、なんて言うつもり？

これこのとおり、あたしが殺しちゃいました、てへ。とでも？　おまけに遺体を運んだ先の物置小屋には博子の亡骸(なきがら)まである、ときては。正気の沙汰じゃない。

「言えるわけないでしょッ」

思わずそう声が出る。虚しい独り言。しかしそのひと声で少し頭が冷えたのか、ふと変なことを思いついた。まてよ。

「ひょっとして。え、と。言っちゃってもいい、のかな。ありのままに？　いや。言っちゃうほうが、むしろいい？　くらいなんじゃない？　正直に」

ここでようやく、さきほどの疑問が氷解する。なぜ朝陽は敢えてこのタイミングで直道（＝あたし）を殺したりしたのか。思い当たってみればその理由はいっそ、ばかばかしいほどに単純明快。

朝陽は物置小屋の土間の穴のなかの博子の遺体を発見してしまったのだ。そうにちがいない。俊輔くんと直道（＝あたし）がカガミ嬢の遺体を阿由葉岬まで遺棄しにいっているあいだに。

そして直道（この場合は＝直道）の仕業だと確信し、怒りにかられた朝陽は、戻ってきた直道（＝あたし）を即行で殺害。言わば母親の復讐のために。まさか肝心の母親の心がその身体のなかに入っているとは夢にも思わずに父親を手にかけたことになるわけで。なんという……まったく、なんという皮肉。なんというブラックジョーク。

軽ワゴンに乗った俊輔くんが家の前で待っている。そんな危うい状況も一顧だにせず、朝陽は決然と実行したのだ。仮に自分の犯行が露見しようと俊輔くんがなんとか助けてくれるとか、そんな虫のいい期待を抱いていたとは思えない。つまり逮捕されるのも厭わなかったということで、そこに朝陽の父親に対する、戦慄せざるを得ないほどの憤怒と憎悪の深さが窺える。

ともかくこの事実関係に則ってこれからの対策を講じるならば、直道の遺体の処理なんかもう諦める、潔く自首する、というのもひとつの手だ。いや、染谷朝陽として立ち回るのならばむしろ、そちらのほうが隠蔽に走るより遥かに賢明だろう。あたしはそう思い当たった。例えばこんな具合に。

父の直道がいきなり高和へやってきたと思ったら母の博子を殺害し、物置小屋の穴にその遺体を隠しました。さらに娘である自分をも手にかけようとしたので、やむなく父親を返り討ちにしてしまいました、と。

つまり正当防衛を主張するわけだ。へたに偽装工作なんかに奔走するよりも、そのほうが。あ。

あれれ。な、なんだか。

なんだか頭のなかが煮立ったかのように、ぐちゃぐちゃになってきた。そして、なんだろう、この胸苦しさは。心臓が痛い。

あたしはいま過度な自己欺瞞と自己抑制の狭間で藻掻く余り、人格崩壊を起こしかけている。

そう思い当たった。

直道の遺体処理の問題ばかりあれこれ検討するのは自己保身として自然な流れなため、なかなか気づかなかった。けれどようやく自覚した。これは単なる欺瞞なのだと。あたしがしているのはただの現実逃避で、とにかく考えたくないのだ、朝陽のことを。

娘はいまどうなっているのか。どこに居るのか。考えるのが怖い。彼女の安否を確認したいと思ってもその具体的な方法の有無すら皆目見当がつかない。この異常極まる状況。なにもかもが途轍もなく怖い。

ふと手の甲に、ひやり、とした感触。我知らず大粒の涙を、ぼろぼろこぼしている自分が居た。

ど。

どうしよう。こんなことになっちゃって。これから、どうしたらいいんだろう。

絶望が溢れ、その奔流に全身がはち切れそうになる。いや。

いやいやいや。いまさら？　なにを言っているの、いまさら。

これはあなた。他ならぬあなた自身が望んだ結末でしょ？　そうでしょ。朝陽の身体を手に入れる。それはとりもなおさず俊輔くんを我がものにしたい、という欲望にも直結していたわけで。

とりあえず、こうして第一のステップは完了した。実現したのだ。

さあ。娘の身体はあたしのものよ。

この若々しい肉体はこれからすべて、あたしの意思の支配下に置かれるのよ。なんてすばらしいんでしょ。

よろこべ喜べ。悦(よろこ)びなさい。この血湧き肉躍る生命力を存分に味わいなさい。己れの若さに酔い痴れるのよ。

喜べ悦べ、と永遠に続くかとも思われる強迫反復は悪魔の呪文さながらで、理性も思考も確実に麻痺(まひ)してゆく。でも。

でも、落涙は止まってくれない。

あとからあとから涙が溢れ返る。

ついにあたしは両掌で顔面を覆い、声を上げて泣いた。ごめん。

朝陽。ごめん。ごめんなさい。

何度も何度も譫言(うわごと)のように呟く。

あたしは娘を殺してしまった。そんな恐怖を帯びた悔恨が襲いかかってくる。

もちろんあたしは自分では彼女に指一本、触れたりしてはいない。現に朝陽の肉体もこうして健在だ。

しかしその心は？　朝陽の人格はいったいどこへ行ってしまったのか。見えない。どこにも見えない。なにも感じられない。ほんとになにも。

代わりに脳裡に浮かんでくるのは、実家の物置小屋の土間の穴のなかに居る博子。あたしの遺体だ。あれが。

ひょっとしてあれこそが朝陽の姿？　あたしの遺体というかたちを借りた娘？　ふたりの心と身体が入れ替わった結果が、これなのか？

い、いや、まて。まて待て。そうじゃなくって。ともすれば収拾がつかなくなるくらい混乱して、すべてを放擲（ほうてき）してしまいたくなる仮説をなんとか整理しなおす。

仮に、ふたりの人間のあいだでその自我と肉体を入れ換えるのが人格転生現象の基本的システムであるとしよう。だとすると先ず、殺害された博子の人格が直道の身体へと飛び移った時点で、その直道の心はどうなったのか？　博子の遺体のなかへ移ったまま、そこに閉じ込められてしまっている……そう考えられる。

次に殺害された直道（＝あたし）の人格が朝陽の身体へと飛び移った時点で、その朝陽の心はどうなったのか？　直道の遺体のなかへ移ったまま、そこに閉じ込められてしまっている……これまた、そう考えられる。

ことの因果関係や構図をそんなふうに解釈すれば一応の説明がつくような気がする。もちろんほんとうのところは判らないし、もしもこの仮説が的を射ていたとしても、あたしには朝陽の心がいま直道ではなく、博子のほうの遺体のなかに幽閉されているように思えてならない。

朝陽。朝陽。為す術もなくただ母親の遺体のなかで苦しむ娘の姿が浮かんでは消え。消えては浮かぶ。そんな幻影を振り払わんとして、あたしはただ号泣した。

長いこと。ただただ泣いた。

やがて泣き疲れて。

泥のような眠りに引きずり込まれる。そして夢を見た。

あたしはあたし。ちゃんと博子で。

朝陽は朝陽。ちゃんと朝陽で。

母と娘が手と手を取り合って。わーい。元通りだ。よかったね、と笑い合う。

そんな夢から醒めてみると、やっぱりあたしの纏う肉体は朝陽のまま。

床にへたり込み、ベッドに凭れかかった姿勢で眠り込んでいた己れがとにかく無性に忌まいましい。念願叶って若い娘の肉体を手に入れたというのに、あたしは哀しむか怒るかしかしていないじゃない、と。

もう嫌。いやだ嫌だなにもかも。そんな自暴自棄的な気持ちで立ち上がった。

＊

軽ワゴンの運転席に乗り込む。直道の遺体を物置小屋へ移動させるべく裏田の実家へ向かうつもりで。だが、シートベルトを締めているうちに気が変わった。

高久村のほうへ車を走らせる。当然〈アップ・イン・ティ・ヴァレイ〉は休業日だし、店舗も無人だろう。でも。

もしかしたらシェフの上茶谷蓮が居るかもしれない。建物の裏手に寝泊まりできる彼専用の小部屋が在るとか、いつだったかマネージャーの小園手鞠が言っていた。

もちろん元日だし。どこか他の場所で家族と寛いでいる可能性のほうが高いが。とにかく行ってみよう。

とはいえ、仮に上茶谷蓮に会えたとして。それでどうするつもりなのかは自分でも、はっきりしない。ただ。

彼はあたしの父親ちがいの兄だ。その事実をおそらく彼のほうはまだ知るまい。あたしも昨年、母の豊子が新型コロナで重篤になるまでは、自分に異父兄弟がいるだなんて夢にも思わなかった。が、本人の言によれば母は昔、複数の男性との結婚と離婚歴があり、なおかつそれぞれの子どもたちの親権を放棄しているという。豊子の死は避けられないと覚悟したあたしは、以前にも世話になったことのある司法書士に相談。その結果、自分以外の法定相続人の存在が明らかになったというわけだ。

ハンドルを操りながらつらつら考える。上茶谷蓮はあたしの実兄。当然、彼も豊子の遺伝子を受け継いでいる。ということはシェフにも、この不可思議な人格転生能力が具わっているはず。

ただ果たして本人はそのことを認識しているだろうか。多分知らないだろうとは思うものの、直接訊いてみないことにはなんとも言えない。とにかく会ってみないことには始まらない。とはいえ話題が話題なだけに先方が腹を割って応じてくれるかどうか。

それからもうひとり。父親ちがいの次兄である山名隆夫にも、いずれは会ってみなければ。というか豊子が死去したら、どのみち相まみえざるを得ないわけだが。こちらは長兄よりも難物のような予感がする。

顔も見たことがないので単なるイメージに過ぎないが、なにしろリアリストたるべき警察官という職業が職業だ。遺産相続問題に関してはそれなりに対応してくれたとしても、人格転生能力だのなんだのといった荒唐無稽な与太にはまともに取り合ってはくれず、あっさり門前払いにされそう。って、いや。その点については、普通に考えれば長兄のシェフにだって、おっつかっつの反応をされるのがオチなんだろうけれど。

高久村へ入ると田園風景は、いつにも増して閑散としている。単なる余所者（よそもの）の思い込みなのだろうか、なんだか空気が薄く、冷えびえとした眺め。

〈アップ・イン・ティ・ヴァレイ〉の駐車場に軽ワゴンを停めた。辺りには、ひとっこひとり見当たらない。運転席のドアを閉める音が、妙な引け目を感じさせるほど場ちがいに響きわたる。

レストランの建物もこれまた当方の思い込みなのだろうが、まるで廃業してしまったかのような荒涼たる雰囲気が漂う。ひとの気配なんか感じられない。

このまま帰ろうかな。一瞬、そう迷った。が、せっかくここまで来たんだし。店舗の裏へと回ってみる。

小部屋の引き戸へ歩み寄った。と、微かな物音。なかに誰か居る？

試しに引き戸をノックしてみる。今度は、ひとの動く気配がした。はっきりと。

感染防止用マスクを装着して待ってみる。すると、からり、と引き戸が開いた。現れたのは男性だが、シェフの髭面ではなく。もっと若い。

店内でマスクを着けた顔しか、それも一、二回しか見たことがないが、彼のその独特の飢餓感を湛える眼は、すごく印象に残っている。名乗ってもらわなくても判った。シェフの長男、上茶谷圭以だ。

が、彼のほうは多分、こちらが何者なのか知るまい。もしもあたしが染谷博子の姿をしていたならば、店へ来たことのある客だ、くらいは憶い出したかもしれないが。

「こんにちは」

そう挨拶すると、怪訝(けげん)そうにしながらも圭以は丁寧に会釈を返してきた。

彼は上茶谷家の長男である自覚がまったくない。四十も近いというのに未だに甘い父親の庇護(ひご)下、根無し草同然の放蕩三昧(ほうとうざんまい)で、どうしようもない問題児なのだ、とか。そんな噂を店へ来ていた客たちがしていたのを小耳に挟んだことがある。

たしかにある種の重い屈託というか、翳(かげ)り漂う面差しだ。が、こうして改めて対面してみると意外に、無駄な押し出しなどは感じさせない静謐(せいひつ)さが勝っていて。あたしなどはむしろ好印象を抱く。部外者の無責任なイメージだといえばそれまでだけれど。

「こちら、上茶谷蓮さんのお宅だ、と思ったんだけど」

頷いて寄越す。「父はいま、弟夫婦の家に居ますが」

圭以の弟とは、あたしは一度も会ったことはないがシェフの次男、上茶谷天空のことだろう。料理関係とはまったく畑ちがいの職に従事しているらしい。

「そっか。どうしようかな」

「父にご用ですか」

「だったんだけど。いらっしゃらないなら、あなたに、でもいいかな」

そんな科白を口にしている己れに少し戸惑う。が、少し遅れて閃いた。そうか。

そうだ。どうしてもっと早く思いつかなかったのだろう。圭以は上茶谷蓮の息子。つまり裏田豊子の孫じゃないか。

ということは圭以もまた豊子の不可思議な体質を受け継いでいる可能性がある。いや、きっとそうだ。

「ぼくに用？　というと」

「はじめまして。あたし、染谷朝陽。あなたの従妹（いとこ）です」

圭以は胡散臭そうに眉根を寄せた。当然といえば当然すぎる反応に、あたしはなぜだか忍び笑いを洩らす。「ほんとの中味は叔母（おば）なんだけどね」と口走りたい衝動を抑えたせいだったのかもしれない。

「従妹、って」

「あたしの母があなたのお父さんの妹なの。いまここで証明できるようなものは、なんにも持ってきていないけれど」

「そんな話、聞いたことがない」

「でしょうね。どうでもいいじゃない、そんなこと」

なんだか無駄に余裕をかました口吻だ。我ながら可笑しくなる。これは年長者としてのいわゆる上から目線だろうか。あたしって見た目は小娘だけど中味はあなたより、ひと廻りは上の年増なのよね、みたいな。

「ね。もしも時間があるなら、ちょっと付き合ってくれない？」

デートにでも誘うかのような甘い口ぶり。だがそれとは裏腹に、あたしは胸中、恐ろしい考えにとり憑かれていた。

仮に圭以にも人格転生能力があるとする。ならば、あたしがこの手で彼の命を奪ったとしよう。直道があたしを殺したときのように。どうなるか。

あたしが思い描く構図はこうだ。先ずあたしが圭以を殺す。おそらく彼の心はこちら、すなわち朝陽の身体のなかへ飛び移ってくるだろう。そして外へ追い出されたあたしの心は果たしてどうなるかというと、死んだ圭以の肉体のなかへと移り、閉じ込められる。

仮に朝陽の心がそもそもあたしによってこの肉体から外へ追い出され、直道のほうへ転移してその肉体とともに滅びているのだとすれば多分、それとまったく同じ現象が起こるだろう、という理屈だ。

つまりこの場合、あたしが圭以の命を奪うという行為は決して殺人ではない、と強弁しようと思えば強弁できる。それは本質的に、彼が朝陽として生まれ変わるための手続きなのだから。

そしてもうひとつ意味がある。死んだ圭以の肉体に己れの人格を永遠に封印することで図る、あたしの間接的な自殺。そう。あたしが殺そうとしているのは圭以ではない。染谷博子の魂。あたし自身なのだ。

「付き合う、というと。例えば」

「どこかへ行きませんか、これから」

「どういうところへ」

「別にどこでも。ふたりで、ゆっくりできそうな場所なら」

安手の恋愛ドラマの没シナリオを、さらに大根役者ふたりが棒読みしているかのようなやりとりが可笑しい。

「あなたは車？　で来たんだよね」

「うん」

「じゃあ、いいですよ。連れていってくれるなら」

「そうこなくちゃ。どこへ？」

「桑水流町」

そんな具体的な町名が出てくるとは正直、予想していなかった。え、と。どうリアクションしたものか。

「普段はバスと路面電車を乗り継いで行くんだけど。車があるなら楽でいい」

「なにがあるの、そこに？」

「ゆっくりできるところ。永遠に」

「え……」

部屋から出てきた圭以、後ろ手に引き戸を閉めた。「行こう」

施錠する様子もなく駐車場のほうへ向かう彼を、あたしが追いかける恰好になる。

「行くだけ行って、なにもせずに、さっさとここへ戻ってくるつもり？」

「え。どうして」

「だって鍵も掛けないで、さ」

圭以は肩を竦めてみせた。軽ワゴンの傍らで立ち止まる。

リモコンキーでロックを解錠してやると、さっさと助手席に乗り込んだ。決して動作そのものが性急なわけではないが、なんだかあたしの気が変わらぬうちにすべてをやり遂げておきたい、みたいな。そんな昏い決意が彼の一挙手一投足から立ち昇る。

ひょっとして圭以は、前触れもなく訪問してきた若い女を気まぐれで、どこかひと目のない場所へ連れ込み、殺してしまおう、とでも画策しているのか。そんな極端な想像すら浮かんでくる。

いずれにしろあたしは彼を、そして自分自身をも二度と日常へは引き返せない地点に立たせてしまった。そんな確信にかられながら運転席に乗り込んだ。

「桑水流町、ね」

「うん。あ。ちょっとその前に」

「なに？」

「もうしわけないけど板羽町の、まぜビルって判る?」

「まぜ?」

ちょっと考え込んでしまった。「ひょっとして〈MAZE・ビル〉のこと?」

「そう。でもあれって、もともとは〈まぜ〉らしいよ。南風という意味の」

「へええ。ほんとに?」

「でもみんなメイズ、メイズって読むから。すっかり迷路という意味のほうの単語として定着しちゃっているけど。それはともかく。先ずそこへ寄ってもらえるかな」

「いいけど。ビルに入っているお店とか歯医者さんとか、どこもお休みだよ。行って、どうするの」

「ちょっとお別れしておきたいんだ」

「え」

「いや。建物に、じゃないよ」

「わざわざ注釈を入れなくても。そんなシュールなこと、考えてません」

「そのお別れしておきたい相手がいま、そこに居るかどうかは判らないけど。なにしろ気まぐれだから。でもまあ、一応」

わけが判らなかったものの、ともかく言われた通りにする。行ってみると元日の雑居ビル周辺は閑散としている。その白茶けたフィルムのような質感の視界のなかでひとつ、小さな丸っこい黒点が動いているのを認めて、あたしは得心がいった。

なるほど。黒猫のメイズか。

「ちょっと停めて」

助手席から降り、圭以はメイズに歩み寄った。顔馴染みなのだろう。彼を見上げた黒猫は全身を撓めたかと思うや、惚れぼれするような美しい弧を描いてジャンプ。すっぽりと圭以の腕のなかにおさまった。

しばらくメイズの頭を撫でていた圭以は、そのまま軽ワゴンへ戻ってくる。

「こいつもお見送りしてくれるってさ」

あたしたちはさも日常的で普通の会話のふりをして、ずっと異常なやりとりを交わしている。改めてそう思った。圭以はもしかしたら自ら……とも。が、もう引き返すことはできない。彼もあたしも。

「この子もほんとなら、マゼって名前になっていたはずなのね」

「そういうこと。さて。行こう」

「桑水流町、ね」

「うん」

県東部へと向かう車中、ふたりとも言葉は発しなかった。道順を訊く必要もなかった。圭以がカーナビに行き先の番地情報を入力してくれたから。

そのあいだメイズは圭以の腕のなかで、じっとしていた。彼も、いや、彼女なのかもしれないけれど。自分を抱っこしている男がこれからどうするつもりか判っているのか。

国道沿いに家電量販店が見えてくる。ここが目的地のようだが当然、休業日。建物の前の駐車場もチェーン柵が張り巡らされ、進入できないようになっている。

どうするのかと訝っていると、圭以は店舗の横の路地を指さした。「そっちへ」

言われた通り小径（こみち）に入る。木造平屋の民家が現れた。玄関口の植え込みの荒れ具合や建物の煤（すす）けた惨状。全体的に殺伐とした雰囲気が如何にも空き家である。

玄関前の歩道の縁石が割れて、ちょっと大きめの隙間が出来ている。本来駐車用ではない、そのぎりぎりのスペースに軽ワゴンを押し込んだ。

メイズを抱っこしたまま圭以は助手席から降りた。建物の裏側へ回るひとりと一匹の後にあたしも尾いてゆく。

まったく手入れされておらず、雑草などで鬱蒼（うっそう）とした小さな庭。縁側の破れかけの雨戸が、ぴったり閉じられている。

圭以は土足のままその縁側に上がった。戸袋のすぐ横の部分を、がたんと音を立てて横へずらす。畳敷きの部屋とおぼしき空間が、ぽっかり口を開けた。

圭以とメイズに倣って、あたしも土足でその和室へ上がり込んだ。薄暗いが、ひととおり内部を見通せるな、と思っていると。

それがいきなり眼に入ってきて、ぎょッとした。太いロープが鴨居に括り付けられ、ぶら下がっている。その端っこには丸い輪っかが作られていて。その下には、おそらく踏み台代わりなのだろう。小振りのスツールが置いてある。予想通りといえばある意味、予想通りの光景だった。

「ほんとにダメなやつだよ、ぼくは。どんなに妹や弟に批難されても、匙を投げられても文句なんか言えない。なにせ、ひとりで死ぬことすらできないんだから」

メイズが圭以の腕のなかから、ぽんと跳び下りた。破れ放題の畳の上を、とっとこ歩き回る。

「そっか」

にゃあ、と鳴くメイズに呼応するかのように、あたしもそう呟いていた。「お見送りをして欲しかったんだ」

「誰かに、ね」

「あたしでよかったの」

「なんなんだろう。どうしてこんなに、ひとりで死ぬのはイヤなんだろう」

こちらの問いをはぐらかしている、という感じではない。「怖くはない。でもイヤなんだ、ひとりは。なぜなんだろう」

「判るような気もするけど。あたし、ずっと見ていなきゃダメなの」

「だってきみは、そのためにここへいっしょに来てくれたんじゃないの?」

彼がどういうつもりでそんな科白を口にしているのかは判らない。おそらくこちらの解釈とはまったく異なる意味合いなのだろうけれど、あたしとしては疚しさの余り、いたたまれなくなる。

圭以の自死に託つけて、あたしがやろうとしているのは言わば実験だ。彼が死んだらその心は従妹である朝陽のこの身体へと移ってくるのか、それとも否か。人格転生能力が具体的にどう顕現するのか、そのテストケースにしようとしている。ついでに、あわよくば朝陽への仕打ちに対する罪悪感から逃れるべく己れの魂を消滅させる手段として、彼を利用しようとしている。

そんな浅はかな心の裡（うち）をすべて、圭以に見透かされているような気がした。

「まあ別にいいよ、好きにしてもらっても。ぼくはもう充分にラッキーだったから。きみにここへ車で送ってもらえた上に、こうしてメイズも。あ。もしかしたらきみが、この子を招（よ）び寄せてくれたのかな？」

楽しげに喋りながら、ひょいとスツールの上に立つ圭以。

そこへ、ひょこひょこ歩み寄るメイズ。

呆気（あっけ）なかった。あまりにも。

ぴょんとジャンプした黒猫が彼の両腕のなかにおさまった、その刹那。

あたしが眼を逸らすよりも早くロープの輪っか部分に首を差し入れる圭以。

なにか不快なことでもされたのだろうか？　それまで彼の腕のなかでおとなしくしていたメイズが急に身をよじる。

圭以から逃げ出すようにして黒猫が空中へ身を投げ出した拍子にスツールが蹴り倒されて。

そして。

どれくらい時間が経っただろう。

のろのろ鴨居のほうを振り返りかけたあたしだったが、ゆらゆら宙に揺れるシルエットが視界の隅に入ってきそうになり、慌てて眼を閉じる。

しばらく待ってみた。なにか。

なにかが起こるか、と。

いま死んだ圭以の心が、この朝陽の身体へ飛び移ってきて。そしてあたしの心を、どこか余所へと追い出すのか、と。

待ってみた。

じっと。だが。

だが、なにも起こらない。

なんの気配もない。

眼を開けてみた。四肢をだらりと空中に浮かせた圭以。その身体が揺れていて。

あたしは朝陽。

依然として朝陽のまま。

「……ちがってたの？」

そんなあたしの呟きに返事はない。

「圭以……あなたはそういう体質じゃなかった、ってこと？」

それともあたし以外の、他の血縁者の誰かの身体へ移った？　そんな可能性もあるのだろうか？　いずれにしろ、思い描いていたような構図にはならなかったらしい。

どうやら見込みちがいだったようね。そんな科白を呑み下して、あたしは縁側へ出ようとした。と。

にゃあ。背後からメイズの鳴き声。

振り返ってみると、黒猫が後ろ足を軸にして全身を伸び上がらせている。くいっ、くいっと何度も前脚で、あたしのことを招き寄せようとするポーズ。

「なに？」

メイズはしきりに首を動かし、あたしと圭以を見比べる。そのたびに、にゃあにゃあにゃあ、と焦(じ)れたように声高に鳴く。

おかしいな。ふとそう訝った。メイズってこんなに落ち着きのない猫だっけ。普段はもっとおとなしいというか。鳴き声を聞くこと自体けっこうめずらしいような気がする。なんだろう？こちらになにかを訴えかけてでもいるような。

「なんなの、メイズ？　なにか言いたいことでもあるの」

黒猫の双眸(そうぼう)が、ひたとあたしに据えられている。その瞳に湛えられた独特の飢餓感めいた光。どこか見覚えがあるような。え？

あッと声が出た。鴨居にぶら下がっている圭以、そしてメイズを見比べる。「あなた、まさか？」

ちょこんと座りなおしたメイズは、あたしを見上げ。そして頷いて寄越した。

はっきりと。「そうだよ。ぼくだよ」とでも言わんばかりに。

＊

個室に入る。綿菓子のような白髪の裏田豊子は胸もとまで布団を被り、ベッドに仰臥していた。眼を閉じて。

胸がゆっくり上下している。あたしは、そっと歩み寄ろうとした。が、その気配を察知したのだろうか。

ぱちっ、と。まるでナイフかなにかで切れ目を入れたかのようにくっきり、彼女の両眼が開いた。

「具合はどう。お祖母ちゃん」

そう訊くと、答える代わりに豊子は小首を傾げた。「だれ？」

惚けが進んだのか、と思った。「朝陽よ。ほら。孫の」

「ちがう」

「え」

「博子でしょ、あんた」

さて。この言葉を果たして、どう解釈すべきだろう。

「朝陽だってば」

「そとみは、ね」

少し嗄(しゃが)れた声。発音は明確だが、あまり馴染みのないイントネーションで言われたため一瞬戸惑った。「外見」のことね。

「でも博子でしょ、あんた。そとみは朝陽。でも中味は博子」

「話が早くて助かる。お母さんに。うん。敢えてお祖母ちゃんに、とは言わないでおく。お母さんに訊きたいことがあるの」

「なに、改まって」

「あたしたちの血筋に受け継がれているとされる、これ」

「生まれ変わりのこと」

「これってどういう仕組みで起こるの」

「そんなこと言われてもねえ。別にあたしが作ったわけじゃないんだしさ」

「訊き方が悪かった。死んだ身体から離脱した心の行き先って、そのひとの子どものなかだと決まっているの？」

まだ質問の意図を測りかねているのか豊子は、じっと表情を動かさない。

「それは法則みたいなもの？　必ずそうなると決まっているものなの？」

「うん。多分」

「自分の子ども以外のひとのなかへ、とか。極端な場合、人間ではない他の動物のなかへ引っ越す、なんてケースはないの？」

「聞いたことないね、あたしは」

「そういう事例は無いんだ。お母さんが知っている範囲内では」

「現にあんたは、そうやって朝陽のなかに居るじゃない。それともあんた、博子じゃないの？」

「博子よ」

「ほらご覧」

「いまのこの姿のことはともかく」

あたしが一旦、夫の直道に転生してから朝陽の身体のなかへ移りなおした件については言及しないでおく。話がとっ散らかって、ややこしくなるだけだ。

「あたしにはたまたま子どもがいた。だからこうして転生している。けれど、同じ血筋のなかには生涯、子どもを授からないで終わるひともいるわけでしょ。そういうひとたちの場合って……」

無意識に声が萎んだ。まてよ。おかしくない？

これってておかしくない？　我ながら迂闊な話だが、こうして改めて言語化してみて初めて、この人格転生現象についての根源的な疑問に思い至った。

仮に肉体の死と引き換えに得られる魂の転移先がその当人の子どものなかに限定されている、としよう。だとしたら。

転生先の子どもの肉体もいずれ死滅する。そうなるとその魂はさらにその子ども、すなわち元の人格にとっての孫に当たる者の身体を新たに手に入れる、と。そういう図式が連綿と受け継がれてゆくかたちになるわけだ。そういうことだよね？

つまりその直系の子孫は、いくら何世代にわたって肉体の取り換えが続けられようともその心は常に元の単一人格によってのみ形成される、というかたちが可能となる。言葉を換えれば、それは実質的に永遠の生命を獲得するという意味になりかねないではないか。ざっくり大雑把なまとめ方だが、理屈としてはそうなる。

いま眼前で豊子の姿をしているこの女。彼女はあたしの祖母であると同時に曽祖母でもあり、さらには、かつての高祖母だったかもしれないわけだ。もしかしたら。

仮に人格転生現象がそういうある種の永劫回帰すら可能にするシステムであったとしよう。しかし死後の転移先が自分の子どもの身体のなか限定というのは、どうらや豊子のかんちがいだったようだ。おそらく過去に身近で見聞した事例にたまたま同じ様相が重なったため、そういう法則性の下に発生していると誤解したのだろう。

なんとなれば、あたしは一旦直道に転生しているし、上茶谷圭以はいまメイズだ。明らかにこの現象を成立させているのは他の法則のはず。いやそもそも、これって自分が死んだら必ず起こるものなのか？

「死んでそのまま、他の身体へ移り住むことなく終わったっていう例はあるの？　もちろんお母さんの知っている範囲内で、という意味だけど」

豊子は答えない。見開いた眼をまばたきもせず、じっとこちらを凝視する。なんだか底意を感じさせる光が淀んでいた。

「そう。心配になったんだね」

「え？」

「察するにあんた以外のひとに。つまりあたしの他の子どもか孫の誰かに、なにか説明のつかない、変な出来事が起こった。例えば、死んでその子どもへ移るはずが、まったく別人になってしまった、とか」

「まあね。そんなところ」

「となると代々、伝え聞いてきた決まりごとなんぞ、もう当てにならない。そう焦ってあんたは、ここへ来た」

「心配とか、焦るとか。なんのこと」

「とぼけなくてもいいよ。もうすぐあたしは死ぬ。そうだろ。そしたら本来は、博子の身体を手に入れられるはずだったが」

思わず、うッと呻き声が洩れた。なんてことだろう。いまのいままで、そんな当然の帰結を改めて考えたりしていなかった。迂闊といえば迂闊だけれど、結局のところあたしはこの現象そのものに対して、心のどこかで常に半信半疑の状態のままだった、ということかもしれない。

「でも、こうしてあんたが朝陽になっているということは、博子の身体は死んだ。もうあたしが手に入れることはできない。けれど引っ越し先が自分の子ども限定ではなくって、孫もありなんだ、っていうんならさ」

にっこり邪気のない笑いを浮かべる豊子だった。「これまで考えもしなかったけど。その朝陽の身体。それは遠からず、あたしのものになるのかもねえ」

あんたの心をそこから追い出して、さ。と豊子は口にはしなかった。が、その双眸は百万言を費やすよりも雄弁だ。

＊

どれくらいのあいだ無為な時間を過ごしていただろう。夢のなかを彷徨していたあたしを現世へ引き戻したのは一本の電話だった。朝陽のスマホにではない。〈サンステイツ隈部〉の部屋の固定電話にかかってきた。

「はい？」

「もしもし。博子さんですか。おひさしぶりです。本山です」

〈シュ・アベル〉で同僚だった娘だ。

「あ。ども」

ついそのままやりとりを続けてしまう。本山さん、すっかりあたしのことを博子だと思い込んでいるようだ。いやまあ、中味は博子にはちがいないんだけど。あたしってそんなに朝陽と声が似ていたのかな。

「ケータイのほうが、どうしてもつながらないので。はい。こちらへかけさせていただきました」

ケータイ。そのひとことで完全に現実へ引き戻される。本山さんが言っているのは博子のほうのスマホのことだ、と改めて思うと、冷や汗が噴き出してきた。

「で。お忙しいところすみませんけど。お預かりしているあれ。はい。博子さん、いつ取りにこられるんだろう、って店長が」

あれとはもちろん、例の実家の金庫の鍵をいっしょに仕舞ってある染谷博子の私物一式のこと。その文字通りのキーワードが引き金になって、脳内で逆回しされるビデオ映像さながら昨年の大晦日からの一連の出来事が一気にフラッシュバック。

どうしよう。どうしようどうしよう。裏田の実家の浴室に直道の遺体がそのままだ。博子のほうも物置小屋の穴に隠しっぱなしで。なんの処置も施していない。

あれから何日くらい経ったのだろう。今日は、えと。朝陽のスマホで日付を確認して腰を抜かしそうになった。

は。一月九日？　九日ですって？

まさか。も、もう一週間以上も経っちゃったの？　てことは、いま。い、いま頃、直道と博子夫婦の遺体はいったい、どういう状態になっているのか。いくら季節が真冬だからって、これだけの時間が経過してしまうと。う。うわあ嫌だいやだ嫌だあああ。想像したくない。

もう帰れない。もう絶対に裏田の実家の敷居は跨げないよう。博子のほうのスマホの行方が気になるけれど、もはや確認しようがない。だっておそらく実家のなかのどこかにあるはずだから。ひょっとしたら博子の遺体といっしょに穴のなか、とかに。

「もしもし？　博子さん？」

「あ。はい。えと」

本山さんの怪訝そうな声で、ヒステリックな恐慌状態に陥りかけていたあたしは我に返った。

「な、なんでしたっけ」

「お預かりしているものを、どうしましょうかと」

「そうでしたそうでした。わざわざご連絡いただいてごめんなさい。今日。はい。今日、取りにいきますので」

「判りました。先日お伺いしたときはお嬢さんが代理で、みたいなお話でしたけど。それでは今日、ご本人が来られる、ということでいいですね？」

「ええ、よろしく」と通話を切った後で、ありゃりゃ、しまったと舌打ち。ご本人、つったって博子の姿で行けるわけないし。

その場で、やっぱり娘が代理で取りに参りました、と取り繕うしかないが、それにしても。なんだかなあ。〈シュ・アベル〉へ赴くのがだるい。

実家の金庫の鍵をこういうかたちで隠しておいたのは別にお宝を守るためではない。そもそも我が家には最初から、それほど大した金銀財宝なんてありゃしないのだ。

ただ金庫の中味はそれなりに換金性のある物品だったりするので。それが直道の例えば逃亡資金に転用されたりするのを阻止するための措置だったのだ。暗証番号さえ判らなければ安心じゃないかと思われる向きも当然あろうが、長年苦労させられてきた妻の立場として直道の金への執着を過小評価する気には到底なれない。

当初のあたしの計画では朝陽として転生した後、直道が博子殺しの容疑で逮捕されるまでのあいだ、どうしても一定のタイムラグが生じるだろうと。その予測に従い、直道の打てる手だてはひとつでも多く事前に潰しておくのが目的だったのだ。が。

肝心の直道は呆気なく死んでしまった。もともと金庫の中味そのものが重要だったわけではない。もはやあたし自身、その鍵への興味は完全に失ってしまっている。かといって預けた私物をそのままにしておくわけにもいかないしなあ。

「どうしましょうかね、圭以ちゃん」

あたしがそう声をかけると、ベッドの上で丸くなっていた黒猫がゆるゆる、半分だけ眼を開ける。なんだか物憂げ。

「どう。今日、お買物にでも行く？」

ひょこっと起こした首を、そのまま横に振って寄越す圭以。そして我関せずといった態で大あくび。

「行きたくない？　ま、あなたを連れて〈ぱれっとシティ〉へ行くわけにもいかないもんね。たしかに」

黒い毛並みを撫でてやると、まるで「判ればよろしい」とでも言わんばかりの鷹揚さで再び眼を閉じる黒猫であった。

「じゃあ圭以ちゃんにはお留守番してもらって。そのあいだにあたしは、ちょっくら出かけてくるかな。外の空気を吸いがてら」

なにしろ一週間余りも蟄居していたのだから不健康の極みだ。なにを飲み喰いして生き存えていたのかも、よく憶えていない。買い置きの缶詰？　それともアルコールのみに頼るカロリー摂取だったりして。いずれにしろ嘆かわしい限り。

朝陽の身体に転生して以降、体調はすこぶる良い。悪性の腫瘍が見つかった博子の肉体を脱ぎ棄てたのだから当然といえば当然だ。なのに、せっかく手に入れたこの健康で若々しい身体をあたしはいま無駄遣いしている。なんて途方もない無駄遣いだろう。冒瀆的にもほどがある。

「あーあ」

やさぐれた気分で、ごろんとベッドに寝転がった。「なんだかもう。もうイヤだ。なにもかもが嫌だよう。ねえ、圭以ちゃん。慰めてよう」

ぱっちり眼を開けた黒猫。しょうがねえなあ、とでも言わんばかりの緩慢な動きで近寄ってくる。かと思うや、ぼてッとあたしのお腹の上に乗っかった。

「ちょ。重ッ。あんた、どうした。これも引き籠もりの弊害ですか。ちょっとダイエットしなきゃ。ん？」

ＬＩＮＥの着信音がした。枕元のスマホを手に取る。もちろん博子のではなく朝陽の。見てみると、おや、俊輔くんからメッセージだ。しかも、いまどきの若者にしては比較的長文の。どれどれ。

『元気？　ずっと連絡できなくてごめんね。いま両親が出てこられなくてクリニックが、めっちゃ忙しい。りんちゃんもかなりバテているみたい。なので今夜あたり、ちょっと息抜きさせてあげたい。ついてはサーちゃん、彼女に付き合ってあげてもらってもいいかな？　急なお願いでもうしわけないけど、ぼくは今夜、別の用事があってムリなんだ。どうかよろしくご検討ください』

えっとお。なんなんだこれは。

凛花さんの息抜き？　朝陽に付き合ってあげて欲しい、って。つまり彼、愛人に奥さんとの女子会を頼んでる？　そういう理解でいいんでしょうか。

そういえば凛花さんて、俊輔くんと朝陽の関係をちゃんと知っているのかもしれない。いつだったか、朝陽が「あたしたちって言わば奥さん公認の仲だし」みたいな意味の軽口を垂れていて、もちろん冗談だと思ったし、その時点では娘が俊輔くんと深い関係に陥っていること自体が疑わしかったのだが。こうなってみると。うーん。

妻妾随行（さいしょうずいこう）なんて言葉があるかどうか知らないけど、妻を自分の愛人と仲よくさせるのって、ある種のマチズモ的価値観の男にとって願望充足的シチュエーションなのか。ただ、そういう捉え方をするあたしはあたしで、いわゆる昭和的な既成観念に囚われているだけなのかもしれない。

例えば、俊輔くんと凛花さんが夫婦揃ってポリアモリー的恋愛観の持ち主なのだとすれば、凛花さんは凛花さんで夫以外に親しい男性がいて、俊輔くんもその関係を容認しているのかもしれないわけだし。うーん。

不倫願望がなくもないとはいえ基本的にはモノガミー的価値観に縛られがちな昭和生まれの女にはよく判らない疑問だらけだけど、俊輔くんにお願いされた以上は無視するわけにいかない。

とりあえず『後でクリニックに寄ります』と返信。

すると、すぐに既読が付き『ありがとう』と合掌、感涙するヒヨコのスタンプが。いやいやいや。まだ承知したわけじゃないんですけど。まあいいか。

「ごめーん。圭以ちゃん」

よっこらせと重い黒猫をかかえ上げ、お腹から退かせた。「やっぱ出かけてくる」

はいはいどうぞどうぞご随意に、という感じでそっけなく、ごろんと寝っ転がる。いいなあ、猫って。自由気儘(きまま)で。いやいや、判ってますって。猫には猫の悩み、思い煩いがあるんだよね。

とりあえずシャワーを浴び、身だしなみを整えた。思い当たってみると、朝陽になって以降、まともにメイクをするのはこれが初めて。なんとも不思議で、新鮮な気分。

同時に空腹を覚えた。キッチンへ行ってみると案の定というか、ゴミ箱は空の缶詰で溢れている。サバ缶の割合が多いような気がするが、それはさて措き。

冷蔵庫を開けてみた。判っていたけれど、腹の足しになりそうなものは見事なまでに皆無。唯一、冷凍庫の奥に転がっている、いつ買ったのかも憶えていないアイスクリームをぺろっと完食。血糖値を上げておいてから、あたしはマンションを後にした。

朝陽の軽ワゴンで〈ぱれっとシティ〉へ向かう。屋内駐車場の四階まで上がってようやく空きスペースを見つけたときは、早くもお疲れ気味。

ひと混みを縫って、かつての職場を目指して歩いていたあたしの足が、ふと止まった。〈シュ・アベル〉の受付でふたりの中年男性が、本山さんとなにやら話し込んでいるのがピクチャアウインドウ越しに見える。

あれは。ぴんと来た。

刑事だ、きっと。

＊

裏田邸の直道と博子夫婦の遺体が発見されたのか？　いや、そうではないはず。用件はおそらく例のカガミ嬢絡みだ。阿由葉岬で遺体で見つかった彼女と小園手鞠との昔の関係を警察は探り当てたのだろう。

〈アップ・イン・ティ・ヴァレイ〉の関係者のなかでカガミ嬢と接点があった人物は居ないかを警察が調べるなか、例えばひとりの刑事が店の顧客のなかに染谷博子という名前を見つけ、俄然興味を抱く。彼は『ぐるまんクエスト』という番組を観て、そこに映り込んだ自分の義理の息子と親しげに同席する中年女の素性が、ずっと気になっていたのではあるまいか。だとすれば。

顔を見たことはないが年齢的に年嵩のほうの刑事はあたしと父親ちがいの次兄、山名隆大にちがいない。わざわざ〈シュ・アベル〉へやってきたのはカガミ嬢の件でというよりも、それに託つけて名前のみ聞き及んでいる父親ちがいの妹の顔をこの機会に拝んでおこうとしたってわけ。

というふうに推察していたのだが、〈みんと茶房〉に腰を落ち着けて、ふたりの刑事とじっくり話してみたところでは山名隆夫はどうやら、あたしから聞くまで異父兄妹の存在をまったく関知していなかった模様。

ただ刑事という職業が職業だ。単なる偏見かもしれないけれど、そんな油断のならない相手の言い分をすべて額面通りに受け取ってもしょうがないのかも。まあいい。隆夫がほんとうに異父兄妹の存在を把握していなかったものとして、この際あたしは自分の知っている範囲内で彼にいろいろ情報提供をしておいてやることにする。だが。

喋っている途中で少なからず困惑した。自分はいったい、なにをやっているんだ。いま隆夫に話さなければならないことは他にあるじゃないか、と。

しかし、裏田邸での直道と博子殺害の件を告げようというのなら当然、あたしが（直道の姿で）カガミ嬢の死体を阿由葉岬へ遺棄してきた事実も同時に打ち明けざるを得なくなる。他ならぬ隆夫の娘婿である俊輔くんの手を借りて、という点も含めて。

どうせいずれはすべて告白しなければならないし、この面談がその絶好の機会であることも理解している。それでもなおあたしは事件に関して、ひとことも触れることができずじまいだった。初めて相まみえる伯父に興味津々の染谷朝陽という小娘の役柄を演じるのにせいいっぱいで。そのせいなのか我ながら無駄に露悪的な振る舞いが多かったような気もするが。まあいいや。

山名隆夫とその相棒との会談にひと区切りをつけたあたしは〈シュ・アベル〉へ。

受付に居た本山さん、こちらを見て「あらあら？」と笑み崩れた。

「結局、朝陽さんが代わりに来たんですか。はい、これ」

某コスメブランドのロゴ入り紙袋を手渡してくれる。問題の金庫の鍵入りのあたしの私物一式だ。「そうだ。博子さんに会いたい、とかって警察のひとが、さっき」

「あ。はいはい。実はいまそこで、ばったり出くわして。話も終わりました」

「おふたりの警察の方と？　えっと。たしか博子さんとお話ししたい、って言ってたようだけど」

「ええ。それがちょうどうまい具合に、あたしでも判る用件だったので。はい」

「あ、そうなの。博子さんが来たら知らせてくれって名刺を預かっているんだけど。じゃあもう改めて連絡しなくても？」

「だいじょうぶです、だいじょうぶです。はい。お騒がせしました」

鍵が入った紙袋を持ちなおしたところで、しまった。菓子折りかなにか、店長以下スタッフみんなへの手土産を持ってくればよかった、と後悔。いろいろ異常な出来事が矢継ぎ早に起こったせいで、まともに気が回らなくなっているのかもね、と自分自身に言い訳しつつ〈シュ・アベル〉を辞去した。

ちょうど行列の途切れたエレベータに乗り込み、四階の駐車場へ上がる。朝陽の軽ワゴンとまったく同じ型と色の車輛が数台停まっていて、ちょっと迷ってしまった。

さてと。〈オキツ歯科〉へ行かなくちゃ。後で寄ります、って俊輔くんにＬＩＮＥしちゃったし。ゆるゆる安全運転で〈ぱれっとシティ〉を後にする。

〈ＭＡＺＥ・ビル〉近くのコインパーキングに駐車したあたしは、無意識に紙袋を持って運転席から降りている自分に気づき、苦笑してしまった。もはや鍵に興味はないだのなんだの御託を並べつつ結局、車上荒らしを心配しているんですかあたしはそうですか。貴重品を車中に置きっぱなしにしておけない、ただの小心者でございい、だ。

並木通りの横断歩道を渡りながら、後悔した。あれこれ詰め込んである紙袋はそれなりに重量があって、持ち回るのはけっこう鬱陶しい。やっぱり車のなかに置いてくりゃよかった。こんな大した内容でもない私物一式、もしも盗られたって別にどうってことないわけで。とか、ぶつぶつ内省的な繰り言を垂れつつ〈ＭＡＺＥ・ビル〉に到着。

二階の〈オキツ歯科〉へ上がってみると、豪奢な待合室は空っぽだ。診察室から、俊輔くんが誰かを治療中であるとおぼしき雑多な音が聞こえてくる。

受付に居る女性が顔を上げた。大きなマスクをしていてもその美貌は隠しようもなく眩しい。俊輔くんの妻、興津凜花だ。

「こんにちは」

そう会釈して寄越す笑顔がしかし、微妙に曇った。なんだか戸惑っているかのようだ。どうしたんだろ。ひょっとして朝陽（＝あたし）を他の誰かと見まちがえた、とか？　と訝っていると。

「あ。ごめんなさい。なんでもないの」

すぐにそう眼尻を下げる。「ちょっと、びっくりしちゃって」

「なんです？」

ちょっとびっくりしているのはあたしも同じ。凜花さんの口調からして彼女、ほんとに朝陽とはそこそこ親しげだが。俊輔くんと朝陽の関係は知っているの？　承知していてこの友好的な態度？

「なにか挙動不審でした、あたし？」

「ううん。そうじゃなくって。あれ？　もしかしてメイズはいま朝陽さんのおうちに居るのかな？　と思って」

ど。え。えええッ。どうして？

まさに仰天。自分の娘の身体へ転生するという史上最大級に奇々怪々な体験を経たあたしにはもうこれ以上、驚嘆すべき事案なぞ現世には残っていない、と思っていたのだが。こ、これはびっくり。

「な、ななな、なんで判ったんですか」

「やっぱり？　ああ、よかった」

「え。よかった、って」

「年が明けてからずっと、メイズの姿が、ずーっっっと見当たらなくって」

そうか。メイズこと圭以は元日から今日まであたしといっしょに〈サンステイツ隈部〉で巣籠もりしていたから。

「もう一週間。もっとかな？　こんなに長期間、メイズの姿を見かけないって初めてのことだったから。どうしたんだろ。ひょっとして事故にでも遭ったりしていないか、って。もう心配で心配で」

「不安にさせてしまってすみません。おっしゃるとおり実はいま、うちに居るんです。元日に、たまたまこの前を通りかかって。いつものように、もふもふしようと近寄ったら、なぜかあたしの車に乗り込んできたものだから。そのまま、つい。なんとなく」

すべての経緯をありのまま説明するわけにもいかないので、部分的に脚色してお送りしております。

「メイズ本人も寛いでいるみたいなんで、特に気にしていなかったんだけど。そうですよね。急に居なくなったりしたら、凜花さんでなくても、どうしたんだろう、って心配しちゃいますよね」

「あなたこそ、どうしたの？」

「え」

「急に、凜花さん、だなんて他人行儀に」

「は。え。い、いや」

「とにかくメイズが元気でいるならそれでいいんだ。よかったあ。嬉しいッ」

そのとき背後から「すみません」と声がかかった。あたしと、つまり本物の博子と同年輩くらいの男性が診察券と保険証を受付に提示する。「お願いします」

あたしは「また後で電話します」と凜花さんに言い置き、エレベータで階下へ降りた。〈MAZE・ビル〉を後にする。

やはりアイスクリーム一個では保たず〈みんと茶房〉で隆夫たちに抹茶ロールケーキを二個、奢ってもらったのが呼び水にでもなったのか、本格的に空腹になってきた。道路を挟んでビルの真向かいのコンビニでなにか買おうかとも思ったが、いや、ちゃんと食事をしておこう、と商店街のほうへ。

しかしメイズがいまうちに居るって、どうして凜花さんは判ったんだろ？　千里眼じゃあるまいし。かといって単なる勘とか当てずっぽうだとも思えない。なにか気配でも感じ取ったのかしら。あ。匂いとか？　微量ながら黒猫の体臭があたしに移っていたとか、そんなことだろうか。

歩きながら、ふと手ぶらである自分に気がつく。ちぇ。紙袋を〈オキツ歯科〉の待合室に置きっぱなしにしてきた。ほうらね。やっぱりあたしって、もはや金庫の鍵のことなんてどうでもいいんじゃないの。

そう失笑すると同時に、なぜだか急激に虚無感が込み上げてきて、さきほどまで膨らんでいた食欲が萎える。どうでもいいや、ご飯なんか。それより圭以に会いたい。そう思ったときにはもう踵を返していた。コインパーキングのほうへ。

軽ワゴンの前で立ち止まり、スマホを取り出す。〈オキツ歯科〉へ電話。忙しいのか、なかなか出てくれない。

ようやく「はい。〈オキツ歯科〉です」と応答。

「朝陽です。今日のお仕事が終わったら、この番号にご連絡ください。そちらへお迎えに上がりますので。よろしく」

なるべく先方を煩わせぬよう、手早く用件のみを伝える。

「はーい。ありがとうございます」

凜花さんのほうも、こちらの意図を汲んでくれてか手短に、はきはきと。「後でＬＩＮＥいたしますね」

え。ＬＩＮＥ？　朝陽って凜花さんとＬＩＮＥ交換してるの？　とアプリを開いてみると、たしかに『りんちゃん』の名前で登録されている。道理で。「凜花さん」と呼んだら「他人行儀」

と笑われるわけだ。

なんなんでしょう、いったい。朝陽と凜花さんとの関係性と距離感がどうもいまいち具体的に読み切れない。今晩ふたりで食事するのはいいとして、果たしてどういう顔で、どんな話をしたものやら。

とりあえず彼女が、どうしてメイズがいまうちに居ると察知できたのか。その点についてはきっちり解説してもらうとしよう。そう決めたものの〈サンステイツ隈部〉へ戻っても心は、もやもやしっぱなし。

今夜の予習代わりに朝陽と凜花さん、ふたりのLINEのやりとりを過去に遡ってチェックしておこうかな、とも思った。が。なんだか、かったるい。止めておく。

相変わらずベッドの上で丸くなり、惰眠を貪っているとおぼしき黒猫の隣りに寝転がった。

「慰めてよ、圭以ちゃん」

そう呟いたきり、あたしは深い眠りに落ちていた。この一週間余りのあいだ、ほぼほぼ寝て暮らしていたはずなのに。まだ睡眠が足りていないのだろうか。この黒猫といっしょだと無性によく眠れる、という側面もありそうだけど。

何時間、経っただろう。LINEの着信音でぱっちり、しゃっきり目が覚めた。『りんちゃん』の名前が表示されている。

『もうすぐ終わりそうです。多分、あと三十分くらいかな』

すぐに返信。『了解です。ぼちぼちお迎えに上がりますね』

「さてと。圭以ちゃん」

ベッドから降りた。「あんたも来る？　じゃなくて。いっしょに来なさい」

これは異なことをとでも言わんばかりに、ひょっこり首を起こす黒猫。半眼が心なしか不満げだ。

「りんちゃんが寂しがっているのよ、あなたに会えなくて」

黒猫の反応が鈍い。首を傾げている。そうか。メイズのなかに居る圭以は、凜花さんのことを知らないのか。

「人間でいるとき、どこの歯医者さんへ行ってたの。興津凜花さんて歯科衛生士さん、会ったことない？」

ふるふる首を横に振ってみせる。メイズが凜花さんを知らないわけはないが、やっぱり圭以としての面識はないようだ。

「ともかく。このところずっとメイズに会えないけどだいじょうぶかしら、って心配してくれているから。そんな彼女に元気なお顔を見せにいきましょ」

ぼてっとベッドに腹這いになり、掬い上げるようにしてこちらを窺う黒猫。その眼は半分がた寝落ちしかけている。

「ずっといっしょにいろって言ってるんじゃないのよ。どのみち食事に行くんだから、あんたは連れていけないし。ちょこっと、りんちゃんにご挨拶だけしておきなさい。あとはどこかで適当に時間を潰していてくれたら、帰るときに迎えにゆくから」

なーお。いつもの、にゃあ、よりも低めの鳴き声で圭以は身を起こす。若干ぶう垂れた表情だが、ぴょんと勢いよくジャンプ。あたしの腕のなかへ跳び込んできた。

さて、行こうか。とマンションを出たところで我が兄、じゃなくって我が伯父、山名隆夫と、ばったり鉢合わせ。

え。なんでここが判ったの？　と一瞬戸惑ったけれど、まあなにしろね、警察官なんだもんね。その気になりゃ、いくらでも調べられるでしょ。おまけにあたしがこれからりんちゃんとお出かけ、ってことまで先刻ご承知とは。こちらはたまたま娘と電話していて知ったという事情のようだけど。

隆夫の相棒の運転する車で板羽町へ送ってもらえることになった。お蔭でタクシー代が浮く。〈ＭＡＺＥ・ビル〉の手前で覆面パトカーと思われる車輛の後部座席から降り、走り去る刑事ふたりを見送っていると、ビルのエントランスから凜花さんが出てきた。

感染防止用マスクを外したその小顔と改めて向き合うと、八面玲瓏（はちめんれいろう）たる美女とはこういうことだよなあ、と感に堪えない。俊輔くんたら、なんで朝陽如きと浮気すんの？

「お待たせ。はいこれ」

にっこり笑って腕を突き出してくる彼女の手には、あたしの紙袋。昼間、待合室に置きっぱなしにしてきたやつ。

「ども、すみません」

紙袋を受け取り、それを一旦地面に置くと、腕のなかの黒猫を凜花さんへ手渡した。

「わーい、メイズだ。ひさしぶ……」

いきなり彼女の声が萎んだ。

かと思うや、ヒッ。

頓狂な悲鳴が上がった。決して大声ではないが、背筋が一瞬で凍りつくような緊迫感に溢れていて。えッ？　なにごと。

見ると凜花さん、まるでデフォルメされたホラー漫画のヒロインみたく表情を恐怖に歪めているではないか。

「だ、誰ッ」

背後へ跳びすさるようにして凜花さん、黒猫を放り投げた。

「だれなのッ、あんた」

いっぽう放り出された黒猫は、くるん。空中で一回転。そして車道へ着地。と思った次の瞬間。そこへ宅配便の配送車が走ってきて。どちらも避ける暇もなく。ばんッと勢いよく。黒猫は撥ね。

撥ねられてしまった。

きゃあああッと耳をつんざく悲鳴。それは凜花さんが発したのか。それともあたしが発したのか。

けたたましいブレーキ音を響かせ、配送車は止まった。若い配送員の男性が運転席から跳び出してくる。道路に横たわる黒猫の骸へ駈け寄った。

制服姿のまだ若そうな、メガネをかけた男性。その細い眼が一瞬、光ったような気がした。見覚えのある独特の飢餓感を湛えて。

あ、と思った。

乗り移った……そう確信した。圭以の心が黒猫の骸から飛び出し、配送員の身体のなかへ転移した瞬間だった。

声をかける間もなく、黒猫の骸を抱きかかえた配送員は運転席へ戻り、そのまま発車。夜の闇のなかへと消えてゆく。

「ど、どうしよう……」

そんな泣き声が聞こえ、振り返った。見ると凜花さん、ビルのエントランス付近を、凝視している。

「どうしよう、どうしようあたし。ごめん。ごめんなさい、メイズ」

え？　なに言っているの。いや、なにを言いたいのかは一目瞭然だけれど、りんちゃんたら、なにをしているの。どっちを向いて喋ってるの？

「そんなつもりじゃなかった。そ、そんなつもりじゃなかったのよう」

だから、りんちゃん。メイズはそこには居ないってば。あの配送員のひとが車で連れていったでしょ。見ていなかったの？　そんなところにメイズは居ない。そこにはなんにも無いんだってば。

「ご、ごめん、メイズ。見ないで。そんな眼であたしを見ないで。お願い」

どうしちゃったの、りんちゃん。そんな虚空に向かって、いまにも死にそうな顔で哀願したりして。ショックの余り、おかしくなっちゃった？

「ごめんなさい。メイズ。やめて。お願い。見ないで。あたしを見ないで。そんな眼で見ないでちょうだい」

　ふらふらっと凜花さんの身体がよろめく。車道へと踏み出しかけた拍子に、彼女の足が紙袋を蹴飛ばした。

　さきほどあたしが受け取り、一旦地面に置いていたその紙袋は。

　蹴飛ばされて横倒しになり、中味が道路へぶちまけられる。

「あっ」

　反射的にあたしは身を屈めた。紙袋のなかから飛び出した小箱からさらに歩道へと飛び出した金属製のものを鷲摑みにする。

　鍵だ。裏田の実家の金庫の。

　その瞬間。「うッ」

　毛穴という毛穴ごと全身の皮膚が根こそぎ裏返されるかのような、いままで味わったことのない嘔吐感に突き上げられ、あたしは意識を失う。

＊

　我に返るとあたしは〈ＭＡＺＥ・ビル〉の四階辺りの高さから道路を見下ろしていた。ビルの前に居る若い女ふたりを。

ひとり、茫然（ぼうぜん）と立ち尽くしているのは。

朝陽。朝陽だ。

その朝陽を置き去りにする恰好で、興津凜花は大通りのほうへ駆けてゆく。まるで脱兎（だっと）の如く。

泣きじゃくりながら。逃げるようにして走り去ってゆく凜花。

そんな凜花を茫然と見送る朝陽。

引き裂かれるように互いに離れてゆくふたりの姿をあたしは、じっと見下ろしていた。空中から。

通常ではあり得ないカメラアングルで。俯瞰して。

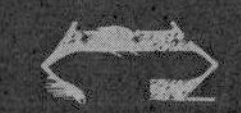
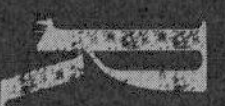

4

〈凜花〉

こんなに小さくなって戻ってきて……という言葉が、つい頭に浮かんだ。

それは、故人を在りし日の姿ではなく、骨壺というかたちで迎えなければならない遺族の抱く普遍的な哀惜の念であろう。従っておれがいまそういう慨嘆を洩らしたとしても、おかしなことはなにもない。むしろ当然すぎるほど当然とも言える。現にこうして、その迎える側である遺族の一員としての立ち位置に居るからだ。が、しかし。

茶毘(だび)に付された死者と相まみえるというこの定型的なフレーズは通常、生者の視点から見てこそ成立するが、この場合、ひと筋縄ではいかない。たしかに迎える側と迎えられる側という構図はそのとおりなんだけれど、それがシンプルな一方通行ではなくある意味、相互干渉的。なんとなれば骨壺の中味も、そしてそれと対面している若い女性の身体の中味も、両方とも当の故人である山名隆夫、すなわちおれ本人のものだからだ。

ライティングデスクに置かれた骨壺。白い十字架を縫いつけた黒いカバーで、すっぽり覆われている。そのなかに収められているのは、まぎれもなく生前よりも小さくなって戻ってきた、このおれの遺骨だ。

それを、娘からの借り物の眼とはいえ自分自身の視覚でまざまざと認識せざるを得ないという、まさしく不条理、かつ複雑怪奇なるこの状況はなにならむ。考えれば考えるほど脳が脱臼しそうである。いや、その脳味噌だっておれのではなく凜花のものとくるのだから、ややこしい。

「どうしたの、凜花」

なんとも腰の据わりの悪い思いを持て余しているおれの傍らで、ぽんッと勢いよくブランデーの栓を抜いたのは、五十代半ばで未亡人になった山名由紀江だ。

彼女と別居婚を始めてから、さて、直接会うのは何年ぶりだろう。以前から喜怒哀楽をあまり表には出さないほうで、いまも言われなければ夫を亡くした直後だなどとは悟らせないほど泰然自若としているが急遽、北海道は帯広から駈けつけてきたりして、いろいろお疲れなのだろう。さすがに面差しがちょっと、やつれた感じ。

「突っ立っていないで、ほら、そこに座ったら？」

言われたとおり凜花は、つまりおれは、窓際の簡易応接セットの椅子に腰を下ろした。男だったときの癖で、つい拡げてしまいそうになる両膝を慌てて閉じる。

「あなたも飲む？」

そう訊かれて、ちょっと迷った。えと。どうしようかなあ。この際アルコールでもなんでも、一歩前へ踏み出すための力を借りたいのはやまやまだ。が、なにしろこれから由紀江に伝えなければならない事柄の内容が内容である。ただでさえ、まともに耳を傾けてもらうのは危ぶまれるほど突拍子もない、ぶっ飛んだ戯言なのに。

勢いをつけるのはいいが、酔いのせいで、きちんと筋立てて説明できなくなったりしても困る。なにしろいま意識が入っているこの身体は凛花のものだから、果たしてどの程度アルコールに耐性があるのかも判断がつかない。存外、娘のほうが父親を上回る酒豪だったりするのかもしれないが、それはそれで調子に乗っているうちに面倒臭さが勝って、すべてがどうでもよくなり、由紀江になんとか信じてもらわなければ、という意思と気力が挫(くじ)けてしまいかねない。

あれこれ思い悩んで口籠もっている当方を尻目に由紀江は客室備え付けのコップをふたつ、簡易テーブルに並べ、両方にブランデーを注いだ。

髪をシニョンにしておでこをすっきり見せるそのバタ臭い相貌に、黒っぽいハイネックにカーディガンという妙に禁欲的な趣きの装いも相俟(あいま)って、どこかしら修道女っぽいイメージが漂う。朝っぱらからブランデーのボトルを掲げ持っている時点で、普通はまちがっても尼僧像なんかを連想しそうにないと思うのだが、これもある種の夫の贔屓目とでも言おうか、やはり薄幸の未亡人という眼で見るから、なのかもしれない。

未亡人とその夫がこんなふうにお互いに生きている状態で相対する、というのも語義的のみならず、物理的にもたいへんな矛盾なのだが、とりあえずこれがいま、おれが直面しなければならぬ現実ってやつなので、どうしようもない。

「ま、なにはともあれ、やれやれ、だ。おつかれさま」

コップを持ち上げた由紀江はそれを、簡易テーブルに置かれたままのもういっぽうのコップに、かつんと軽くぶつけてみせる。

故・山名隆夫、すなわちこのおれの通夜は一昨日に。そして告別式は昨日の昼に。ともに家族葬でひっそり、つつがなく執り行われた。斎場へ移動して火葬、骨揚げを終えて、いち夜明けた、今日。

息子の日名人とその妻はさきほど、仕事の都合などもあり、ひと足先に帯広へ帰っていった。が、由紀江はまだそういうわけにもいかない。遺産相続手続その他、諸々の本格的な事後処理に入る前に、ざっくり遺品をかたづけておくべく、あと数日はこのシティホテルに滞在する予定らしい。

「それはそうと、あなた、こんなところに居ていいの？　俊輔くん、もう今日から仕事に戻ると言っていたと思うけど。凜花が居なくてもクリニック、回せる？」

「さあ。でも……」

おれとしては未だに慣れない凜花の声、そして彼女の身体を使って努めて明るく、肩を竦めてみせるしかない。「ま、まあ、なんとかなるんじゃないの」

実際には多分なんともなるまい。骨折した義母の戦線離脱のせいで事務処理は事実上、凜花のワンオペ状態という話だったし。俊輔の両親の知り合いで一旦引退している、いわゆる休眠歯科助手のひとに臨時で応援を頼み、なんとか急場を凌ごうとかなんとか。そんな方法も検討しているようだが、まあどのみち、おれの知ったこっちゃない。

我ながら冷たいというか、俊輔にはもうしわけないけれど、仮におれがいまから〈オキツ歯科〉へ駆けつけてみたところで手伝ってやれることはなにもないのだ。いくらこの身体が興津凜花のそれだといっても、中味はあくまでも山名隆夫。彼女の職業的な実績は完全にリセットされている。

例えば凄腕のスパイが記憶喪失になって、自分が何者なのかわけも判らぬまま放り出された非日常的世界のなかでプロフェッショナルとしての技能と身体能力を脊髄反射的に発揮し、諜報戦やら銃撃戦をサヴァイヴァルしてゆくという筋書きのアクション映画とか、ありますよね。ああいうストーリーに果たしてどれほどのリアリティがあるものなのかは知らねど、一般的にも長年かけて習得したスキルって頭では忘れても身体が覚えている、というのは巷間よく聞く話だ。

その伝で行くなら現在のおれだって、もしかしたら凛花の身体が自動的に歯科衛生士としての仕事をこなしてくれる、という可能性もゼロではないかもしれない。本来の自分には具わっていないはずの専門的特殊能力を発揮できる境遇って、人間心理における根源的な超人願望を絶妙にくすぐってくるし。よくある異世界チート転生もののファンタジーがもたらすカタルシスの原理である。

なのでまったくの異業種もなんのその、オートマティック凛花に身を委ね、てきぱき働いている己れを夢想すると、ちょっぴり痛快でなくもない。わ。こんなことや、あんなことまでをも楽々とできちゃうオレってスゲーわ、みたいな。だけど、もちろん実際にどうなるかは試してみないと判らないし、そんな子どもっぽい好奇心をいちいち満たしている場合じゃない。

〈オキツ歯科〉の業務が停滞しかねない状況を考慮するならば自分にやれそうなことはとりあえずやってみるのが、ひととしての道というものかもしれない。が、あいにくとおれは俊輔とその両親に対して、そこまでの義務感を抱けないのだ。ごめんね。

　できれば、たとえ死亡していようとも元の山名隆夫の肉体へ戻るのが、おれにとっては最善のかたちだ。もちろん死ぬのに抵抗がまったく無いわけじゃないが、よりによって自分の娘の身体を占拠してまで生き延びようとは思わない。なんとか元通りにならないものかと焦るものの、こんな常軌を逸したシチュエーションに対応できるような知恵がそう易々と湧いてくるはずもなく。

　哀れ、山名隆夫の肉体は火葬されてしまった。もはや手遅れ。いや、どのみちおれが死んでいる事実に変わりはないんだから、手遅れという表現はちょっとちがうかもだが、つまり要するに肉体の滅びとともに魂も昇天するという、まっとうな成仏の有り方はもはや望めない、と。どうでもいいと言えばどうでもいい相違ではあるが、ともかく手遅れなのであった。

　おれはいったい、どうしたらいいのか。全然判らない。とりあえず当座はこうして、父親を突然失ったショックで仕事もなにも手につかなくなった悲嘆の娘の姿を演じることでお茶を濁し、凌いでゆくしかない。

　正直これからどうなるのか皆目見当がつかないけれど、ただひとつ。本物の興津凜花のふりをし続けるのは、おれには到底無理である。それだけは、はっきりしている。となると、だ。

「そんなことよりも、あ、あのさ。だいじな話があるんだ」

　これからの身の振り方なぞ五里霧中のおれにとって、さしあたって重要なのは理解者を得ること。これに尽きる。どれほど見た目が二十七歳の女性であろうとも、中味は還暦近いおっさんなんだという前提で接してくれる他者が居てくれない限り、なにをどうしようにも動きようがない。

むろんこれが超弩級の難題であることは強調しても強調し足りない。いきなり「えーわたくし興津凜花という、うら若き女性にしか見えないかと存じますが、ほんとは彼女の父親の山名隆夫なんですなこれが」などと世間に向けて真剣に主張し続けたりしたら、どういう羽目に陥るか。さほど想像力を働かせるには及ばない。火を見るよりも明らかだ。

「だいじな話?」

くいっ、とブランデー入りのコップを傾ける由紀江。「なに。急に改まって。隆夫さんのこと?」

一瞬、心を読まれたかのような錯覚。ちょっと、どきッとした。が、考えてみると現状下、由紀江にとっては亡夫、凜花にとっても亡父、それ以上に重要なトピックというのもまあ、あまり有りそうにないわけで。胸中を言い当てられた、というほど大袈裟なものでもないか。

「ま、まあね。そう。うん。そういうこと、なんだけど……」

娘の身体のなかに実は夫の人格が憑依している、というB級ＳＦ映画そこのけな状況を理解し、受け入れてもらえそうな候補者として由紀江に白羽の矢を立てたのは、彼女がいちばん見込みがありそうだからだ。

由紀江に限らず、こんな奇天烈な話をいきなりすべて相手に丸呑みしてもらおうというのはどだい無理な相談である。ならば地道に説得してゆくしかなかろう。的確に外濠を埋めて。すなわちこんなもの、どこをどう聞いてもしょうもない駄法螺に過ぎない、にもかかわらずなぜか言下には否定しにくい、と。そう聞き手の心に、どんなに小さくてもいいので風穴を穿つところから始める。なんとも愚直だがある意味、正攻法といえば正攻法。それしかないのだ。

そこから徐々に「これはひょっとして、ただの作り話などではないのかも」とか「常識的には到底あり得ないが、どうもほんとうのことだとしか思えなくなってきた」とか。そういう奇蹟的な融和ステージにまで相手の心境と反応を押し上げる。それができるかどうかはひとえに、どれだけ証拠を積み上げられるかにかかっている。

証拠とはこの場合、当事者たちにしか知り得ないはずのプライヴァシーの類いだ。それを的確に開陳してみせることで、こちらの真のアイデンティティを認証してもらう。まどろっこしいが、こんなことくらいしか思いつかないし、この方法を適用できる相手はおれにとって由紀江しかいない。

「あのさ、由紀江さんは、さ」

勢いをつけるためにおれもブランデーを、くいっとひとくち。妻に、さん付けで接するのはいささか面映ゆいけれど、ひとまず自分は凜花であるとして話を進めなければならないので、この喋り方しかない。父親のことは、隆夫さん、と呼ぶ娘なんだし。

「昔、隆夫さんとお見合いしたときに由紀江さん、こう言ったでしょ。もしもわたしたちが結婚するなら、いっしょに暮らすのは互いに気が向いたときだけにして基本、別居婚にしませんか？って」

我ながら脈絡が無いというか如何にも唐突なぶち込み方だが、あれこれ細かい配慮にかまけていたら結局、気後れして最後まで伝え切れないかもしれない。一気に、まくしたてることにする。

いっぽう簡易テーブルを挟んで真向かいに座った由紀江は、じろり、と上眼遣いにこちらを睨みつけてくる。別に威嚇しているわけでもなんでもなく普段からこういう怒り顔なのだが、それを重々承知していてもなお、ちょっと怯んでしまうおれ。

「それって特に隆夫さんに対する提案とか牽制とかでは全然なくって、由紀江さんが男と付き合うときの定まり文句だった。向こうが妙に距離を縮めてこようとする気配があったら、とりあえずそう言ってみる、という。返ってくる反応はだいたい珍獣を眺めるような眼つきか、それとも薄ら笑いでの受け流し。そのどちらかと相場が決まっていた」

まばたきもせず、ゆっくりと腕を組む由紀江。とりあえずは静聴のかまえのようだ。

「それまで見合いの席では口にしたことはなかった。ていうか由紀江さん、見合いそのものが生まれて初めてだったわけだけど。その相手である隆夫さんにも、会っていきなりその常套句を、ぶつけてみた。ほんとに、いきなり。ご多分に洩れずドン引きするかと思いきや彼は、これは奇遇だ、と破顔一笑。実はぼくもあなたに同じ提案をしようと思っていたんです、と」

喋りながら「どうですか？　これって当事者同士じゃないと絶対に知り得ない、夫婦だけの秘密のエピソードってやつでしょ？」と同意を促す適当なタイミングを計るのだが、どうもうまくいかない。由紀江の眼光に圧されっぱなしである。

もともと洋画に登場する冷酷な殺し屋か、女性型戦闘アンドロイドのような硬質タイプの美貌の彼女はいま、いつにも増して凍てつくような凄味を漲らせている。さっきそこでゴジラかキングコング級の怪物を数匹、素手で捻り潰してきたところだ、とか言われたら真に受けてしまいそうなくらい。

うっかり触れたら火傷しそうな緊張感自体が不自然なわけではないものの、それをかくも無防備に放熱するのは普段はニュートラルな淡白さを崩さぬ由紀江らしくない、という気もする。さすがの彼女も、亡夫の葬儀の喪主を務め終えたばかりという屈託と心労をかかえているからか。それとも、ただ単におれが由紀江と顔を合わせるのがひさしぶりなせいで、彼女が覗かせる微妙な表情がいちいち新鮮に映るだけ、なのか。

通夜と葬儀のあいだはずっと素顔が視界から隠れていたため意識していなかったが、こうしてマスク無しで改めて妻と真正面から向き合うと、なんだか思春期へ逆戻りしたかのように、どきどき胸が高鳴る。

「ふうん。へえぇ」

由紀江は高々と脚を組んだ。「知らなかったな。あなたにそんな話をしていたんだ、隆夫さんたら」

はい、来ました。お約束というか、この手の無理めの説得系ドラマでのやりとりでは定番とも称すべき「そんなの不思議でもなんでもないじゃん、他にいくらでも合理的解釈があるじゃん」な切り返しが。

「いやいや、ちがう。由紀江さん、ちがうんですこれが。隆夫さんは誰にも、それこそ自分の息子や娘にすらも、そんな話をしたことはありません。一度たりとも。ええ。天地神明に誓って。そなのに、どうしていま、わたしがそのような夫婦の秘話を知っているのかというと、ですね。それは……」

「わたしに聞いたから、でしょ」

「は」

「その見合いのときのエピソードって、わたしがあなたに話したんでしょ」

「え。え？　えっ……とお」

ちょっと待て。凜花がこの逸話を他ならぬ母親から、すでに聞かされている？　そのパターンはこれっぽっちも想定していなかったが、え。ほんとうだろうか？

世間一般的には母親が娘に、自分たち夫婦の出逢いのこぼれ話のひとつやふたつをおもしろおかしく披露するって、まあ普通にあり得ることなのかもしれない。が、これが由紀江と凜花となると、どうなんだろう。そんな距離感に立脚する母娘関係なのかなあ、と正直ちょっと首を傾げてしまう。

凜花にだけではない。長男の日名人にだってそういう私的な昔話を由紀江がするとは、おれには考えられない。そう言うと、世間のひとたちはきっと意外に思うだろう。え。奥さんて、旦那や娘に対してはともかく、息子さんにだけは、なんでもオープンなひとなんじゃないの？　と。

由紀江と日名人がいわゆる母子癒着タイプの典型という、どちらかといえばネガティヴなイメージを抱かれがちなのは当然だ。なにしろ由紀江は子どもたちが成人して以降は、旦那をひとり地元に残して、高和から遠く離れた帯広に住んでいる。それだけならばフリーランスのライターという彼女の職業柄、自立心の高い女性のいまどきの別居婚てやつですか、なんて思考停止型な分類をされて一丁上がり、だったかもしれない。
が、由紀江は現在、独り暮らしではない。北海道の大学を卒業後、現地で就職し、所帯を持った日名人と同居している。もうこれだけでＳＮＳの炎上案件、確定である。いわゆる良識派の、え、なにそれ、息子の嫁が不憫（ふびん）すぎるッとかそういう義憤まみれの批難コメントが殺到すること、まちがいなし。

息子にべったりで共依存タイプの困った母親だというイメージがどれほど対外的に定着しようとも、由紀江本人はもとより、家族の誰もそれを払拭しようという気がないのだから仕方がない。ひとつの誤解をとくために別の内情、例えば日名人の結婚相手の女性はもともと由紀江の知り合いだとか、義母との同居はむしろ彼女のほうから望んだかたちだとか、そんな暴露をしたところで誰も幸福にはならない。虚しいだけである。

そんな閑話はさて措き。おれたち夫婦のトリビア的な逸話が、少なくとも由紀江の口から直接、子どもたちに伝わるとはどうにも考えにくい。たとえ同居していたとしても彼女の長男の日名人との距離感は、高和で離れて住んでいる長女の凜花とのそれとさほど変わらない。はずである。

ただし日名人の妻である義理の娘にいろいろ筒抜けになる可能性は否定できない。例えば、どうして結婚やら子育てやらの、一見あなたの価値観とは相容（あいい）れなさそうな因襲に裏打ちされ、制度化された生き方を敢えて選択する気になったんですかと、もしも義理の娘に訊かれたら、由紀江は多分、隠したりしない。ありのままを彼女に告げるだろう。おれとの見合いの一件どころか、夫婦生活に関するあれやこれやまでをも微に入り細を穿って暴露していたとしても全然おかしくない……ような気がする。

それはまあいいんだけど、もしもそうだとしたら義理の娘の口から日名人へ、そしてさらにそこから凜花へと伝わっている可能性も完全にゼロではない、という理屈になってしまうわけで。だとしたら、ちょっと嫌かも。息子や娘にまで例えば当方の性的嗜好（しこう）とかそういう究極のプライヴァシーまで把握されていたりしたら、さすがに複雑。いや別に知られて困るようなことはなにもないんだが、それでもやっぱり、ね。

って。今度こそ閑話休題。もしも夫婦間のプライヴァシー諸々が、他ならぬ由紀江本人の口から、義理の娘や息子を経由したかどうかはさて措き、ともかく娘の凜花へ、ただ洩れになっていたのだとしたら、これはまことに由々しき事態である。当事者しか知り得ぬ秘密の小出しを担保にして「この娘の身体の中味は実はオレ」だと説得を試みる手法は無効化されてしまう。こ、困った。

うーむ。ならば、なにか代替案を。「……筈尾を呼んでくれ」

「あん？」

「おれのスマホ、まだ使えるだろ。あ、いや、つまり」

うっかり「おれ」と自称してしまって、言いなおす羽目に。「隆夫さんのスマホ、あるでしょ。それで彼の同僚だった筈尾さんてひとを、ここへ呼んで……」

「残念ながら、むり。なぜなら、あなたのスマホは無い」

「へ」

「もしここに、あったとしても果たして、まだ使えるかどうか」

「え。えと。それって銀行口座が凍結されていて、とか」

「そういう問題じゃなくて。ともかく現物が無いの。失くなっちゃってるのよ、あなたのスマホは」

「失くなっちゃってる？　って、どういう意味、それ」

「文字通りの意味。紛失している。どこにも見当たらない。遺体の周辺の川底も一応、浚ってみたけれど、なんにも見つからなかったんだって」

あのとき……そうか、凛花からのＬＩＮＥ着信を確認しようとしていたおれは、橋から転落すると同時に、手に持っていたスマホを川へ取り落としてしまったのか。

「てことは、スマホはそのまま川に流されてしまっ……」

ふと強烈な違和感を覚え、おれは口を噤んだ。って。ま、待て。

まてよ。待ってくれ。いま……いま、なんつった？　由紀江。おまえいま、なにか、変なことを口に。だ。

「誰？　だ、誰のスマホ……って？」

「だから隆夫さんの、でしょ。いまあなたが話しているのは」

「そうだけど。え、ええ、そのとおりなんだけど、そうじゃなくって。あの。その前になにか。なにか変なことを、おっしゃいませんでしたか」

「どれのこと」

「問題のスマホ。隆夫さんの、なんだけど、その、まるでそれと同一のものであるかの如く、あなたの、とかなんとか。そう。このわたしに向かって、あなたのスマホと。そういう、はっきり二人称を使った言い方をされていませんでしたか」

「脚。開いているわよ」

そっけなく指摘されても、すぐにはぴんとこず。ようやく大股開きになっている自分に気づき、慌てて両膝を閉じた。

そんなおれを凝視しつつコップにブランデーを注ぐ由紀江。にこり、ともしない。

「あなた、お祖母ちゃんの話を聞いたことはあるかな」

「は？」

なにを言い出すんだ、また唐突に。「お祖母ちゃんて、え、えと。おれ、じゃなくて、り、凜花のほうのお祖母ちゃん？　佐和さんのこと？」

「凜花のお祖母ちゃんはお祖母ちゃんでも、そちらじゃなくて。隆夫さんの実のお母さんのほう」

「実の……って」

どうしたんだ、由紀江。いきなりこんな、変な話を始めたりして。

「なにか知ってる？　豊子さんのこと」

「いや、知っているもなにも。彼女には一度も会ったことがな……」

ぐほッと声の塊りが喉の奥に詰まる。冗談ではなく、窒息するかと思った。

「な、なんて、え。え？　いまおまえ、な、なんて言った？」

まるでひきつけを起こしたみたいに、まともに発声するのもひと騒動なおれとは至って対照的に、由紀江は平然。

「豊子さんのことについて、なにか知っているか、と訊いてるの」

「と、とよこ……って」

なんで？　なんでその名前がここで、いきなり出てくるのだ。どうして由紀江が豊子のことを、まるで今日の夕食メニューのリクエスト並みのお気楽さでもって、さらっと口にしている？　このおれですら、染谷朝陽に教えてもらうまではその名前を聞いたこともなかったというのに。なんで？　なんで？　なんで由紀江が？

「お断りしておきますけど。その豊子さんてひとに、わたしは直接、お会いしたことはございません」

「じゃ、じゃあ、どうして」

「宗太郎さんに聞いた」

「そうた、って。え。親父に？」

もはや「お祖父ちゃんに？」とかって、わざとらしく凜花のふりを続ける余裕も喪失してしまっているおれ。

「そ。お義父さまに。隆夫さんとの結婚を決める前後だったから、もう三十年以上も昔の話。もちろん宗太郎さんもまだ頭も足腰もしっかりしていて、お元気だった頃。いささか元気すぎるくらいに」

由紀江は無表情のままだったが、妙に含みありげな間が空く。

「いまにして思えば、ずいぶん奇を衒った話題を持ち出したものだよね、お義父さんも。息子の妻になろうという女に対して、なるべく家庭円満を図るために例えば姑のひととなりについてなにかしらの注意喚起するというのならばまだ判らなくもない。けれども継母である佐和さんについては、ひとことも触れず。もっぱら豊子さんという、宗太郎さんの前妻で隆夫さんの実母の女性のことばかりを話していた。なにか深遠な意図でもあるかのように饒舌だったけれど要するに、わたしの気を惹こうとしていたんでしょ」

「それはつまり、おまえと親父、ふたりきりの場だった、ってこと？」

まだ一応は凜花としての立ち位置に居る身でありながら、さきほどから由紀江のことをつい「おまえ」呼ばわりしている己れに気づく。これは如何なものかと内心、いろんな意味で冷や汗をかいたが、あまりにも意表を衝かれる展開に、いまはそれどころではない。猛省するのは後回しにする。

「どういう流れでそういうシチュエーションになったのか、詳しいことはなにしろ、もう三十年以上も前だから忘れちゃったけど。とにかくお義父さんとわたしのふたりで」

「くどかれたのか、もしかして」

こんなこと、おれの口から言うのもなんだが、女性関係については人格を疑うレベルでだらしないのひとことに尽きる、まことに困った親父だったので、息子の嫁に手を出そうとしていたとしても残念ながら、あんまり不思議ではない。

　そういえばおれが未就学児の頃だったか、自宅での酒席で父の某知人が息子の婚約を報告しているのを聞くともなしに小耳に挟んだのだが、それを受けての親父の放言はいまでも記憶に残っている。曰く、息子よりも先にオマエが嫁を抱いてやればいい、一人前に育ててやったという恩義ある父親なんだから嫁の初夜権くらい主張するのは当然だし、そのほうが嫁舅関係もスムーズにいくようになるぞ云々。って……おいおいおいおい。回想するだけで反吐が出そうだが。

　家父長制のはきちがえと言おうか、醜悪なパターナリズムの極致とでも称すべきか、ともかくこういう歪んだマチズモ全開のモンスター感覚をなんと表現したものか、おれには決定的に語彙力が不足しているが、ともかく酒席とはいえ親父が大真面目である雰囲気だけはなんとなく子ども心にも察せられた。

「基本的には、ま、とりとめのない雑談に終始したんだけど」

　と言う由紀江は別に取り繕っているわけではなく、ほんとにそうだったのだろう。彼女がおれ以外の男性と性的交渉を持ってもちっともおかしくはないけれども、親父はあり得ない。それは義父との関係が禁忌であるとかそういうモラルの問題では全然なくて、ただ単に由紀江の趣味的に絶対無理だったでしょうね、という話。

「雑談って、どういう」

「お義父さま曰く、あの息子と、つまり隆夫と夫婦になるのはいろいろたいへんだろう。が、まあこれからよろしく頼むよ、と」

「存外、まともな話じゃん」

「これだけ聞くとね。義理の娘になろうという女にかける言葉としては至極まっとうというか、ありきたり。なのかもしれないけれど問題は、隆夫といっしょになるのはたいへんだぞと、なぜお義父さんがわざわざ忠告してきたのかという、その根拠」

「あんなヤツ、夫としてはまったく頼りにならんぞ、とか」

「それもちらっと言ってたな。曰く、アイツときたらこのオレの息子とは信じられないくらい、なよっちくて男らしさのかけらも無いだのなんだの。わたしは、もうしわけないけど、敢えて反論しなかった。その男らしくないところこそがわたしのツボだったんです、なんて言ってみたところで、お義父さんに理解してもらえるわけはない。なんの禅問答だそりゃ、で終わりでしょ」

　なるほどなあ。禅問答とは、なかなか言い得て妙かも。

「お義父さんが言うのは要するに、自分の息子とは思えないほど隆夫のヤツは変わっているが、それは実の母親のせいなんだ、と。ちなみにそこで初めて、佐和さんが隆夫さんの継母だということをわたしは知ったんだけど正直、ちょっと意外だった。佐和さんて、おっとり昼行灯(ひるあんどん)具合が隆夫さんにとてもよく似ているように個人的には感じていたから。やっぱり母子(おやこ)だなあ、なんて」

　言われてみれば、産みの親よりも育ての親の典型的なパターンだったかも。だけど、昼行灯具合？　って、意味は判らなくもないけれど、なんの造語だそれ。

「お義父さん曰く、隆夫は生まれてから実母の豊子と顔を合わせたことは一度もないはずだ。が、本人が意識していようがしていまいが、彼女の遺伝子を確実に受け継いでいる。いまはなんとか社会に適応できているようだが、いずれは実母と同じように奇矯な言動に及ぶ変人としての顔を見せるようになるだろう。それも致し方ない、と」

いや、まて待て。それを言うなら親父め、息子が自分のような女癖が最悪のクズ男に成長するという心配はしなかったんかーい、と猛烈にツッコミたくなる。

「またずいぶんとオーバーな前振りだなあと訝りつつ、わたしはお義父さんに訊いた。息子の行く末をそこまで危惧されるなんて、その豊子さんというひとはいったい、どんなふうに変人だったんですか？　って。そしたらシンプルにひとこと。あの女は頭がおかしかったんだ、と」

「たしかにシンプルそのものだな。これ以上はないくらい」

「普段は至ってまともなんだが、一度だけ、コイツは頭の螺子（ねじ）が外れていると確信する出来事があった。それは、自分はいま豊子の姿をしているけれど、ほんとの中味は豊子ではなく別人なんだ、と。そう言い出したんだってさ、豊子さんが」

ほえ？　と思わず間の抜けた声が出た。驚くというより、ぽかん、となった。ほとんど虚脱状態寸前で。

「そして、こう続けたんだそうよ……アタシのほんとうの名前は忽滑谷（ぬかりや）シズ。なにを隠そう、豊子の母親なんだ、と」

オマエが言うなとお叱りを受けそうだが、己れの置かれている立場を一瞬、素で忘れ、なんじゃそら、と危うく失笑を洩らしてしまうところだった。

「そう言われた宗太郎さんは当然、なにを世迷い言を、と一蹴しようとした。最初はね。ところが結局、できなくなった。なぜならばその彼女があまりにも知り過ぎていたから、ですって」

「知り過ぎていた、って。なにを」

「本物の忽滑谷シズさんはその時点ではもうお亡くなりになっていたそうだけど。ともかく生前の彼女と宗太郎さんのふたりしか知らないはずの共通の秘密。しかも、たいへん個人的でスキャンダラスな類いの」

「ちょっと待った」

笑いごとじゃないと自重しつつも我慢できず、おれは噴き出してしまった。「それはその、なにか。つまり親父は、その忽滑谷シズなる女性とも実は深い関係に陥っていた、とか。そういう意味？」

由紀江は、にこりともせずに頷く。「オマエが自分はほんとうにシズだと言うのなら証拠を示してみろ、とお義父さんは挑発した。するとまあこれが次から次へと。シズさんと宗太郎さんのふたりしか知り得ないはずの夜の睦言（むつごと）の類いを、豊子さんの口から容赦なく暴露されまくりましたとさ」

「でも判らないじゃないか、それは。単に豊子がシズから親父の性癖をあれやこれや、こっそり聞き出していただけ、なんて種明かしだったのかも」

「たしかにお互いにそういう、あけすけな打ち明け話をする母娘（おやこ）もいるでしょう。でも宗太郎さんにしてみれば、自分が絶対にシズさんにしかしていないはずのあんなプレイやらこんな痴態の数々やらを臨場感たっぷりに豊子さんの口からこと細かに描写されると、一概に否定できないほど圧倒されて。狐につままれたような、なんとも不可思議な感覚に囚われてしまったんですってさ。もしかしたらいま眼の前に居るこの女は冗談ではなくて、ほんとうに豊子の皮を被ったシズなのかもしれない……って」

四方八方から襲いかかってくるゾンビ軍団を、顔色ひとつ変えずにばったばったと撫で斬りに退治する女剣士さながらの由紀江の口吻と無表情に思わず背筋が寒くなる。

「仮に死んだはずのシズがあの世から甦り、いま眼の前に居る女に憑依しているのだとしたら、豊子はほんとうに母親の生まれ変わりなのかもしれない。少なくともいまの自分には、それを言下に否定できない。なーんて。お義父さん、けっこう真面目くさってはいたものの、本音では、どこまでその豊子さんの言い種を真に受けていたのか。それは判らない。さっきも言ったように、そんな奇を衒ったような、突拍子もない話題を持ち出したのはそもそも、わたしの気を惹くためだったんでしょうから」

「つまり、ざっくり言うと。宗太郎は由紀江さんに対して暗に、オレは前妻の母親である忽滑谷シズとも関係を持ってたんだぜスゴいでしょアピールをしていた？　実はワシってもう母娘丼も体験済みだから、息子の妻とだってイケちゃうよん、みたいな？」

ひょっとして親父本人はそれで、さばけたアプローチのつもりだったのであろうか。自分の絶倫ぶりをどんなふうに誇示しようが勝手だが、そのために息子をダシに使ったりしないで欲しい。ひとのことを変人だの、なんだの、腐せた義理かよ。まったく。

「ストレートな表現こそ絶妙に避けていたもののお義父さんがそっちのほうへ、そっちのほうへ話を持ってゆこうとしているのは見えみえだったから。こちらも適当に切り上げればいいものを、つい調子を合わせるみたいな恰好で、こう指摘しちゃった。それって、もしも豊子さんて方が嘘をついていないのだとしたら、合理的な解釈はひとつしかありませんよね、と」

「合理的？　なんだ、合理的って」

「結論から言えばその豊子とシズは同一人物だった。ひとりふた役という、古典的なトリックよ。そもそもどっちがどっちに化けていたのかは判らない。仮に宗太郎さんと結婚した豊子という名前の女性の正体は実は最初からシズだった、ってことにしましょうか。だとしたら仕掛けは簡単。彼女は先ず娘の豊子さんのふりをして宗太郎さんに接し、ときおりシズの姿に戻っては彼との関係も重ねていた。そういうからくり」

「自分の娘のふりして結婚、って簡単に言うけど、どうやって。変装でもするのか。そんな、いくらなんでも」

「整形手術をしていたのかもね。顔だけじゃなくて全身も完全に。フルモデルチェンジ。突飛といえば突飛だけど、少なくとも生まれ変わりなんて話よりは合理的な解釈でしょ、と。冗談半分にお義父さんに言ってみた。そしたら全然、乗ってこない。いや、そういうことじゃないんだよな、絶対にちがうんだよな、とかって。あくまでも大真面目。ふたりの身体はそのままで、お互いの人格が入れ替わっているってことなんだよな、と」

「入れ替わっている……」

「豊子さんがそういう表現をしたらしい。より正確を期すならば身体は豊子さんだけど中味は忽滑谷シズだと言い張っているその女のひとが、だけど。お義父さんのその妙な熱量に巻き込まれたのか、わたしも後に引けなくなって、そんな義理もないのに質問を続ける羽目になっちゃった」

なにしろ三十年以上も昔の話だ。由紀江も当然いまより若く、ちょっと釣られやすかったのかもしれない。

「つまりこういうことですかと、わたしはなるべく細かく訊いてみた。ふたりの人格が入れ替わっている。ということは、その豊子さんの身体を支配しているのはシズさんの人格だ。いっぽうの豊子さんの人格はそこには無い。身体の外へ追い出されている。行き場を失った恰好の豊子さんの人格は仕方なく、中味が空っぽになった母親の忽滑谷シズの身体のほうへ転移している。そういう構図なんですか？　と」

たしかに細かい。そして、くどい。このくどさが当時の由紀江の必要以上にむきになっているさまを如実に表しているようで、なんとも味わい深い。

「お義父さん曰く、基本的にはそういうことだ。ただし、さっきも言ったように豊子の母親はその時点ですでに死去して、火葬された後、墓に納骨されていた」

墓に納骨……そのひとことで、嫌でも白い十字架のカバーに覆われた、おれの骨壺へと眼が吸い寄せられる。

「引っ越し先だったはずのシズの肉体が消失してしまったことで、豊子の身体を追い出された彼女の人格は果たしてどうなったのか。転移したシズの肉体とともに焼却されてしまったのか。あるいは行き場を見失い、現世と冥界の狭間を彷徨しているのか。はたまたそのどちらでもなく、他の可能性もあり得るのか。明確には判らない。そんなの、誰にも知り得ないことなんだよ。自分がシズだと主張しているその女性本人も含めてね、と」

「換言すればそもそも、ふたりのあいだで起こった現象が人格の入れ替わりだったかどうかは定かではない。なんなのかはよく判りません、って話じゃないか」

「まさしく。わたしも同じ指摘をした。もしかしたら豊子さんの人格は自分の身体から追い出されたりしておらず、なんとか留まっているんじゃないか。けれども転移してきたシズさんの人格のほうが自我のパワーかなにかが強くて、領地を実効支配するような状況になっているんじゃないか。その結果、豊子さんのほうの人格は自分自身の身体のなかに留まってはいるものの、休眠状態を余儀なくされているのかもしれない、と」

たしかに。なるほど。そういう可能性もあるわけか、と一縷(いちる)の光明が見えたような気がしたものの、そこから即座になにか具体的に進展するわけでもない。

「こちらがあんまり理詰めでいろいろ突っ込んだせいでお義父さんも終(しま)いには、いい加減めんどくさくなったんでしょ。曰く、難しいことは判らん。とにかくオレが知っているのは隆夫の実母である豊子が、自分のほんとの人格は忽滑谷シズだと主張するような変な女だったということ。それだけだ、と」

自分は忽滑谷シズだと主張するその女による経緯をもう少し詳しく羅列すると、彼女はある日、具体的な原因には言及していないそうだがともかく不慮の死を遂げた。そして、死んだはずなのに我に返ると、娘の豊子の身体のなかに入っていた。当初は自分が冥界で夢を見ているのか、それとも豊子のものである脳味噌がなにか深刻な変調でもきたしたのかと思ったが、いまではすべてを現実の出来事として受け入れている、云々。

「むろんこんなとんでもない話、おいそれと信じてもらえないことはよく承知しているから、これまで誰にも打ち明けたことはない。あなたが初めてよ、と。お布団のなかで宗太郎さんは彼女に、そう甘あい囁き声で耳をくすぐられたんですってさ」

「ピロートークとしては、なかなかユニークなパターンかな」

「余談だけれど、あなたが初めてよ、と言われたというそのくだりで宗太郎さん、なんとも言えず誇らしげというか、にやけまくって嬉しそうだった」

いわゆる初物ならなんでも大歓迎ってことなのか。やれやれ。どれほど低次元に自尊心を立脚させているのかお里が知れようってもので、困った親父だよ、ほんとに。

「どういう睦言の流れで彼女とそんな珍妙な会話になったのかお義父さんも憶えていなかったけれど、それはともかく。そんなとんでもない寝物語を真顔でもっともらしく話す女の息子だよ、隆夫は。それが所帯を持とうだなんて、ワシが言うのもなんだが、だいじょうぶなのか。アイツも将来、父親になるんだろうが、果たしてどんな子どもが生まれてくるのやら。ひょっとしたら隆夫が死んだ後で、実は自分の身体のなかには亡き父親の人格が宿っているのです、などと豊子と似たような、奇天烈な駄法螺を吹くやつだったりするのかも。やれやれ。だとしたらそんな孫、オレはあんまり嬉しくないぞ、云々」

　やや唐突に喋るのを止めた由紀江。その唇にうっすらと、少なくともおれはあまり見たことのない種類の笑みが浮かんでいる。

「さてと、御立ち合い。お義父さま。その眼でご覧いただけないのがまことに残念ではありますが、これこのとおり。あなたの懸念は見事、的中いたしました」

「つ、つまり、その」

　おれも微笑み返そうとしたが、うまくいったかどうか自信が持てない。「つまり、今日のこの面談の場面は、もう三十年以上も前に予言されていた……ってこと？　しかも他ならぬ親父の口から？」

　そう口にしたことで己れの現在の境遇の異常さに改めて思いを馳せ、愕然となった。ちょっと気が遠くなる。

「おれが不慮の死を遂げたらその子ども、凜花が急に、実はいま自分のなかに隆夫さんの人格が入っているんだ、みたいな奇異な主張を始めるだろう、と？　豊子とその母親のケースと同じように、ふたりの人格が入れ替わってしまったんだと言い張って」

　由紀江は肩を竦めてみせた。さきほどの微笑は消えている。

「お義父さんにしてみればとにかく女をくどくときは相手を煙に巻くべし、というのが自分のスタイルだっただけで、別に予言のつもりなんかなかった。笑わせようとしたのか怖がらせようとしたのかはともかく、わたしの気を惹いて。そのノリであわよくば抱くつもりだったんでしょう。

けれど、あいにくと宗太郎さんの繰り出す所作も言葉もなにひとつこちらの心に響かなければ、刺さりもしなかった。あ。こりゃもう全然脈が無いなと気持ちを切り換えると同時にお義父さんは、自分がそんな奇談とも称すべき変な話をしたことなど、けろっと忘れていたはず。けれどわたしは今日、すぐに……」

ことりと音をたててコップをテーブルに置く由紀江。ゆらりと立ち上がった。

「すぐに憶い出したの。その三十年以上も前の一件を。あなたがさっき、わたしたちの見合いのときの別居婚の提案云々のエピソードを持ち出したときに、ね」

由紀江は身を屈め、撫でるような仕種で、こちらの額にそっと触れてくる。

「あ。これはひょっとして？　夫婦しか知り得ぬ秘話を担保にして、自分のほんとうのアイデンティティを認証してもらおうとしている？　だとしたらお義父さんの言っていた、父娘間での人格の入れ替わりという現象が、隆夫さんの死を機に実際に起こってしまったのかもしれない、ってね」

「そうだったのか。ま、まさか、そんなかたちでこちらの主張を認。って。まてよ。するとさっき、見合いの際の逸話を凜花が知っているのは由紀江さんが彼女に話したからだ、と言ったのはなんで？」

「もちろん、あなたの反応を確認するため。だって考えてみて。そのエピソードは生前の隆夫さんが自分で凜花に話していた、という可能性もあるわけでしょ。つまり仮に、いまのあなたはほんとうは凜花なのに、隆夫さんの人格が憑依しているふりを装いつつ別居婚の逸話を持ち出したのだとする。その場合、それはわたしが凜花に教えたことだからあなたが知っているのは当然でしょ、と切り返したら果たしてどうなる？」

「えと。それって実際には、そんな話を由紀江さんは凜花にしていない、という前提でいいんだよね？　その上で、もしもいまのおれがほんとに凜花本人だとしたらもちろん、そんな話を聞いた覚えはありませんけど、と否定するだろう」

「ええ。多分けっこう気色ばんだりしてね。それが自然な反応。だけどさっき、そうぶつけられたあなたは反論もせずに、ただ困惑していた。え。そんな。凜花ってこの話、由紀江から聞いているのか？　って感じで。だから、あ、どうやらこれはほんとに人格の入れ替わりが起こっているんだなと。わたしは確信したという次第」

いや、しかしそれは、うーん。どうなんだろう。先刻おれが困惑の表情を示したのは芝居かもしれないし、たとえ芝居ではないとしても（仮におれがいま本物の凜花だとして）単に以前、由紀江から聞いたことがあるという事実をど忘れしているだけ、なのかもしれないではないか。

そんな多重の解釈を許容する曖昧な反応ひとつを以て、この異常事態への対応を決定するという姿勢は公平に言って、いささか軽率の誹（そし）りを免れまい。ただ、そんな正論をいつまでも振りかざしていてはこの状況下、きりがないこともたしかだ。

極論を言ってしまえば、いま凜花の身体のなかに入っているのが山名隆夫の人格であると論理的に証明するのは、おそらく永遠に不可能であろう。なのでここはひとつ、すべてを丸呑みにしてくれる由紀江の器と度量に、ありがたく乗っけてもらうかたちで、次へ進むことにしよう。

「お通夜で、ひさしぶりに会ったときから、なんだか凜花の様子がおかしいな、とは思っていたのよ」

なんとなくつられる恰好で立ち上がったおれを由紀江は、そっと抱きしめてきた。

「さすがに父親を突然失ったショックが大きいんだろうな、と思った。けれど、どうもそれだけじゃないような気もして」

優しく頰ずりされて、なんだか柄にもなく泣きそうになった。

「どう表現したものかよく判らないけれど、要するに肉親との離別とかそういう類いの喪失感とは、まったく異質な衝撃に打ちひしがれているような感じで」

「そりゃあ我ながら同じ打ちひしがれるにしても、当惑の念のほうが圧倒的に勝っていただろうな。多分。いったいなんなんだ、なにごとだこれは、って。いきなり自分が死んでしまったという事実もさることながら、その上、自分自身の亡霊と対面する羽目になるなんて。そんな、いくらなんでも。奇々怪々にもほどがある。いったいどう受け留めたものやら皆目……」

おれの、つまり凜花の髪を撫でていた手を由紀江は、ふと引っ込めた。

「なんですって？」

「ん」

「自分自身の亡霊。って、あなた。隆夫さんの幽霊を見たの？　ていうか、あなたは凜花ではなく隆夫さんである、という前提で話を進めてもいいんだよね。我ながらいまさらというか、コントみたいなことを言って、もうしわけありませんが」

「まさにコントそこのけさ。娘の身体のなかに居るってだけで、たいがいなのに。加えて自分自身の幽霊ときちゃ」

「でも、幽霊って。どうして、あ。そうか。それは凜花の霊感のせいで見えた？　そういうこと？」

「じゃないかな。だっておれは、およそオカルトの類いとは無縁の質（たち）のはずだし」

「つまり中味の人格はあなたでも、身体的特徴やスキルは凜花のまま、ってこと？」

　その見立てが正しいとしたら、やっぱり凜花の歯科衛生士としての技能もそのままいまのおれは発揮できる、という理屈になりそうだ。意識せずとも仕事のルーティンは身体が覚えているだろうから、やろうと思えば〈オキツ歯科〉の手伝いもできる。

　のかもしれない。けれども、いまから俊輔のところへ駈けつける気にはなれないおれ。スルーを決め込むことにする。

「霊視っていうのか。そういうのも体質と称していいものかどうかは判らないが。凜花特有の視神経なのか、第六感みたいなものなのかはともかく」

「たしか以前、凜花に聞いたところでは、幽霊ってその方が亡くなられた場所に現れるようだ、って話だったと記憶しているけど。あなたが見たのも、やっぱり？」

「うん。凜花たちが住んでいる〈コーポ天華寺〉の近くの、橋のところ」

「いつ？」

「さっきも見たよ、ここへ来るとき。凜花たちのマンションから大通りへ出るには、あの橋を渡らないといけないから。嫌でも眼に入る。かといって商店街経由以外の道から行こうとしたら、えらい遠回りになるし」

　コップの底に五ミリほど残っていたブランデーを一気に呷(あお)るやおれの、正確には凜花の肩を、ぽんと叩く由紀江であった。

「行くわよ」

「え？」

　てきぱきと新しい不織布マスクを装着した由紀江は、ハンガーに掛けてあったコートを羽織った。颯爽(さっそう)と客室を出てゆく彼女に、こちらも慌てて付いてゆく。

「もう少し具体的に説明して。そのあなたの幽霊って、橋のどの辺に居るの？」

「厳密に言うと、橋の上ではなくて欄干の、ちょっと向こう側。川の上空をふわふわ浮遊している。上空といってもそんな遥か彼方とかではなくて、こちらと眼と眼が合う、くらいの高さ」

「いつも同じところ？　同じ姿勢で？」

「え、と」

　ホテルから大通りへ出た由紀江、さっと右手を挙げてタクシーを停める。おいおい。天華橋へ行くつもりか？　なら、歩いてゆける距離だぞと思いつつ、おれも彼女に続いて後部座席に乗り込んだ。

「場所はいつも同じだ。姿勢も基本、空中に突っ立っている感じで」

　空中に突っ立っている、というのも語義的に頭痛がしそうな日本語だ。せめて、空中に佇む、くらいにしておいたほうがよかったかなとも思ったが、事象としてはまさに文字通り突っ立っているのだから致し方ない。

「ただじっとしているだけ？　その幽霊、喋ったり、動いたりはしないの？」

「まったく微動だにしないってわけじゃないが、少なくとも浮遊する位置を変えたりはしない。なにか声を発する様子もない。橋の上を往き来する通行人たちを、きょろきょろ眺め回したりはしているようだ」

「じゃあ、あなたのことも、じっと見つめたりする？」

「え。どうだろ。判らん」

「なんで。どういうこと、判らん、て」

「いや、それが。橋を渡るときは反対側の歩道を使っているから。で、なおかつ幽霊の姿がまともに眼に入らないように顔を背けて、さっさと走り抜けているから。だって嫌じゃないか。死んだ自分自身と、うっかり眼が合ったりしたら」

「それはまあたしかに。わたしがその立場でも、ちょっと嫌かも。想像すると、ぞっとしない」

五分も経たずに、ワンメーターで天華橋に到着。タクシーから降りながら、自然と視線は足もとのほうへと落ちる。

点字ブロックに被らないように、花束と缶コーヒーが欄干の傍にきれいに並べられている。知り合いの誰かがわざわざここまで持ってきてくれたのか。それともご近所の方が供えてくれたのか。いずれにしろ自分自身へと手向(たむ)けられた花束を実際に目の当たりにするというのも、ひとの情けが身に沁みるやら、改めて無情な不条理感にさいなまれるやらで、なかなか葛藤に満ちた体験である。

「さて、と」

由紀江はおれの肩に手を置いた。「いまも居る？」

「ああ。そこに」

山名隆夫の幽霊は消えもせず相変わらず、欄干の向こう側に居る。まるでなにか人気店の行列にでも並んでいるかのような趣きで佇み、ふわふわ空中に浮いている。

「由紀江さんには見えないの？」

「残念ながら、全然」

「不思議。だって、この霊視できる体質って明らかに母親のほうの血筋でしょ」

「以前にも言ったと思うけど、どうやら隔世遺伝みたいだね。あいにくと」

一歩前に踏み出した由紀江、欄干越しに川面を覗き込む。「いつもこんな感じなの、ここの水位は？」

「今日はちょっと高め、かな。雨でも降ったっけ。おれが転落したときは、水がほとんど無くて。川底のコンクリートブロックが剥き出しになっていた」

「そうか。そりゃまた運が悪かったのかも。あなたの死因は脳挫傷だった、と聞いているから。もしかしたら……」

「たしかに。あの日も今日くらい水位があったら、もしかしたら頭部への衝撃も幾らか軽減されていたかもしれない」

もちろん水の塊りだって条件次第でコンクリートにも劣らぬ強度になり得るから、仮の話をしたって詮ないだけなのだが。

「この辺？」

前のめりの姿勢で由紀江は、左腕を前方へ突き出した。それがちょうど山名隆夫の幽霊の胸の辺りを直撃したものだから一瞬、ひやりとする。が。

由紀江の手はそのまま真っ直ぐ幽霊の身体を貫通。そのまま両者は互いに、なにかのオブジェみたく、くっつく恰好になった。

たとえ可視状態であっても、幽霊とは物理的に接触できない。実体が無いものなんだ、と改めて実感。

「ちょうどいま、さわっている」

そこには、由紀江の主観ではなにも無い。虚空（こくう）なのだろう。感触をたしかめるかのように、伸ばした腕をぐるぐる回す。

「ほんとに？　ほんとに触れているの？　ここ？　この辺り？」

由紀江はなにも引っかかりは感じないのだろうが、おれの眼には彼女が男の内臓を搔き回しているかのように見えてしまう。なんとも滑稽、かつグロテスクな異様な光景。

怖いもの見たさってわけでもなかろうが、ちょっと油断してしまったのかもしれない。由紀江の腕の動きをなぞるように見守っているうちに、がしんッと不意討ちの追突事故さながら、おれと幽霊との眼が合った。

　その山名隆夫のご面相をいったいなんと形容したものやら。敢えてひとことで言うと、貧相、だろうか。

　一般的にも写真とは自身のセルフイメージを大きく裏切るものであると相場が決まっている。おれもご多分に洩れず、ホントにこんな締まりのない阿呆面だっけ、とことあるごとに己れの写真写りの悪さを嘆くクチだが、こうして見ると二次元の画像なんてまだマシなほうだったとしみじみ痛感する。

　しょぼくれている、なんてものではない。三次元という立体で改めて目の当たりにする山名隆夫は、万人が類型的に思い描くところの疫病神が具現化したかのような鬼哭啾々たる面差し。生身ではなく幽霊であるという点を割り引いてもなお、うっかり近寄ったら運気が急降下しそうなそのたたずまいに思わずたじたじと、あとずさってしまった。

「なにか言ってる？」

「ん」

「見えないし、手にもなにも感じないんだけど、わたし。いま、触れているんでしょ、隆夫さんの幽霊に。だったら彼、どういう反応？　くすぐったがっているとか、嫌がっているとか。なにかないの」

「なにもない」

　ときおり背後に他の通行人の足音や視線の気配を感じ、ひやりとする。欄干越しに川へ向かって、なにやらごちゃごちゃ言い合っている由紀江とおれの姿は彼らの眼に、どんなふうに映っているのだろう。まさか幽霊を俎上（そじょう）にのせて侃々諤々（かんかんがくがく）とは夢にも思うまいが。よけいな不審を買うような喋り方は極力避けねば、と改めて思ったり。

「喋ろうにも口がきけないんだろ。だっておれの意識はいま、こちら側に在るんだから。幽霊であるこいつは文字通り魂の脱け殻状態なわけで」

「それを言うなら、本来こちら側に在るべきはずの凜花のほうの意識はいま、いったいどこへ行っちゃってるの」

「あ」

己れの度を越した迂闊さに頭をかかえたくなった。これまでずっと自らの口でさんざん「人格の入れ替わり」という表現で事態の説明を試みてきたくせに。どうして由紀江に指摘されるまで、その単純明快な図式に思い至らなかったのだ。

おれの人格がこの彼女の身体を占拠している以上、追い出されたかたちの凜花の自我の転移先は、ひとつしかないではないか。お化け屋敷から逃げ出そうとする子どもみたいに眼を逸らしながら橋の反対側の歩道を走り抜けている場合ではなかった。もっと早く幽霊に話しかけてみるべきだったのだ。そういう初歩的発想がなかなか湧いてこなかったのは、言い訳になってしまうが、やはり外見が自分自身の幽霊であるがゆえの心理的抵抗や忌避感が大き過ぎたのだろう。

「……凜花？」

おれは、他ならぬその凜花の声音を使い、おれの顔をしている幽霊にそう呼びかけてみた。すると。

すると、それまでどちらかといえば虚ろだった幽霊の表情が一変したではないか。身振り手振りで、なにかを伝えてこようとするその勢いに、こちらも尋常ならざる焦燥感にかられる。

「なに？」

そんな様子から状況の変化を察知したのだろう、由紀江は低い声で冷静に「なにか言ってる？」とおれの耳もとで囁いた。

「いや、それが……」

幽霊はしきりに口をぱくぱくさせていて、なにか喋っている、もしくは喋ろうとしてはいるようだ。しかしいっこうに声は聞こえてこない。全然。

「なにかをこちらに、必死で伝えようとはしているみたいなんだが。どうもまったく、声が出ないようで」

「凜花なの？」

「それも判らない。見た目は相変わらず、おれのままだから。人格の入れ替わり説が的を射ているとしたら当然、これは凜花なんだろうけれど。せめてなにか話でも聞けないことには、中味がどうなっているのか、なんとも言いようがない」

「ふーむ」

由紀江はおれから虚空へと視線を移す。むろん本人は幽霊と向き合おうとしているのだろうけれど、不可視の対象に照準を定めるのはやはり困難なようで、お互いの眼線は微妙にズレている。

「あなたは凜花なの？　それとも、ちがうのかな。わたしのこと、見えてる？　声、聞こえてる？」

もどかしげに何度も頷いて寄越す幽霊の代わりに、「どうやら自分は凜花だと言いたいらしいし、由紀江のことも見えている。声も聞こえているようだ」とおれが答える。

由紀江は再び「ふーむ」と唸（うな）った。

「どうして声を出せないのかしら」

「そりゃあやっぱり霊だから、じゃないか。声帯という実体が無ければ発声できない。少なくともおれたちの聴覚に訴えられる種類の音は発せられない、という理屈で」

「でもあなたは、こうして喋れているじゃない？　外見は世を忍ぶ仮の姿だとしても、中味は死者の分際で」

そう。そうなのだ。こんなふうにちょこまか動き回ったりしているからうっかり忘れそうになるけれど、おれはすでに冥府に属すべき者。あくまでも死者なのだ。

いくら肺腑を抉られるほどのショックであろうとも、その立場を取りちがえてはいけない。当然すぎるほど当然の指摘ではあるのだが、生者は自分ではなく凜花のほうなのだ、と改めて思うと正直、なんとも複雑、かつ侘（わび）しい限りである。

「譬えて言うなら、楽器があるか無いかの相違じゃないか。いまの凜花には生身の身体が無い。外見が父親の幽体内に閉じ込められているからだ。声帯という楽器が無い以上、旋律を奏でようにも奏でられない。いっぽうのおれはこうして生身の声帯という楽器を持っている状態だから、ちゃんと喋れる」

「言うなれば本来、凜花のものであるはずの楽器をあなたが奪い取り、不正使用している状況なわけだ」

なにも好きこのんでこんなややこしい状態に陥っているわけじゃないんだからさ。「奪い取る」という表現は正直、まことに不本意なのだが、「不正使用」についてはうまい、すごく判りやすい、言い得て妙だと認めざるを得ないのがなんとも業腹。

「一刻も早く、本来の所有者へ戻してあげなきゃ。その彼女の身体を」

「いや、でもなあ」

おれが頭を掻いてみせたのはもちろん、可及的速やかにそうしたいのは山々なれども具体的にはどうすればいいのやら皆目見当がつかないからこそこんなに呻吟しているんじゃないかよ、というほどの言外の含みのつもりだったのだが。

「判るわよ、もちろん。あなたとしては躊躇するところよね」

「ん?」

「入れ替わった人格を互いに元へ戻すとは、すなわち、あなたにはおとなしく亡霊でいてくださいね、ってお願いすることとイコールだもの」

「そりゃそうだ」

「せっかくこうして、曲がりなりにも生き返れているのに、また死者へ逆戻りするっていうのも、なんだか心理的抵抗が」

「いや。おれは別にそんなこと、気にしちゃいないですよ」

「ほんとに？　生身の肉体が無いとできないような心残りが実は、たくさんあるんじゃないの？」

「無いよそんなもの。五十も過ぎているんだし。もう充分、生きた。いまさら二十代の娘として人生を新たにやりなおすなんて、そんな。めんどくさい真似はしたくない。あ。でも、そうか。ひとつだけ」

「ほら。やっぱり、あるんじゃない、心残りが」

「そんな大袈裟なものじゃないんだが、ただなあ。おれを殺したのはどこのどいつで、いったいどういう理由だったんだ、というのはやっぱり気になる」

「またえらく、さらっと問題発言をなさいましたな。殺された、って。あなたが？」

「そうだよ」

「隆夫さんの死は、どうやら不幸な事故だったようで事件性は見受けられません、としか警察からは聞いておりませんが」

「あたりまえだ。あのとき、背後から何者かに突き飛ばされた、と知っているのは当人であるおれだけなんだから」

「従って、座して黙視するだけでは、事件として警察に再捜査してもらえる僥倖（ぎょうこう）なぞ期待できない。死者でありながら娘の身体を意のままに操れる現状をこれ幸い、オレがこの手で自分を手にかけたホンボシを挙げてみせるぜ、みたいな。そういう意気込み？」

刑事ドラマはだしのシリアスな内容とは至って裏腹。由紀江のわざとらしい棒読み口調にこちらは、どっと脱力。

「ない。ないって全然、そういうのは」

「ほんとに？」

「例えば筈尾か纐纈あたりの、ごく近しかった同僚の誰かが、なにか疑問を抱いて個人的に調べてくれるとか。そういう展開がもしもあれば、それはそれで嬉しいよ。もちろん。でも、なくても全然。うん。困らない」

「なんともうしましょうか。仮にも刑事を生業(なりわい)にしていた者にはあるまじき、問題発言が続きますね」

「生前はそれなりに一生懸命、がんばったんだ。死んだ後まで殺人事件のことなんて、考えたくもない。早く成仏したい」

「どれほど凜花の姿をしていようとも、たしかにあなた、隆夫さんだわ。このやる気の無さ、不精者さ加減。まちがいない」

といった、とりとめのない由紀江とおれとのやりとりを山名隆夫の幽霊はときおり、ひょこひょこ首を左右に動かしながら耳を傾けているご様子。

「という冗談はさて措いて。あなたのほうには、しっかり覚悟ができているわけだ。凜花の身体を彼女に、いつ返還してもかまわないよ、という」

「覚悟ってほど大仰なものでもない」

「あとはその具体的な方法か。どうすれば凜花をその身体のなかへ戻せるんだろ。なにか良い知恵はないの？」

「あるなら、おれが教えてもらいたい」

「さっきわたしが手を、こう伸ばしたとき、自分では見えなかったけど、幽霊に触れている、と言ったよね。感触はまったく無かったな。それって、あなたも同じ？」

「どういうこと？」

「あなたが自分自身の亡霊に触れたら、なにか感じられないのかな、と思って」

「どうだろう。由紀江と同じで、ずぼっと貫通するだけなんじゃないの」

なにげなしに右手を差し出すこちらの動作につられたのか、隆夫の幽霊のほうも、すっと右手を伸ばしてくる。期せずして、ふたりで握手するみたいな恰好に。

その構図が、なんとも場ちがいにユーモラスに感じられ、由紀江に微笑みかけようとした、その刹那。

「どッ」

ぐいんッと、いきなり肩から腕を持っていかれそうな衝撃。そして両足が地面から遊離する感覚にびっくり。

仰天したときにはもう、おれのすぐ眼の前には、ふたりの女性の姿が在った。

「え」

橋の上に佇む由紀江。そしてその隣りに居るのは……娘の。

凛花だ。え。

「えッ?」

妻と娘が並んで佇立(ちょりつ)している。そこが天華橋だというのは判る。けれどもそのショットの全体的な構図は、本来の通行人の視点とは逆方向のアングルから、まるでドローンかなにかを飛ばして撮影しているかのような違和感を孕(はら)んでいる。

その証拠に、眼下には川面が。そう。おれはいま、川の上空から天華橋を睥睨(へいげい)しているのだ。そしてそこには由紀江の傍らに佇む凛花の姿が……ということは。

ということは、おれの意識が隆夫の幽体のほうへ飛び移った? 後頭部と腹部を同時にぶん殴られたかのような重い衝撃とともに、視界が何度も激しく縦揺れする。

ずいぶん長いあいだ、橋の上の凛花とその隣りに居る由紀江の姿を目の当たりにしていたような気がする。が、実際にはほんの数秒間だったようだ。

はっと我に返ると、おれの眼前には再び山名隆夫の幽霊が浮遊していた。視点も、橋の上から川を見るという、従来のものへと戻っている。

「う……え」

大蛇でも呑み込んだのかと錯覚しそうな、胸部全体を這いずり回る嘔吐感。ほとんど物理的体積を伴ったその不快感に、両膝が崩れ落ちそうになった。

「どうしたの。だいじょうぶ?」

「いま、い、いっしゅん……」

喉が文字通り他人のもののようで、ごぼッと泥水が詰まったパイプみたいな変な音が洩れる。

「ほんの一瞬、入れ替わったようだ。凛花とおれが」

「元に戻った、ってこと？」

「いや、ほんとにほんの一瞬だけで。ま、またこうして、もとの木阿弥に」

「なにをしたの。一瞬にしろ、どうやって元へ戻れた？」

「えと。たしか、こんなふうに幽霊と握手、みたいなことをして」

体勢を立てなおし再度、右腕を伸ばそうとしたおれを幽霊は、ひたと睨みつけてくる。かと思うや、びくんッ、と両腕を撥ね上げ、空中でのけぞった。

こちらを窺う山名隆夫の顔が怯えに歪んでいる。おれとの接触は断固として拒否する、とでも言いたげな形相だ。

なにが原因なのかとか詳細はまったく不明だが、どうやらさきほどおれが味わったのと同じか、あるいはそれ以上の生理的ダメージを幽霊のほうも被ったらしい。いまのおれにはともかく幽霊に「生理的」は厳密に言うとおかしいかもしれないが、あの感覚は他にちょっと形容しようがない。

「手応えがあったんだ？　ちゃんと元の自分たちへ戻れそう？　ほんの一瞬だけ、じゃなくて」

「可能性はありそうだが。どうも方法としては、かなり荒っぽい部類のような気がする。だからこんな激しい拒絶反応が」

「さっきいきなり、ぶっ倒れそうになっていたけど。幽霊と握手したら拒絶反応が起こったの？

具体的にはどういう」

「よく判らないが、透明のハンマーかなにかでぶん殴られて、そのまま意識がブラックアウトしそうな、というか」

「聞くだけで、けっこうキツそう」

「おれだけじゃなくて幽霊のほうも、かなりこたえているようだ。これって再チャレンジしてもほんとにだいじょうぶなのか、と不安になるレベルで」

「強行したら、どっちかが死んでしまうかもしれないとか。いや、あなたはもう死んでいるんだけど」

「どの程度のものかはなんとも言えないが、けっこうリスキーな気配はある」

「でも、希望はゼロじゃない、ってことね。凜花の意識を元の身体に戻せる可能性はあるわけだ」

「そうなのかな。そうであって欲しいんだけど。ただ幽霊のほうが、再チャレンジは御免こうむるといった態で。いま握手しなおそうとしても、ひらひら躱(かわ)されちまう」

「それについてはまた、じっくり。戦略を練りなおすことにして」

由紀江はスマホを取り出した。「順番としてその前に、やっておかなきゃいけないことを先に済ませておきましょ」

「なんの話だ」

「犯人捜し」

「へ」
「あなた、殺されたんでしょ。ここで。誰かに突き飛ばされて。しかもその事実を知っている者は、あなた以外には誰もいない。従って、こうして生身の肉体をもって動き回れるうちに、あなたが自分の力で真相を解明しておかなきゃ。凜花にその身体へ戻ってもらうのは、それからでも遅くない」

え。そうか？　そんなに断言していいのかよ。おれとしては大いに疑問である。この人格の入れ替わりがどういう原理で発生しているのか、まるで謎だし、どういう特性を具えた現象なのかも不明だ。

もしかしたら、元の身体へ戻るためにはタイムリミットがありますよ、とかそういうルールなのかもしれないではないか。例えば四十八時間以内にとか一週間以内にとか。クーリングオフ期間内なら、まだ取り消し有効で元の身体にお戻りになれますが、それを超過すると、もうその人格は固定されてしまって動かしようがなくなりますのでそのおつもりで、みたいな。なんかそういう趣向のＳＦ映画があったような気がするんだが。

「犯人が判って、ことの真相が明るみに出れば、あなたの心残りも無くなる。そしたら成仏できて。結果、凜花も無事に自分の身体へ戻れると。ね。そういうことなのかもしれないでしょ」

たしかに手続きとしては極めてすっきりしているけれど、果たして実際のシステムがそこまで人情の機微に即してくれているものなのかどうか。いまいち心許(こころもと)ない。

「なんていったっけ、同僚の方のお名前。ほら。さっき、あなたのスマホは失くなっているって話になったときに出……」

タップしかけていたスマホの画面から、ふと顔を上げた由紀江、眼をしばたたいた。欄干越しに川面を見下ろす。

「……これほど水位は上がっていなかった、という意味のことを言ってたよね。あなたがここから転落した日は？」

「ん。ああ。そうだった」

「ほとんど水が無く、川底のコンクリートブロックが剝き出しになっている状態だった。だから打ちどころが悪くて死に至るという不運な結果となったわけだけど。だったら、あなたのスマホが現場から失くなっていた、ってのは変じゃない？」

「なんで」

「だって、遺体といっしょに発見されていないとおかしいでしょ。たとえスマホが川へ落ちたのだとしても、発見できないような遠方まで流されてしまうほどの水量は、おそらく無かったんだから」

「そういえば、うーん。そうかも、な」

「ということは、持ち去られたのかもしれない。犯人によって」

「犯人って、おれを突き飛ばしたやつが？　スマホを？」

「もちろん全然無関係の第三者の通行人が、川底に転落しているあなたには気づかずに出来心を起こし、橋の上に落ちていたスマホを失敬した、という可能性もあるけれど」

「そっちのほうが全然ありそうだ」

「もしかしたら、だけど。あなたを突き飛ばしたのは殺すつもりというより、スマホを奪うのが目的だった、とか」

「え。なんだそりゃ。なんのために？」

「それは犯人に訊かないと判らない。けれど、あなたの生前の職業が職業だから。スマホならなんでもよかったってわけじゃなく、刑事の持ちものだからこそ狙った、みたいな可能性もあったりして」

「そんなこと、考えもしなかったが。なんというか、うーん。由紀江さんのほうが、よっぽど刑事っぽいね」

「まあ、そういった推理検証も後回しで。呼んでくれと、さっきあなたが言っていた同僚の方のお名前をどうぞ」

「筈尾」

由紀江は、おれの遺体身元確認の際に応対してくれたという警察官に電話。そして、筈尾と連絡を取りたい旨を伝えた。

筈尾はどうやら聞き込みにでも出ているらしく、外勤中だという。つかまえられたら本人に折り返し由紀江に電話をさせる、という返答だとのこと。

「じゃ、連絡が来るまで、とりあえずホテルへ戻りましょ。それともあなたの。おっと。じゃなくって」

由紀江は〈コーポ天華寺〉のほうを顎でしゃくってみせる。「凜花たちのマンションのほうへ帰る？」

おれはかぶりを振った。「そんな気にはなれない。俊輔くんにも、もちろん凜花本人にももうしわけないけれど。当分は由紀江さんといっしょに居させてくれ」

「はいはい。死んじゃった後とはいえ、まさか他ならぬ隆夫さんの口から、いっしょに居させてくれ、なーんて。ほっこりするリクエストをいただく日が来ようとはねえ。長生きはしてみるもんだわ、ほんと」

商店街のほうへ歩きかけた由紀江は一旦立ち止まり、こちらを振り返った。「幽霊は、どうする？」

「どうしようもないよ。少なくとも当分は。ここから動けないみたいだし」

「そうなの、凜花？」

微妙に見当ちがいの方角を向いて問いかける由紀江に、隆夫の幽霊は頷いてみせた。心なしか苦笑気味に。

「そうだってさ」

「行動をともにできないのはなにかと不便な気もするけど。逆に言うと、ここへ来さえすればいつでも凜花には会えるわけね。少なくとも隆夫さんは」

前向きな発言のようにも聞こえるけれど、だからって、なにがどうなるものでもない。悄然（しょうぜん）とした表情に戻るおれの幽体のなかに多分いるであろう凜花に「またな」と、ひと声かけておいてから、再び歩き始めた由紀江の後を追う。

「あなたを川へ突き落としたのが誰なのか、全然判らないの？」

「判っていたら、なにはさて措いても真っ先に、その名前を言ってるよ」

「例えば、名前は知らないんだけど、こんな体型だったとか、こういう服装をしていたとか。特徴は」

「そこからもう藪(やぶ)のなかというか。ちらりとも姿を見ていない。背中を押された、と思ったら、あっという間だったし」

「力が強そうな感じ？」

「どうだろう。おれはあのとき、身体のバランスを崩しかけていたし」

上茶谷蓮の遺体を発見した際に右足首を傷めていた経緯を簡単に説明する。「ただでさえ上半身が欄干を乗り越えそうな体勢になっていたからな。思い切り突き飛ばすまでもなく、例えば猫がじゃれて、ぽーんと背中へ飛び乗ってきただけでも、その弾みで転落していたんじゃなかろうか」

「猫が飛び乗ってきただけで、ねえ。もしも犯人がその絶妙のタイミングを狙ったのだとしたらそいつは、ずーっと、あなたの後を尾けてきていたんじゃない？」

「かもしれない。恥ずかしながら、まったく気がつかなかったが」

「刑事ともあろう者が」

「一言もない」

という声に被さるようにして、由紀江のスマホに着信があった。

「もしもし。あ、どうも。はじめまして。はい。ありがとうございます。わたくし、山名隆夫の妻でございます」

大通りへ出る一歩手前で立ち止まった由紀江の肩に、そっと触れる。「筈尾か」眼でこちらへ頷いて寄越しておいてから、由紀江は続ける。「お忙しいところ恐れ入ります。ちょっとお話ししたいことがございまして。はい。そうです。夫に関することで。つきましては少しばかり、お時間をいただけませんでしょうか」

丁重になればなるほど妙な凄味と圧が増す由紀江の喋りっぷりに、ちょっとうっとり。心なしかマゾヒスティックに聞き惚れている己れに気づく。かように彼女の一挙手一投足にいちいち新鮮味を覚えてしまうのは、凜花という他者の五感神経を通しているからか。それとも単に由紀江に直接会うのがひさしぶりだからなのか。いずれにしろ、のんびり古女房にときめいている場合ではないのだが、と内心で苦笑い。

「これから？　ありがとうございます。こちらは、はい。だいじょうぶです。では、どちらのほうへ」

「会うなら〈みんと茶房〉っていう、カフェで。〈ぱれっとシティ〉に在る」

なぜなのかを考えるよりも早く、そう口走っていた。眼をしばたたいている由紀江よりもむしろ戸惑っているのはおれのほうだったが、思い当たってみると、なるほど。これも身内同士でしか共有し得ぬ、合い言葉代わりのプライヴェート情報というやつだ。

「ちなみに、なぜ特にその店で、なのかというと、だな」

言い終えないうちに由紀江がスマホを、ずいっとこちらの耳に押しつけてきた。「詳しい説明は、ご自分でどうぞ」

「もしもし、筈尾？　おれだよ、おれ。山名だ。山名隆夫。いや、判ってる。判っているってば。その裏声は怪し過ぎる、というツッコミは遠慮してくれ。そもそもオマエ、死んでいるはずだろというごもっともな指摘も、とりあえずはナシで」

筈尾が最後まで聞いてくれるかどうか心許なかったが、いまのおれには頓着している余裕なぞない。とにかく突っ走るのみ。

「だいじな話があるんだ。これから〈みんと茶房〉で会ってくれ。おまえならその店名でピンとくるだろ？　そう。まさしくおれが死んだあの日の午後、染谷朝陽と会って話したのがあそこだからな。高久村の〈アップ・イン・ティ・ヴァレイ〉というレストランへ、各務愛弓の変死事件について聞き込みにいった。そこでオーナーシェフの娘の小園手鞠から染谷博子という女性の存在を知らされ、その勤め先であるモール内の〈シュ・アベル〉という美容院へ赴いた。そこで偶然、朝陽と出くわしたんだ」

さすがに息が保たず、一瞬の間。筈尾はまだ通話を切っていないようだ。

「さあ、どうだ。これら一連の経緯を知っているのはこの世でおれたち、ふたりしかいない。なぜなら、おれは川から転落する直前まで筈尾、おまえといっしょに居て、他の誰かとこの話をする機会はいっさい無かったんだから。そうそう。ついでにとっておきをご披露しておくと、染谷朝陽は〈みんと茶房〉で抹茶のロールケーキを、美味しくない、という意味の暴言を吐きながらも二個たいらげた。な？　このことを知っているのは、おまえ以外には山名隆夫しかいない。従って、いまこうして喋っている人物とは、声がどれほどおれの娘のそれだとしか聞こえないとしても、その中味は山名隆夫であることはまちがいないのであって……」

「彼女本人もご存じのはずですが」

唐突に筈尾が割り込んできた。予想していなかったこちらは息継ぎのタイミングをまちがえ、咳き込んでしまう。

「って。は。え？」

「くだんのカフェで彼女がロールケーキをおかわりした場に居合わせたのは、山名さんとぼくだけじゃない。染谷朝陽さんご本人を忘れちゃいけません。彼女だって知っているはずでしょ。ちゃんと憶えているかどうかはまた別ですが」

「そ、そりゃ、えーと」

「仮に朝陽さんからその話を直接聞き出したのだとしたら、別にあなたが山名隆夫さんではなくてもなんの不思議もない、という理屈になりますが。まあ、そんな野暮で面白味のない指摘はさて措いて」

どう論理的に反駁したものか呻吟しているこちらを尻目に筈尾は、あっさりとこう言い放った。

「ちょうどよかった。偶然なんだけど、実はいま、ぼくたちが居るのは〈ぱれっとシティ〉でして」

「へ」

「染谷博子のことで、ちょっと。彼女が〈シュ・アベル〉を退職した経緯とかいろいろ気になる点が出てきましてね。山名さんもご興味がおありかもしれませんので、のちほど詳しくご説明しますよ。ていうか、ぼくがいま話している相手は山名隆夫さんである、という前提でよろしいんですね？」

「あ。う、うん。そう。そういうことで、はい。よろしく」

「では〈みんと茶房〉で」

なんだか狐につままれたような心地で、おれはスマホを由紀江に返した。「……得体の知れないやつだ、相変わらず」

「なんで。頼りになりそうじゃん」

先刻の筈尾の音声をちゃんと聞き取っていたらしい。「あなたが死んだはずの山名隆夫だと、己れの正気を疑われることも厭わず、ちゃんと認めてくれたんでしょ。一般人でもなかなかいませんよ、そういう奇特なひと。ましてやこの世で、もっともリアリストたるべき警察官ともなればもう」

「あいつの場合、どうも胡散臭さが先に立つんだ。どこからどこまで本気なのか、よく判らなくってさ」

「腹の底でなにをどう企んでいようが、どうでもいい。まともに取り合ってくれないよりは、はるかにまし」

「まことにごもっとも」

大通りへ出た由紀江とおれは再びタクシーを拾った。一路、〈ぱれっとシティ〉へと向かう。

「それにつけても、うーん。このコロナ禍でなきゃ、なあ」

「なんの話」

「おれの葬儀」

運転手に聞こえないよう、マスク越しに由紀江に耳打ちする。「このご時世だから、ちんまり家族葬にするしかなかったわけだが。もしも通常のかたちにしていたら、身内だけでなく、他の関係者たちも多数、参列していたはずだろ」

「もしもそうなっていたら正直、煩わしくって、たいへんだっただろうな。お仕事関係を含め、夫の交友範囲については疎すぎる妻だったし。息子夫婦と娘夫婦の合わせて五人だけで執り行えて、ほんと、たすかりました。って。不肖の妻でごめん」

「いや、ちがうって。葬儀を簡素に済ませられたのはよかったよ。とても。改めて考えてみれば、ちょうどコロナ禍で死んだことがおれの、せめてもの妻孝行だった」

「それについてはいろいろ話が脱線しそうなのでノーコメントで行くけど。もしも通常の葬儀だったら、どうだっていうの」

「ひょっとしたらおれを手にかけたやつが、なに喰わぬ顔をして焼香に現れていたかもしれない。いや。いやいやいやいや。もちろん必ずという話じゃない。でもほんとに、たまにあるんだ、そういうケースが」

「よりにもよって、自らの手で殺めた相手の葬儀にわざわざ顔を出すって、いったいどういう心理？」

「そりゃあひとそれぞれさ。犯した罪への悔恨の念とか被害者への懺悔とか。いろいろ。そのなかでもいちばん本質的なのは、あくまでもおれの個人的見解だけれど、自身の現実感覚を回復するため」

「なんだか、やけに抽象的だけど。どういうこと」

「犯行直後の犯人にはまだ実感がないんだ。自分が他人の命を奪ってしまった、という。ほんとにそんな、とんでもない罪を犯してしまったんだろうかと半ば夢のなかを彷徨っているかのような心境のまま、被害者の葬儀に臨む。そして遺影を目の当たりにして、ようやく認識を新たにするわけさ。ああ、あれはやっぱり現実の出来事だったんだ。自分がこのひとを殺してしまったんだ、と」

「わざわざ自ら実感を新たにせずとも、ただ放っておけば、それでいいような気もするけれど。やっぱり精神的に落ち着かなくて、それが嫌だってこと？」

「不安だという以上に、己れの存在が果たして世間ではどの程度クローズアップされているのか、それともいないのか。それを確認しておきたい誘惑にかられるのかも」

「自分が容疑者候補として捜査線上に浮かぶ可能性ってどれほどあるのか、見極めたいってこと？　葬儀へ出てみて、誰にも見咎められずに済んだら一応セーフ、とかって。そういうチキンレースみたいなノリ？」

「かもな。ちょっと穿ち過ぎた見方かもしれないが」

「それはいいんだけどさ。仮に犯人が葬儀に現れていたとしても、そいつの顔も見ていないあなたに、その人物が怪しいのかどうかとか見当をつけられるわけないじゃん」

「犯人の立場になって考えてみてくれ。まさか、自分が殺したはずの男がその娘に姿を変えて式場内を観察しているなんて、夢にも思わないだろ。だから」

「油断して、なにか不審な言動に及ぶかもしれない、ってこと？　でもさ、性別やら体型やら犯人の特徴をいっさい把握していないあなたにも察知できるほどの不審人物ならば、他の遺族や関係者たちだって早晩、怪しむことになるでしょうよ、きっと」

「そうか。うん。だよなあ」

言われてみれば、たしかに。凜花の身体という隠れ蓑(みの)に乗じての自分自身の葬儀参列者の観察が捜査のための最強カードとなり得るのは、おれが犯人の顔をしっかりと目撃していた場合のみである。そんなこと、改めて考えてみるまでもなく自明の理なのに。なんだか一瞬、自分がけっこう破格のチート能力を授かってでもいるかのような錯覚に陥ったのだから、焼きが回ったものである。本来の己れの社会的立場を失ったまま行動しなければならないというハンディキャップを、なんとかメリットへ反転させられないものかとの焦りが露呈したのかもしれない。

「葬儀に関して言えば、日名人たちに来てもらえたのはよかった」

あるいは己れの死という事実がなんだかこれまでとは異なる痛みを伴って迫ってきて、やるせなくなったのだろうか。そんな、どうでもいいことを口にする。

「なにしろ北海道は遠いし。仕事を休めないんじゃないかと思っていたから。にしても、きあらさんは」

「るきあ、よ。るきあ」

ぽん、とこちらの手の甲を叩く由紀江。そのまま、ぎゅっと手を握りしめてきた。ちょっと痛いくらいに。

「旧姓、下瀬るきあ。死んだ後でも未だに息子の妻の名前を呼びまちがえるって、あり得ないっしょ。どういう舅だ」

「考えてみたら、おれ、るきあさんと直接顔を合わせたのって、これまでに二、三回しかないんじゃないか。結婚式の日と。えーと。あと、いつだっけ。そういえば由紀江と日名人が、どんな家に住んでいるのかも未だに知らない」

「お蔭さまで、至って快適な二世帯住宅仕様です。隆夫さんが定年退職したら、一度ご招待しなきゃと思っていたのに。叶わなくなっちゃったね」

「いまさらこんなことを言うのもあれだが。るきあさん、早々と日名人といっしょにあちらへ戻ってしまって、よかったのか」

「日名人が仕事で帰らなきゃいけないのに、妻である彼女だけこっちに残ったって、仕方がないじゃない」

ふと顔を上げる。タクシーのフロントガラス越しに〈ＭＡＺＥ・ビル〉が見えてきた。本来、自分はいま凜花としてあそこの二階で働いていないといけないんだよな、と思うと妙な疎外感にからられる。

「その口ぶりだと彼女、しばらくこちらに滞在するつもりだったんじゃないの。きみのことを心配して。いっしょに居よう、と。それをきみが、わたしはひとりでだいじょうぶだから、と痩せ我慢して」

「きみ、って呼ばれるのはなんだか、こそばゆいな。いや、いいんですけどね、別に。でも、あなたからは由紀江か、由紀江さんで通してもらうと嬉しいような気が」

前の車が赤信号で停まるのに合わせて、タクシーもゆったり停止した。その位置がちょうど〈MAZE・ビル〉の真ん前。そこへ、ちょうど。

「お。メイズだ」

由紀江側の窓越し。歩道で達磨よろしく、四肢を胴体の下に敷き込むような姿勢でうずくまっている黒猫。そのまん丸い姿が視界へ入ってくる。

「え。なに？」

おれが指さすほうへ由紀江は眼を向けた。が。「俊輔くんの歯科医院が入っているビルでしょ。あれがどうかしたの」

「ん。メイズを見たことないんだっけ？　あのビルの有名なマスコット猫」

エントランスで、ちんまり丸まっていたメイズは、ふと顔を上げるや、すっくと身体を起こす。その姿が一瞬、3D映画並みに膨らんで見えた。黒い毛並みが陽光を浴びて、艶々している。

メイズはそのまま、あたかもこちらの存在を知己としてしっかり認識しているかのように、じっとタクシーのほうを凝視してくる。普段と同じメイズ……のはずなのだが、なんだか今日は、やけに存在感があるな。ふと、そんなふうに思った。

「猫？　え」

「真っ黒いやつ」

「って、どこに？」

「ビルの、そこ。エントランスのところ。歩道でほら。首をこちらのほうへ伸ばし加減にしている。いまにも後ろ足で、二足歩行でも始めそうな感じで」

信号が青に変わる。おれが言い終わらないうちにタクシーは発車。メイズは視界の後方へと消え去った。

「どんな猫？」

「だから、黒猫だって。ほら。あそこ。あの丸っこい……」

首を背後に捩じりかけていたおれは、ふと口を噤んだ。由紀江に向きなおる。

「え。ひょっとして……」

由紀江は無言で頷いた。

「見えなかったの、黒猫？」

「全然」

「どうして」

「いや。どうしてもなにも。あそこには猫も犬も居なかったんだから、しょうがない。言っておくけど、見落としたりなんかしていない。あのビルの前の歩道でしょ？　断言します。ひとっこひとり、居ませんでした」

「それって、え。まさか？」

「どうやらそうみたい。くだんの黒猫って多分、あなたにしか見えていない」

「てことは……」

てことは、まさか。さっきの黒猫は実体ではなく、幽霊？　え。そんな。ひょっとしてメイズ、死んじゃったのか？

病気かなにかだろうか。あるいは場所柄、うっかり車道へうろちょろ跳び出した拍子に車に撥ねられてしまったとか？

うわ。なんてこった。

もしもそうだとしたら凜花はもう出勤退勤ついでにメイズのことを、もふもふ可愛がることはできないのか。それって彼女にとっては父親の死以上にショックかも。決してレトリックなんかではなく。

「ほ、ほんとに見えなかった……のか」

未練たらしく問い質すおれ。由紀江は、そっけなく首を横に振ってみせた。

「どうやら凜花って、人間以外の霊も見えるんだ。知らなかった。たいへんだね、いろいろ。好むと好まざるにかかわらず、他人には見えない風景まで眼に入ってきてしまうという人生も。背負うものが多そうで」

「たしかに。そうとは知らずに見たら、生きているのか死んでいるのかも、まったく区別がつかない……んだな、どうやら」

おれの幽霊にしたって、あんなふうにふわふわ判りやすく空中を浮遊していなかったとしたら、死者だとは夢にも思わなかったのではあるまいか。普通に歩道に佇んでいたりしたら、自分にはひょっとして生き別れの双子でもいるのかしら、なんて見当ちがいの当惑を覚えたかもしれない。

やがて〈ぱれっとシティ〉のタクシー専用乗降所に到着した。

前回の屋内駐車場から入ったときとは別の区画だったため、現在位置を把握できず、しばしプチ迷児状態に陥る。出入口が無数にある巨大商業複合施設はこれがやっかいだ。インフォメーションを頼りに、ひと混みを掻き分けること十数分。ようやく〈みんと茶房〉へと辿り着く。

店の前に長身でパンツルックの若い女性がひとり、如何にもなひと待ち顔で佇立していた。両手を腰に当て、ときおり通行人たちの流れを眼で追うその姿を第三者が見たら十人が十人、同じイメージを抱くだろう。まるで宝塚の男役スターみたい、と。

同僚の纐纈ほたるだ。感染防止用マスクで顔の下半分が隠れているせいもあり、ただでさえ強めの双眸のきらめきが際立つ。そういえば先刻の電話で筈尾が「ぼくたち」と複数形を使っていたっけ、と憶い出しながら、おれは彼女へ歩み寄った。

「ども。おつかれさま」

「おや。え、っと」

軽くのけぞりながら素早く、おれと由紀江を見比べる。そんな纐纈はどのみち凛花に会ったことはないはずだから無意味なのだが、と思いつつ、おれは自分のマスクを外してみせた。

　由紀江もそれに合わせるかのように深々と一礼。彼女に会釈しておいてから、マスクを下へずらす纐纈。

「えと。山名さん？　ですか。つまりお嬢さんではなくて、わたしの同僚だった隆夫さんのほうの？」

　半ば予想通りではあるが、どうやら筈尾はこのややこしい人格の入れ替わり案件について、ある程度は纐纈にも説明済みらしい。ふたりのあいだでそのために、どれほど煩雑なやりとりが交わされたのであろうか。ちょっと想像しようとするだけで疲れる。

「うん。こちらは妻の由紀江」

「あなたがほんとに、死んだはずの山名隆夫さんなら、お答えになれますよね。わたしのフルネーム」

「纐纈ほたる。三十二歳。好みのタイプはジェシカ・チャステイン」

「年齢や趣味のことまで訊いていません。先日わたしは雑談中、筈尾さんのことを深く、ふかーく傷つけてしまいました。さて、わたしは彼に、なんと言ったのでしょう。そしてその話を聞かされた山名隆夫さんは、どんなふうに筈尾さんを慰めましたか」

　なんだこりゃ。アイデンティティ認証テストのつもりか。纐纈自身の発案ではなく、筈尾の入れ知恵だなきっと。このＳＦ的状況を纐纈にもしっかり理解、納得させておくことで話をなるべくスムーズに進めよう、という心づもりなのだろう。ほんとに抜け目のない上に、大したやつである。

笘尾に指示されたのでなければこんな認証テストなぞ、纐纈は素直かつ真剣にやったりするまい。山名隆夫は死亡したという厳然たる事実があるにもかかわらず、そのアイデンティティを主張する人物の面通しをやってみろ、なんて。改めて口にしてみるにつけ、正気の沙汰ではない。仮に他のやつが彼女に同じ指示をした日には纐纈は上司に、そいつの強制休職を要請するだろう。まちがいなく。いやー、いいひとなんスけどねー、最近ねー、ちょっとどうもねー、お疲れだったみたいでー、とかって。

「おまえさんは、こう笘尾をいじった。オトコって四十を過ぎると親父ギャグが自然に増えるようで、それは笘尾さんも例外じゃなかったんですね、と。そう言われて凹んでいたあいつを、おれは慰めてやったんだ。笘尾はまだ無意識に口にしているだけだからだいじょうぶ。おれの親父みたく、事前に練習してきておいてから駄洒落をかますようになったら終わっているけどな、って」

纐纈は、おどけて拍手の真似。「ひゃくてん満点です。ではどうぞ」

三人揃って入店する。笘尾は前回、染谷朝陽に会ったときと同じ四人掛けテーブルについていた。

「どうも。えと、それでは。隆夫さん、と敢えて下のお名前で呼ばせていただいてもよろしいでしょうか」

腰を下ろす由紀江とおれを見比べた笘尾。改めておれのほうを向き、そう訊いてきた。由紀江のだろう。

とも凛花とも初対面のはずの彼だが、女性ふたり、外見的に若いのはおれのほうだと判断したのだろう。

「奥さまもごいっしょなので、区別するために。はい」

従業員がオーダーを取りにくる。

コーヒーを頼んだおれは、ふと思いついて抹茶ロールケーキを追加注文した。先日、染谷朝陽があれほど貶しながらも二個たいらげたので、逆に気になっていたのだ。

「さて。それで隆夫さん。あなたは、誰に川へ突き落とされたのでしょうか」

「ちょ。待てよおい。おれはまだ、なにも言っていないぞ」

「こうしてお嬢さんの姿に生まれ変わってまでぼくたちに訴えたいことがあったのだとすれば、他に考えられません。万事につけ無気力、かつ無関心な隆夫さんもさすがに、自分を殺した犯人が野放しになっていてはおちおち成仏できない、と」

あくまでも真面目くさって、さらっと毒を吐く。相変わらず安定、安心の筈尾クオリティである。

「まあな。そもそも、できれば死にたくはなかったんだが。こうなった以上は仕方ない。早くすべてをすっきりさせて。成仏したいので、どうかよろしく頼む」

「で、容疑者ですが。どういう」

「判らないんだ。全然、見ていない。その顔も、姿も」

あの日の夜、筈尾と別れた後、商店街を抜けて天華橋へ向かい、そこでなにが起こったのかをざっと説明。

「足首の捻挫の痛みも相俟って、何者かに、ちょっと背中を押されただけでバランスを崩し、欄干を乗り越え、転落してしまったと。そして？」

「いや、そしてもなにも。死んじまったわけだよ、そこで。意識が暗転して。次に気がついたら、こうなっていた」

「どこで？」

「ん」

「お嬢さんの身体のなかで意識が戻ったのはどこでだったのか、その場所です。あの夜、染谷朝陽さんを覆面パトカーで〈MAZE・ビル〉へ送り届けた後、ぼくたちは〈サンステイツ隈部〉へ取って返しましたよね。くだんのマンションに染谷博子さんが在宅か否か確認するために」

「うん。そうだった」

「その頃、お嬢さんは朝陽さんと、どこかは判らないがお店へ向かわれていた。だとすると時間的に、隆夫さんが川へ転落したとき、凜花さんはすでに当該店舗に到着してお食事中あたりだったと思われますが。入れ替わったのは、そのタイミングで？」

「いや。気がついたときにおれが居たのは、つまり凜花が居たのは自宅だ。娘夫婦が住んでいる〈コーポ天華寺〉の部屋。リビングのソファで、どうやら眠り込んでいたようで。服は着たまま。そういえば、けっこう頭痛がしたけれど、あれはアルコールが残っていたのかな」

「すると、仮に人格の入れ替わりがいっぽうの絶命と同時に発生するシステムなのだとしたら隆夫さんは、あるいは即死ではなかったという可能性もありますね。水位の下がっていた川へ転落し、川底のコンクリートブロックで頭部を打って意識を失った後、しばらくは生きていた。いっぽうの凜花さんは朝陽さんと別れて帰宅した後、ソファに座って休んでいるうちに眠り込む。隆夫さんが息絶えて人格の入れ替わりが起こったのだとしたら、双方ともに意識を失っている状態でだった、と。そう考えられる」

一連の事象を改めて時系列的に整理してみる発想は当方、まったくなかったけれど。まとめればだいたい、そんなところだろう。こうした一見本題とは無関係そうな事柄でも、細部まで詰めておかないと先には進めないのが刑事の業(ごう)ってやつなのかもしれず、そういう意味でも筈尾は有能な人材だ。おれとは至って対照的に。

「確認しておきたいんですけど」

筈尾が喋り終えるのを待っていたかのように纐纈が口を挟んできた。「隆夫さんの奥さまは。えと」

アクリルの仕切り越しに真向かいの由紀江の顔を覗き込む纐纈の眼差(まなざ)しは、ひそやかながら熱っぽい。いわゆる狩人(かりうど)の血が騒ぐのを自制しているのだろう。思い当たってみれば由紀江は彼女の好み、ど真ん中だ。

「もうし遅れました。由紀江です」

「由紀江さんとしても、この一連のお話は決してお嬢さんのご乱心などではない、と。つまり、ここに居らっしゃるのはほんとうに夫の隆夫さんであるという主張を受け入れている、という前提でよろしいんですね？　つまり母親としてではなく、あくまでも妻として臨席しているんだと」

どうやらおれの視線に気づいたらしい。纐纈にしてはめずらしくバツの悪げな顔で、そっとウインクして寄越す。

いくらワタシが節操のない肉食系でも、さすがに旦那さんの眼の前で彼女をくどいたりなんかしないので安心してくださいい、とのそれは含みだろうか。だとしたらこれはまさに以心伝心。纐纈は、いま同席している興津凜花の中味が山名隆夫であると完全に認めた、ということを意味するからだ。

「いや、そのつもりでここへ来ているのに再度の確認はくどいぞ、とお感じでしたら、どうかご寛恕ください」

おれがたしかに山名隆夫であると認めたら認めたで、なにかと複雑なのだろう。咳払いして、執り成すような口ぶりの纐纈。

「こちらとしてもいまからその前提で、ちょっと長めの話をしなければなりません。その道中、由紀江さんを置いてきぼりにしたりしてはもうしわけないので、念のため。ということで。はい」

「隆夫さん」と筈尾はマスクを取った。が、相変わらずというか、素顔のほうが却って表情が読みにくい。

「ぼくたちはなにも伊達や酔狂で、いま眼の前に居るみめ麗しい若い女性を、かつての同僚の山名隆夫であると認めて接しているわけではない。ちゃんと、それなりの理由があってのことなんです」

「え？」

「そうなんです、わたしたち」

纐纈は口につけていたコーヒーカップをソーサーへ戻した。「別にサービス精神を発揮してノリのよいところを見せているとか、そういうわけじゃありません」

「加えて、隆夫さんの死が事故ではなく、殺人だったとなると、現在捜査中の件ともリンクする可能性が。あ。いや」

我知らず身を乗り出しかけたおれを押し戻そうとするかのように筈尾は、アクリル板越しに掌を掲げてみせる。「順番に説明いたします。ずいぶん遠回りをするなと思われるかもしれませんがご容赦を。先ずは各務愛弓さんの件から」

えと。各務愛弓って誰だっけと記憶を探った分、反応が遅れてしまった。それほど過去の話でもないのに。自分自身に起こった事案が突飛すぎて、生前の捜査のことなど忘却の彼方へと押し流されている感じ。

「警視庁を通じて、東京在住の彼女のご両親にいろいろ問い合わせていたのですが。意外な事実が判明しました。各務さんが昔、通っていたのは山形県ではなく、岐阜県に在る大学だったというんです」

「ん、と」

各務愛弓の出身校が山形ではなく岐阜だった。その事実がどういうふうに意外なのか、とっさにはやはり憶い出せず、しばし考え込んでしまった。

「え。てことは小園手鞠は、かんちがいしていたのか？」

「か、もしくは、そう言い逃れするつもりだったんでしょう、各務さんの進学先について改めて追及された場合には。といっても、これはもちろん小園手鞠がその展開を見越した上で敢えて嘘をついていたのだとしたら、の話ですが」

「なんだかややこしいな。どういうことだ。そんな、ちょっと調べたらすぐにバレるような、つまらない嘘をついて小園手鞠に、なんのメリットがある？」

「各務愛弓が昨年の大晦日に、わざわざ名古屋から高和へやってくるきっかけになったのが地方の名店として〈アップ・イン・ティ・ヴァレイ〉を紹介した『ぐるまんクエスト』というテレビ番組を偶然観たことだった。その点だけはどうにも動かしようがない、と。小園手鞠はそう判断したのでしょう。ただしインタビューに応えていたレストランのフロアマネージャーが、かつて自分の家庭教師をしていた上茶谷手鞠だと彼女が気づいたからだ、ということは隠しておきたかった」

おれはよほど腑に落ちない、と言いたげな表情をしていたらしい。筈尾は苦笑い。

「小園手鞠がなぜそんな姑息なことを思いついたのか、だいたい察しはつくでしょ。あの番組内で、上茶谷という苗字は一度も出てこないんです」

「あ。そういえば、たしかに。おれもあのテレビは観ていたのに。店へ実際に行ってみて初めて、オーナーシェフの名前が上茶谷だと知ったっけ」

「そこに注目した小園手鞠は、営業中の店内映像に偶然映り込んでいた客の存在を利用することを思いつく。それが」

「染谷博子か」

「そうです。染谷博子がもともと別居中の夫のいる山形県在住だったという情報、そして各務愛弓の出身大学が山形だったという嘘。このふたつを併せて同時に我々に提供し、あたかもそれが、ふたりの女性の接点であるかのようにでっち上げた」

「名古屋でテレビを観た各務愛弓はあくまでも、店内に居た客の染谷博子のほうに気づいた。そして彼女に会うべく高和へ行こうと思い立ったんだと。そういうストーリーに仕立て上げようとした、というわけか？」

「山形在住時に各務さんは染谷博子に髪をカットしてもらったことがあって、個人的にも親しかった。それでお互いの連絡先を知っていたと。ざっくりそういう設定でいける、と小園手鞠は踏んだのでしょう」

「しかし実際には各務愛弓は染谷博子のことなんか知らない。だから番組のテロップに表示された〈アップ・イン・ティ・ヴァレイ〉の番号に電話した。当然、小園手鞠がかつての家庭教師であると認識した上で」

「細部の詰めはまだ、これからですが。店の固定電話の履歴などを調べれば、各務愛弓から連絡を受けた小園手鞠が彼女に、高和を訪れるよう唆（そそのか）したことの裏付けもいずれ、しっかり取れる」

ここで妙に唐突に筈尾の言葉が途切れる。意識的にそうしたのかどうかは判らないが、わざわざ仕切り直すかのようにして「裏付けもいずれ、しっかり取れるでしょう」と結んだのが意味ありげだ。なんだかこの後、前言撤回しますのでそのおつもりで、と予告でもしているかのように。

「十三年間、没交渉だった各務愛弓をわざわざ招び寄せたのは旧交を温めたかったから、なんて理由ではなさそうだな」

「彼女の存在を利用しようとした、と考えられる。トラブルメイカーである兄を厄介払いするために」

手鞠の三つ歳上の兄、上茶谷圭以は料理人として父親の跡を継ぐべく、高校を卒業後、ずっと大阪などのホテルで修業していたという。しかしバイト先で知り合った女性との交際が破局したことで、酒とギャンブルに溺れるようになる。

生活に行き詰まるたびに捲土重来を期すとの名目で父親に金を無心。福岡や東京など、都会限定でひっきりなしに拠点を変えてはみるものの、結局は同じ失敗のくり返し。

三年ほど前、ついに帰郷して〈アップ・イン・ティ・ヴァレイ〉を手伝うことにしたものの、放蕩癖はいっこうに抜けず。手伝うとは口ばかりで、一度も店に顔を出さない週もざらだったという。

「どうもその父親の上茶谷蓮という方は、如何にも職人気質的で頑迷固陋な性格のわりには、息子にあまり厳しく意見したりできないタイプだったようですね」

父親が自分に甘いのをいいことに、ますます図に乗って遊び惚ける圭以と激しく対立したのが、妹の小園手鞠だった。

「ゆくゆくは自分がオーナーになって夫の小園一哉といっしょに、さらに〈アップ・イン・ティ・ヴァレイ〉を守り立ててゆきたい手鞠にとって、兄の存在はもともと眼の上のタン瘤以外の何物でもなかった」

箬尾の口調が恬淡としているせいで、なにやら昼ドラのナレーションっぽい。

「ただでさえ一触即発の犬猿の仲だった兄妹ですが、圭以が父親の昔からの贔屓筋を相手に怪しげな投資話を持ちかけたりしていた事実が発覚するに至り、手鞠の怒りが爆発。兄を店には出入禁止にし、生涯絶縁する、と宣言したんだとか」

とはいえ、もともと真面目に仕事を手伝う気なぞさらさらなかった圭以にしてみれば、そんな妹からの通達なぞ痛くも痒くもない。四十も近い男が実質、住所不定、職業不詳の身だったが、甘い父親に付け込み、店舗の裏の部屋でこっそり寝泊まりさせてもらったりしていたので、雨風を凌ぐには困らなかったらしい。

兄の行状を苦々しく思っていた手鞠は、それを逆手に取る妙案を思いついたのではないか。それが箬尾の見立てだ。

「裏の部屋に、店の固定電話の子機が置かれていたでしょ。あれです。各務愛弓が名古屋からかけてきた電話を受けたのは、たまたま営業時間外にあそこに泊まりにきていた圭以だった、と。そんなシナリオを手鞠は書いたのではないか」

「妹が東京で家庭教師として教えていたという若い女性に興味を抱いた圭以は、手鞠との連絡を取り次ぐふりを装って、言葉巧みに各務愛弓を密かに高和へ呼び寄せる。妹夫婦の家に泊めてもらえばいいからと信用させ、彼女には高和でのホテルや旅館をいっさい予約させなかった」

レンタカーかなにかを利用して各務愛弓を空港へ迎えにいった圭以は彼女に、妹にはないしょで行動していた意図を見破られる。そして感情的に揉めた挙げ句、各務愛弓を手にかけてしまう。その遺体を阿由葉岬に遺棄して知らん顔を決め込もうとしたものの、後悔と罪悪感に堪えきれず。

「ねぐらのひとつとして確保していた桑水流町の空き家で、圭以は首を吊って自殺した、と。ざっとそういう筋書きか？」

斜め向かいに座った纐纈が、そっと拍手する真似をして寄越す。その大きく瞠った双眸からしてふざけているわけではなく、いま凜花の身体のなかに居るのがほんとうに山名隆夫の人格なのだと改めて説得された、と言いたいらしい。何度もしつこいようではあるけれど、それだけこの入れ替わり現象とはくり返しくり返し確認しても確認し足りないくらい、我々の日常的常識という基盤を揺るがす出来事なわけだ。

「小園手鞠が〈アップ・イン・ティ・ヴァレイ〉の存続、そして家族の世間体のために圭以の存在を邪魔だと感じていた、というのはよしとしよう。実の兄とはいえ、もはや自殺を装って殺すのもやむを得ないとまで思い詰めたのだとしても、なにしろ身内同士。どれほど深刻かつ泥沼な確執があったのかが外部からは窺い知れぬ以上、絶対にあり得ない、とまでは言えまい」

筈尾は頷いた。この後に続く反論の内容を完璧に予測している表情で。

「しかし。しかし、だぞ。そのために各務愛弓を巻き込むことも辞さない、というのは正直、どうなんだ。邪魔者の兄を抹殺するためにもうひとり、赤の他人の命まで奪ってしまうなんて。そんな非道な真似が、ほんとうにできるものなのか」

「小園手鞠は否定しています。そんなとんでもないことを言い出すなんて、夫はきっと頭がおかしくなったにちがいない、と」

「え。夫？」

唐突なそのひとことにこちらは一瞬、きょとんとなる。「いや、夫、って。え。てことは、もしかして。え。小園一哉が告発したのか。自分の妻が各務愛弓と義兄を殺害したんだ、と？」

「説明が前後するようですみません。そもそもは上茶谷蓮の自死について、遺体発見者のひとりである小園一哉に事情聴取しているときに出てきたんです、この話は」

「そういえばレストランの駐車場でおれたちと鉢合わせしたとき、彼はなにやら、ぶつぶつ呟いてたな。自分は呼び出されたんだとかなんとか、そういう意味のことを」

やや唐突に筈尾は纐纈のほうを向く。そして「ほらな？」とでも言いたげに掌を上向けてみせた。纐纈は纐纈でしかつめらしく頰杖(ほおづえ)をつき、うんうんと頷いて返す。

「なんだ、いったい？」

「あのときぼくたちが実際に小園一哉と交わしたやりとりを知っている。ということは、あなたはまちがいなく山名隆夫さんであると再確認させていただいた次第です」

「おいおい。もうたいがいにしろよ、おまえたち。すべて受け入れた上で話を聞いてくれているんじゃないのか」

「人格が入れ替わるなんて、そんなとんでもない与太をいきなり全面的に信じちゃったりしたら、正気を疑われるのはむしろ、こちらのほうです」

纐纈は肩をそびやかすような仕種で、にやにや。悪戯っぽく微笑む。「奥さまが果たしてどの程度、真に受けておられるのかは存じませんが。少なくともわたしたちは、とりあえずお話は伺いますけれど、常に半信半疑のまま。その都度、細部を検証してゆくしかないわけで。それがひととして、そしてなによりも警察官として、まっとうで誠実な姿勢ってもんでしょ」

まあたしかに。そんな奇々怪々な戯言、正常な社会人として聞く耳は持ちませんと門前払い的な態度を取られないだけでも、現在のこちらの立場としてはありがたいと感謝せねばならない。

それに、こうして対話を重ねれば重ねるほどディテール諸々が補完されて当方の訴えの信憑性が増しているのだとしたら願ったり叶ったりだ。そんなふうにおとなの対応的な思いを巡らせていると、とんだ爆弾を落っことされることになった。

「呼び出されたというからには状況からしてあの夜、義父である上茶谷蓮とレストランで会おうとしていたのかと。こちらとしては確認のため、いろいろ問い質した。ところが小園一哉の答えたるや、どれもこれも曖昧を通り越して、支離滅裂で。さっぱり要領を得ない。彼がどれだけめちゃくちゃなことを垂れ流していたのか、いちいち列挙していてもきりがないし、時間の無駄なので。結論から言います。ずばり、自分は小園一哉のようにしか見えないだろうし、実際にこの身体も彼のものだ。しかし中味はちがう。ほんとうの自分は上茶谷蓮なんです、と」

「ちょ。お、おい。おまえ。そんな」

バカな、と続けようとしたおれだったが、オマエが言うな、とのツッコミは避けようがあるまい。咳払いでごまかす。

「とりあえず小園一哉の身体のなかに居るのが上茶谷蓮の人格であるという前提で、彼の言い分を説明しておきましょう。ざっとこんな具合です。あの夜、娘婿の一哉に、仕事ではなく私的なことで相談がある。ついてはふたりだけで会って欲しい。ただしくれぐれも他の家族には内密にお願いしたい、と。上茶谷蓮はそう頼まれた。ちょっと戸惑ったものの一哉に言われた通り、同居している次男の家族には適当に言い繕って、彼はタクシーで出かけた」

小園一哉に指定された時刻が、上茶谷蓮のいつもの晩酌の後だったため、運転は控えたのだという。

「レストランへ行ってみると、駐車場には娘婿の車があった。ほら。ぼくたちが行ったとき、白のワンボックスカーが停まっていたでしょ。あれです」

休業中の店舗はもちろん真っ暗だったが、小園一哉はもう来ているのだろうと裏の住居スペースへ回ってみると、窓から明かりが洩れている。上茶谷蓮は特になんの疑問も抱かずに、引き戸を開けて、なかへ入った。そのとき。

「がつん、と側頭部に激しい衝撃を受けた。そして、上茶谷蓮は意識を失ってしまったんだそうです」

どれくらいの時間が経過したのか。はっと我に返るとそこには、ドアノブにロープを引っかけて後ろ向きに倒れ込むような姿勢で首を吊っている上茶谷蓮の遺体があった、というわけだ。

「なんだこれは。なんなんだいったい。オレは悪い夢を見ているのか。彼はそう思った。そりゃあそうでしょう。ぐったりと横たわって死んでいるとおぼしきその男は、どこからどう見ても上茶谷蓮、すなわち彼自身だったのだから」

　夢だ。これは悪い夢だオレはとんでもない悪夢のなかに居るんだと、くり返しくり返し己れに言い聞かせる。しかしいくらじたばたしようが、じっと息をひそめて待ってみようが、なにをどうしても目が覚めてくれそうな気配は皆無。

　どうやらこれは夢ではなく現実の出来事のようだと諦めた彼は、娘婿の名前を呼びながら、捜し始めた。しかし室内のどこにも小園一哉の姿は見当たらない。まさか、他ならぬ自分自身がその娘婿の身体を纏っている状態だ、なんて思いつきもしない。

　一哉は、もうここから引き上げてしまったのか？　まだ車はあるのだろうか、とレストランの駐車場の様子を見に、外へ出てきたところで。

「小園手鞠をまだつかまえられるかもしれないと高久村へとんぼ返りしてきた隆夫さんとぼくとに遭遇した、というわけです」

「上茶谷蓮の遺体には自殺にしては不審な点があった。そこで発見者である小園一哉が取り調べられることになったわけか」

「仮に上茶谷蓮が発見時の姿勢で縊死（いし）したのだとしたら、側頭部に打撲痕があるのは不自然だ。ひょっとしたら小園一哉が義父を殴打し、昏倒（こんとう）させた上で首吊り自殺を偽装したのではないか。そう疑われたわけです。そして遺体を放置して、現場から立ち去ろうとしていたところへ運悪くぼくたちが駈けつけてきたものだから、タッチの差でワンボックスカーに乗りそびれてしまう。だいたいそういう経緯だったのではないかと考えられた。しかし当人はなにを訊かれてもしばらくは、ずっと黙秘したままで」

「というと。自分はこんな外見だが、ほんとうは上茶谷蓮なんだ、という主張もしなかったのか？」

「そう言い出したのは、桑水流町の空き家で発見された遺体の身元が上茶谷圭以だ、と判明してからです」

長男の死を知った彼は黙秘から一転、長男の変死は長女の仕業だ、と訴え始めたのだという。

「むろんこちらは、その重要参考人が小園一哉本人という前提で話を聞いているものだから、わけが判らない。息子だの娘だのと言ったって、小園夫婦には子どもはいないはずだし、とかね」

息子を娘が云々の訴えの内容は前後関係も含めて支離滅裂。惑乱を極めたせいで、彼の訴えの趣旨を筈尾たちが整理するのにはかなり時間がかかったらしい。

「要するに上茶谷圭以の死は自殺ではなく、妹の手鞠に殺されたのだと。それが彼の主張で。それだけならば、さして注目には値しなかったかもしれない。だが、その自殺をもっともらしく偽装するために小園手鞠が、名古屋から各務愛弓を高知へ招び寄せ、彼女を殺した上でその罪を兄に被せようと企んでいたんだ、という仮説まで飛び出してきたとあっては、ね」

折しも警視庁から、各務愛弓の出身大学が山形県ではない、との情報がもたらされるに至り、小園手鞠は俄然、疑惑の対象と相成ったわけだ。

「もし仮に各務愛弓が高和へ来ようと思ったきっかけが『ぐるまんクエスト』を観たことだったのだとしたら、たとえ上茶谷という苗字が一度も番組内で触れられなかったのだとしても、紹介されている女性マネージャーが昔の家庭教師だと思い当たり、懐かしさにかられたからだという経緯がいちばん自然な流れです。その上で店に電話したのだとすれば、彼女と直接コンタクトを取っているはずの小園手鞠が各務愛弓の死とまったく無関係であるとは、ちょっと考えにくい」

「それについて小園手鞠本人は、どう言っているんだ」

「全面否定です。愛弓さんから連絡なんかもらっていないし、なにもしていない。そもそも自分がもしも事件に関与しているのなら、かつて彼女の家庭教師をしていたとか、わざわざ警察にそんな情報提供をするわけないじゃないですか、と」

まことにごもっともだが。そこで敢えて逆を衝き、嫌疑を免れようとする手法も、ありがちと言えばありがちなわけで。

「各務愛弓の出身大学の件だって、意図的に嘘をついたわけじゃない、と言うんだろ。十三年も昔のことゝて、ちょっと記憶が混乱して、かんちがいしていただけなんだと」

「そういうことです。それと、こちらはなにもそんな仄めかしはしていないんだが、小園手鞠はちゃんと察知していました。自分がそんなふうに疑われているのは、誰なのかはともかく、身内からの密告があったからなんでしょ、って」

「ほう」

「愛弓さんの事件が報道された際、これって自分が東京で家庭教師をしていたお嬢さんと同姓同名だけれど、ひょっとしてほんとに同一人物かしらという話は夫だけではなく、父や弟にもしたから、みんな知っている。そこへ、普段から自分と折り合いの好くない兄が変死したものだから、ふたつの事件には小園手鞠という接点があると、おもしろおかしく刑事ドラマはだしの想像力を働かせた暇人がいたんでしょ、ってね」

「なるほど。父親が他ならぬ自分の夫に殺されたかもしれないことについて彼女は、どう言っている？」

「できれば全面否定したいでしょう。が、こちらに関しては正直、思い当たる節がないこともないようで」

「ほう」

「想像の域を出ないものの要するに、いずれは自分がシェフとして〈アップ・イン・ティ・ヴァレイ〉を継がなきゃならないことが、一哉にとっては相当のプレッシャーだったのではないか、と」

「長男の圭以はまったく頼りにできないからな。しかしシェフの代役が重圧だからって、義父を殺してみたところで、なんにもならない。そうだろ。店を継がなきゃならない時期が早まるだけじゃないか。それなら一哉が人生から逃げ出す道を自ら選ぶというほうが、まだ理に適っている」

「例えば上茶谷蓮が正式にリタイアした後だと、もう逃れようがない。けれど、いますぐにシェフが不在になってしまえば店そのものを廃業せざるを得なくなる。そんないびつな期待に縋るほど一哉は追い詰められていたんじゃないか、と」

「どういう理屈なんだか。いまいち、よく判らないが」

「シェフの体調不良による臨時休業が増えていたでしょ。いまにして思えば、そんなときにもお店を休みにしたりせずに代わりに一哉を厨房に立たせるべきだった、と。小園手鞠はそう悔やんでいる、と言います」

「なんで。うっかりそんなことをして、いつもの味とちがうぞと常連やご贔屓筋から不興を買ったりしたら、ますますプレッシャーはひどくなるばかりだ」

「たしかに当座は休業するほうが無難ではあるでしょう。しかし代役の本番を先延ばしにすればするほど、将来にかかる重圧をさらに積み上げてゆくことになる。ちょっと穿ち過ぎた見方かもしれませんが、一哉にしてみれば己れがいずれ背負わなければならない責務が絶望的なまでに膨れ上がってしまう前にいま、なんとしても店の廃業という終止符を打っておきたかった。手段は選ばずに」

「父親を夫に殺されるという複雑な立場なのは判るが、それにしてもやっぱり、穿ち過ぎた考察だなとは思う」

「もちろん小園手鞠だってこれほど理路整然と自説を開陳したわけじゃありません。夫の動機についての心当たりを断片的に、ときに遠回り、脱線したりして語るそばから、こちらが幾分かは軌道修正、論理的整理をして、まとめてみただけで」

「ま、一般的にも殺人の動機なんてそんな、調書的にすっきり割り切れるものばかりでもない。

小園手鞠本人だって、実の兄を手にかけるに至った心情は自分でもなかなか具体的には」

「いや、ですから彼女はそっちのほうは全面否定しているんですってば」

「小園手鞠もまさか、兄を殺したと他ならぬ父親から糾弾されているとは夢にも思わないだろうな。だってその父親はとっくに天に召されているはずで。って。そうか」

やれやれ。我ながら血の巡りの悪い。困ったものだ。

「そうか。いまさらながら思い当たったよ。さっきおれが電話で、娘と人格が入れ替わってしまったと訴えたとき。おまえたちがそんなアホで荒唐無稽な話をわりとすんなり受け入れたわけが」

「そのアホで荒唐無稽な話を聞かされるのが初めてではなかったから。言わば免疫が出来ていたんですよ。一度ならず二度までも、自分は見た目とは別の人格なんだと言い張るひとに出くわすとは。しかもそのうちのおひとりは、かつての同僚だとくる」

「それはいいとして、そもそもおまえたち、どうしてここへ来ていたんだ？」

「小園手鞠が事件にかかわっていたとされる前提が根底から揺らぐような、重大な出来事があったからです」

そこでおれはようやく得心がいった。さきほど「事件前に各務愛弓が小園手鞠と連絡を取り合っていたことの裏付けはいずれ取れるだろう」という意味のことを言った際、筈尾が一旦言葉を微妙に濁した意味はここにあった。それすなわち前言撤回の予告である、と解釈したおれは正しかったわけだ。

「小園手鞠は各務愛弓を殺していない。おそらく高和へやってきた彼女とは会ってすらいない。犯人は他にいる、ということが判明したんだな。はっきりと」

「くどくど長々と説明しておきながら、ここへ来て小園手鞠主犯説は全面的に的外れな推理でしたのでどうかご放念くださいと、あっさり卓袱台返しとは、なんともはや。我ながら節操もなにもあったもんじゃない。もうしわけありません」

「判ってるよ、筈尾。おまえのスタイルは承知している。如何なる結論も相応の段階を踏んでおかなきゃ説得力に欠ける、というのがポリシーだもんな。今回の小園手鞠に対する疑念は最終的に晴れることになるとはいえ、とりあえずその全容をひととおり説明しておかないと。途中をすっ飛ばして結論から述べてもよけいに煩雑になるだけだ、と判断したんだろ？」

「的確にご理解いただきまして、まことにありがとうございます」

上向けた掌を差し出してくる筈尾。その先にはおれの前に置かれた抹茶ロールケーキの皿。せっかくなので甘いものでもどうぞ。ひと息入れてください、ということか。

すっかり冷めたコーヒーをひとくち含んでおいてから、おれはフォークを手に取る。

「で。なんだったんだ。その、すべてを卓袱台返しするほどのこととは」

「自首してきたんです」

「誰が」

「染谷朝陽が」

「え？」

かちんッ、とケーキを切り分けていて勢い余ったフォークが皿を直撃し、耳触りな音を立てた。

「自首？　なんの罪で？」

「自分の父親、染谷直道を殺害した、と言って」

「父親を？　え。彼女の父親って山形に居るんじゃなかったのか」

「昨年の大晦日に、密かに高和へ来ていたそうです。朝陽の供述に従い、我々は彼女の自宅へ向かいました。〈サンステイツ隈部〉ではありません。博子の母親である裏田豊子が特養ホームに入所する前まで独り暮らしをしていた実家です」

「その実家で父親を殺害した、と朝陽は言っているのか」

「浴室に男性の遺体がありました。梱包用ビニール紐で絞殺されていて。所持していたマイナンバーカードにより、身元は朝陽の父親の染谷直道であると確認された」

「マイナンバーカードなんかを持っていたのか。いや、なんかを、っていうのも言い方があれだけど」

「なにが原因か判りませんが、運転免許証が失効していて。身分証明書代わりに携行していたようです。それだけではありません」

「他にもあるのか」

「裏田家には物置として使われている古い家屋が住居に隣接しているのですが。そこの土間に穴が掘られていて。なかに女性の変死体が押し込まれていた」

「女性」

「染谷博子です」

もはや言葉が出てこない。

「頭を殴られ、扼殺されていた」

「ま、まさか、それも朝陽が？」

筈尾が首を横に振ったのを見ておれは、どっと全身から力が脱けた。コーヒーカップをソーサーへ戻す。コップを鷲摑みにして、水をがぶりと呷った。

「染谷朝陽の供述はこうです。昨年の大晦日の夜、急に父親の直道から裏田の実家のほうへ来いと呼び出しを受けた。父親は山形県鶴岡市のほうに居るはずなのにどうして、と訝りつつ行ってみると、見ず知らずの若い女の死体がリビングにあった。それが」

小牧空港からの飛行機内で直道が偶然に知り合ったカガミという女性だった。その死体を遺棄する手助けを頼まれた朝陽は、そのときたまたま同行していた彼氏に代わりに車の運転を任せた、と言うのだが。

「ちなみに染谷朝陽は、その彼氏の素性を未だに明かしていません」

筈尾は別に言葉を濁したりしたわけではないが、おれはぴんときた。その朝陽の彼氏とはおそらく興津俊輔のことだと。

その彼氏の運転で染谷直道がカガミ嬢の死体を遺棄しにいっているあいだに、朝陽は物置小屋の裸電球が点けっぱなしになっていることに気がついた。誰も使っていないバラック同然の小屋なのに、なんだろうと訝しんで様子を見にいってみて。

「母親の博子の遺体を発見した。これは父、直道の仕業だと朝陽は確信し」戻ってきた直道を言葉巧みに浴室へ誘い込み、頭を殴った。首を絞めた。たしかに父を殺したはずだ、と朝陽は言うのだが。

「なぜか、そこから後の記憶が無いんだそうです。我に返ると、板羽町の〈MAZE・ビル〉の前に佇んでいる自分がいる。慌てて裏田家へ行ってみると、両親の遺体がある。やっぱり夢なんかではなく現実の出来事だったんだと改めて認識した朝陽は、その足で警察へやってきた、というわけです」

おれは知らないうちにカットしたケーキを口のなかに放り込んでいたらしい。筈尾の話に聞き入る余りか、ろくに咀嚼もせずに呑み込んだ。

いや、呑み込もうとして、吐き出してしまった。しかも喉の奥から食道にかけて裏返しに捲り上がった粘膜ごと、すぽん、と盛大に音を立てて。明らかにケーキのかけらよりも巨大なものが体外へと飛び出していったと思った、その瞬間。

*

視界が暗転した。かと思うや、おれは四人を頭上から見下ろしていた。

四人とは、筈尾と纐纈のふたり、それと向かい合うかたちで座っている由紀江と、その隣りの凛花のことだ。

口を半開きにした凜花は、ひとりだけ静止画像の如く固まっている。驚愕の表情で、眼を見開いている。

そんな彼女を、あとの三人が不安げに見守っているという構図を、おれは俯瞰で。

見下ろしている。通常ではあり得ないカメラアングルで。

実体の無い、幽体として。店内の天井付近を、たゆたいながら。

5

〈兄妹〉

（なんだかおかしくないか、これ）

（なにが。なんのこと）

（いまのこの、おれたちの状態）

（の、なにがそんなに？）

（幽霊って、そいつが死んだ場所に固定されるもの、なんじゃなかったっけ）

（聞いたことない。地縛霊？）

（例えば、おれの場合なら天華川。そこで死んだんだから、幽霊になったらその付近から動けない）

（じゃああたしの場合は裏田の実家の物置小屋？　あそこで旦那に殺されて、穴に押し込まれてたから。幽霊になったら他のところへは行けない？）

（そのはず。というか、そうだとばかり、これまで思い込んでいたんだが）

（おかしいでしょそれは。だったらいまあたしたちが間近で、こうしてあれこれ互いにやりとりできるはずはない）

（だよなあ）

（そもそも兄さん、どうしてそんなふうに思い込んでいたの）

（凜花が言っていたから）

（りんちゃんが？）

（幽霊を見る体質なんだ、彼女は。昔から。その彼女が言うには、幽霊って必ずそのひとが亡くなった場所に居るものなんだと）

（それはつまり、ずーっとそこでそのまま、って意味？　例えば死後、昇天する前の一定期間中はどうしてもそこから動けないとか。そういう限定的な話ではなくて？）

（おれはなんとなく、ずーっとそのまま、同じ場所に縛りつけられるもんだというふうに思ってた）

（かんちがいじゃないの。兄さんじゃなくって、りんちゃんの）

（たとえかんちがいであろうと問題は凜花がそう固く思い込んでいた、ってこと。実情はもしかしたら期間限定だったかもしれない。にもかかわらず幽霊というのは成仏して消えない限り、ずっと同じ場所に居るはずだという思い込みがあったんだ。彼女は）

（つまり、メイズのこと）

（そう。〈ＭＡＺＥ・ビル〉のすぐ前で死んだメイズの幽霊はずっと同じところに居続ける、と。凜花はそう思い込んでしまった）

（それがなにを意味するかというと。りんちゃんが〈オキツ歯科〉へ出勤退勤のたびに、そこで

メイズの幽霊と顔を合わさざるを得ない、ということ）

（まさしく。自分の不注意で死なせてしまったメイズの幽霊に）

（堪えられないよねそれは）

（凜花はしばらく仕事を休みたかっただろうな。できることなら。しかし）

（できなかった）

（義母が骨折で戦線離脱している状況下、そうそう安易に仕事を休むわけにもいかない。みんなに迷惑をかけることになる）

（だから安易にではなくて、誰が聞いてもそれは休まざるを得ないと納得させられる口実が必要になった。すなわち喪中という）

（いやいやいや。博子、それはちがう。いくらなんでも最初っから父親に死んでもらおうと思っていたわけじゃない。ただおれが、ちょっと大怪我をして）

（ちょっと大怪我、って。なんだか言い方が変。矛盾してる）

（要するに、父親が怪我を負ったので自分が付き添ってやらなきゃならない、という状況をつくればいいと思いついたわけだ）

（なにしろ妻子と別居している独り者だし、兄さんは。唯一地元に住んでいる娘に看病してもらうしかない）

（もちろん計画的でもなんでもない。凜花が魔が差してしまったきっかけは偶然の積み重ねというか。巡り合わせが悪かったんだ。メイズを死なせて動揺していた凜花は、どうしていいものか

判らず、ただ闇雲に自宅へ向かっていたんだろう）

（あたしを。じゃなくて朝陽を〈ＭＡＺＥ・ビル〉の前に置き去りにして）

（徒歩で天華寺商店街を抜け、天華橋へと進むコースを凜花は、ちょうどおれの後ろから尾いてくるかたちでやってきた。もちろん示し合わせたわけでもなんでもない、ただの偶然だったが。凜花とおれ双方にとって運命の岐路というか、運が悪かったのは、まさにここ。そのとき暗闇のなか、自分の前を歩いているのが父親だと凜花は、ほんとうなら気づかなかったはずだから）

（自分の前を歩いているのがもしも父親以外の他人だったら、りんちゃんが変な気を起こすはずもなかったと）

（だって、おれ以外の人間を怪我させたところで凜花が仕事を休める口実にはならない。だから橋を渡り切るまで、前を歩いているのが誰なのか判らないままだったら、悲劇は起こらなかった）

（それがなんで兄さんだと、りんちゃん、判っちゃったの）

（天華橋に差しかかった辺りでＬＩＮＥの返信をしたから。凜花がいつ、おれからのメッセージに気づいていたかは判らないが、ずっと放置していたそれを、気をとりなおす意味もあったのか、川へ近づきながら返信する。それを受信したおれのスマホの表示が、後ろからやってきた凜花にもはっきり見えた、というわけ）

（言わば照明代わりになった）

（あ。隆夫さんだ、と気づいた。気づくと同時に衝動的におれの背中を押してしまったんだろう。

メイズに対する重い罪悪感に衝き動かされるまま）

（行き当たりばったりというと意味がちょっとちがうかもしれないけど。深く考えての行動ではなかったわけね）

（もうひとつ運が悪かったのは川の水位が下がっていたこと。そのせいで、普段なら転落してもさほどおおごとにはならなかったかもしれないはずが、こうして呆気なく死んでしまうことになった）

（りんちゃんはさぞ己れの短絡さ加減を悔やんでいるでしょうね。気に病むなと言ったって到底無理だけど。ちゃんと立ち直ってくれることを祈るばかり。でも、だとすると結局すべて、シンプルな仕組みだったんだ）

（なにが）

（あたしたちの人格転生能力。母の豊子は、死亡したら自分の子どもの身体へ乗り移るのが決まりごと、みたいにかんちがいしていたけれど。そうじゃなかった。もっと単純な法則だったんだ）

（要するに、死んだとき、その死に直接かかわった人物の身体へ移る。だからおれの場合は背中を押してその原因をつくった凜花だったし）

（あたしの場合は先ず夫の直道。そして次に朝陽だったわけだ。どちらも直接手を下して命を奪ったひとへ移った。圭以さんも首を吊ったとき、すぐ近くにメイズが居たから。メイズが腕のなかから跳び出した拍子にスツールが倒れたため、間接的にしろ原因をつくるかたちになったメイズに移った。配送車に撥ねられたときは運転していたドライバーへ移った。忽滑谷シズも死んだときにすぐ近くに居た豊子がなんらかのかたちでその原因をつくったんだろうね。意図的に殺したのかどうかは別として。だいたいそんな感じで）

（それはいいとして。シズはずっと豊子の身体を支配したままなのか）

（みたいね、どうやら。このまま豊子として天寿を全うして欲しいわ。うっかり近くにモラルに欠けたＤＶ介護士のひとが居たりしないことを祈るばかり）

（だけどいまのおれたちはどうなってる。こうして元通りになっただろ。凜花の心は凜花の身体へ戻って）

（朝陽の心は朝陽の身体へ戻った）

（そしておれたちの心というか魂は、フツーに幽体に戻っている。しかも特に死に場所に縛りつけられることもなく。こうして三途の川かどうかは知らないけれど、冥界へと通じる狭間をたゆたうようなかたちで。それはどうしてなんだ）

（だから、同じ場所に縛りつけられるというのは、りんちゃんの単なる思い込みで）

（じゃなくて。シズという女は豊子の身体を長年支配したままなのに、どうしておれたちは元へ戻れたのって話。しかもいきなり。なんの脈絡もなく）

（あ、そっち。多分、アレルギー）

（アレルギー？）

（朝陽は金属アレルギーなの。あたし、それを失念してレザーのキーカバー無しの剝き出しの鍵

を鷲摑みにしちゃったから。拒絶反応を起こしたんでしょうきっと。あたしの意識が、じゃなくて。朝陽の身体が）

（拒絶反応を。それで？）

（その勢いに乗っかるかたちで、朝陽の身体にとっては本来異物であるあたしの人格も外へ追い出された。ざっくり言うと、そんな感じじゃないかな）

（じゃあおれの場合は）

（やっぱりアレルギーなんじゃない？　直前になにか食べていなかったの）

（凜花がなにかのアレルギー体質だとかって聞いたことがないんだが。直前に喰っていたのは抹茶のロールケーキだけど。あれがまずかったのか？）

（え。美味しかったよ、あれ。〈みんと茶房〉のやつでしょ）

（おまえ、さんざん不味いと貶してたじゃないか。朝陽の顔をして）

（あれはさ、ちょっと背伸びしてたっていうか。わざと露悪的に振る舞っていたのよ。初めて会う異父兄に舐められちゃ困る、と。うん。そう。なるべく若い娘らしく若い娘らしく振る舞わなくっちゃいけないわと、イキっちゃってて）

（異父兄といえば。蓮の兄貴はあのままなのか。小園一哉としてこれからも、ずっと生きていかないといけない、と）

（どうでしょう。存外、思いもよらぬハプニングで、あたしたちに起こったのと同じことが彼の身にも。あ。ほら）

（ん）

（噂をすれば）

（おやおや）

（あの無精髭。ね。まちがいないでしょ。こっちこっち。蓮兄さん、ようこそ。さ。兄妹三人揃ったところで、いっしょに昇天いたしましょうか）

6

〈豊子か、シズか〉

深い霧のなかを、彼女は彷徨(さまよ)っていた。

立ち泳ぎするかのように。足もとに踏みしめるものがなにも無い、宙を。一歩、また一歩。乳白色の濃霧の塊りを両手で掻き分け、掻き分け。すると。

(具合はどう。お祖母ちゃん)

遠くのほうから、そんな声がした。朧(おぼろ)げで微かにエコーのかかった、女の声。お祖母ちゃん？　というと、あたしの孫？　いや、ちがう、と彼女は直感する。(お祖母ちゃん)(お祖母ちゃん)と残響する方角へ眼を向けると、濃霧の塊りの表面に刷毛(はけ)で薄墨を刷(は)いたかのようなひと影が、揺らいでいる。遥か遠くのほうで。あれは。

あれは孫ではなく。

あたしの娘だ、と。

彼女の勘は当たっている。影はすぐに(お母さん)と呼びかけなおしてくる。(お母さんに)(お母さんに訊きたい)

(お母さんに訊きたいことが)(訊きたいことがあるの)

ひと影の揺らぎとともに、その方角から聞こえてくる声にはさらに、波打つようなエコーがかかる。

(あたしたちの血筋に)(血筋に受け継がれているとされる)(される、これ)(これってどういう仕組みで)

(どういう仕組みで起こるの)

ひと影のほうから矢継ぎ早に繰り出される質問が理解できず、彼女はただ黙して耳を傾ける。

いや、それとも、ちゃんと受け答えしているのだろうか。そんな気もする。しかも、かなり澱みなく。

そうだ。会話している。あのひと影と。あたしは言葉を交わしているはずなのだが。自分がなにを言っているのか、よく聞き取れない。言葉を発するたびに声が、遥か彼方の白い濃霧へと虚しく吸い込まれてしまって。

(死んだ身体から離脱した心の行き先って、そのひとの子どものなかだと決まっているの?)

なにを言っているの? いったいなにを問いかけてこようとしているんだろう、あのゆらゆらとした影は?

(それは法則みたいなもの? 必ずそうなると決まっているものなの?)

決まっているもなにも。もしもそうではないとしたら、いま自分がここにこうして、居るはずがないじゃないの。

同じ質問を反復される苛立ちに、彼女は空想のなかでの自分の腕を大きく振り上げる。白い濃霧の塊りを、乱暴に薙ぎ払った。

（……代々、伝え聞いてきた決まりごとなんぞ、もう当てにならない）

そう喝破した途端、彼女の声があたかも物理的体積を有したかのように、みっしり重く垂れ込めていた濃霧を一掃する。

なんだ。これはいったいなんなんだろう、この感覚？　この、ほとんど恍惚となるような解放感。（これまで……）

（これまで考えもしなかった）（考えもしなかったけど）（けど。その朝陽の身体。それは）（それは遠からず）

（それは遠からず、あたしのものになるのかもねえ）

自分は笑っている。さも愉快そうに。そう思い当たると同時に、かッと彼女の目蓋が開いた。しかしそれまでずっと水中で呼吸を止めていたかのような錯覚の残滓が尾を曳きずり。なかなか覚醒しきれない。

ふいに「裏田さん？」という声がした。

それに反応して裏田豊子は今度こそ、はっきりと目が覚めた。乳白色の濃霧は跡形もなく消え去っていて。そこは特養ホームの、彼女の個室のなかだ。

豊子は空中を彷徨ってなぞいない。立ってもおらず、ベッドに横たわり、布団にくるまっている。

「あ。どうもすみません。起こしてしまったようですね」

ベッドの傍らに佇む若い男。前屈みに豊子に微笑みかけてくる。見覚えがある。知っているひとだ。あ、そうか。かかりつけの歯科医の。「まあ。おひさしぶりね、史朗さん」

「あ、いえ。史朗ではありません、ぼくは。その孫で。興津俊輔といいます」

ああそう、と鷹揚に微笑み返したものの、彼の言葉は豊子の耳を素通りしている。いまの彼女の眼に俊輔の姿は、かつて幾度となく情を交わした、若き日の興津史朗にしか見えていない。

「実は今日お邪魔したのは、施設の方を通じてぼくの父のほうへ、裏田さんがどうしても興津史朗に面会したがっている、とのご連絡をいただいたものですから」

「ああはいはい。はい、それで。まあ。それでわざわざ。どうもありがとう」

「実は史朗は、もう他界しておりまして」

豊子の反応を待つかのように俊輔は一旦、言葉を切った。が、彼女は笑みを浮かべて彼を見上げたまま。なにも言わない。

「祖父と長年懇意にしてくださったご縁だ、とかで。当初は父がこちらへご挨拶に伺うはずだったのですが。あいにくと、いま母が怪我をして入院中なため、その世話でいろいろ取り込み中でして。はい。ぼくが代理で、こうしてお邪魔させていただいた次第です」

無言のままの豊子。その眼は、じっとり底意を感じさせる潤みを帯びて、ただひたすら俊輔へと注がれる。

「奇遇といいますか、ぼくは知らなかったんですけど。父に聞いたら、裏田豊子さんという方は、最近うちに診療に訪れている染谷さんのお母さまなんだよ、と」

　そこでふいに豊子の唇が動いた。が、声を発することなく停止して。笑みもそのまま。蠟細工のように表情が固まる。

「そうです。染谷博子さんです、美容師の。実はその博子さんのお嬢さんの朝陽さんも。そうなんです、お孫さんの。実はその朝陽さんの治療も、このぼくが担当させていただいているという。親子三代にわたってのご縁なわけで、なんとも奇遇な」

「……ひろこ」

　唐突かつ鮮明に豊子の脳裡に、とある情景が甦った。あれはいつのことだったか。混沌としているようでいて、冷えびえとした鋭利な感触をも伴う、臨終の場面。

　他者の死ではない。自分自身の死の記憶。正確に言えば、そのとき死んだのは忽滑谷シズという女の肉体だ。実の娘の豊子に、濡れた布巾で鼻と口を塞がれて。あれは。

　病床での付添人の不注意と不幸な偶然が重なっただけで事件性は認められない、として処理されたものの、あれはほんとうに純然たる事故だったのか。それとも深刻な介護疲れだったとおぼしき豊子が錯乱し、衝動的に犯してしまった殺人だったのか。

　もはや確認する術もない。ただ、たしかなのはそれを境いにして、シズは豊子の身体へと転生した。本物の豊子の意識はシズの肉体とともに消滅し、そして現在に至っている、という事実のみ。

　精神的に追い詰められていたであろう豊子が、寝たきりの自分の息の根を止めてくれたお蔭で、こうしてまんまと娘の身体を乗っ取れた。そんな直近の大きな実績があったものだから、てっきりこの人格転生は親子間でなければ発生しない現象、みたいに思い込んでいたのだが……ひょっとして、ちがう？　死んだときに、いちばん近くに居たひとに移れる、とか？

そういえば自分は以前に。シズの肉体を纏っていた頃よりも遥か昔の世代に於いて、別の法則性を探る方法を試していなかっただろうか？　そうだ。試していたはず。なんだかそんな気がしてきた。あれやこれやと。ずいぶん無茶もやったけれど……いや。

いや、いろいろ試した……って。それらはほんとうに自身の実体験だったのだろうか？　ひょっとして、こういう遣り方をくり返せば人格転生の継続的な運用も可能、すなわち実質的な不老不死という、永遠の生命を獲得できるのだ、というシミュレーションを頭のなかで熟成させていただけ、だったのではあるまいか。その内容をあまりにも反芻し過ぎたせいで、ついに擬似的な記憶として根づいてしまった、とか？

でも、だったら、なんだっていうの？　どうでもいいじゃない、そんなことは……豊子の肉体の老衰の進行具合に比例するかのように彼女は思考停止へと引きずり込まれる。

それよりも朝陽。朝陽だ。彼女の、あの若くて美しい肉体を、なんとかして。

そう考えるよりも早く、豊子は口にしている。「あのね、史朗さん」

俊輔です、と訂正することもなく、「はい？」と答える若い男。

「朝陽を。今度ここへ、孫娘の朝陽を連れてきてもらえないかしら」

孫に見舞いにきて欲しいのなら、なぜ自ら連絡を取らずに、わざわざ赤の他人に頼んだりするのか。そんな至極当然の疑問を抱いたかどうかはともかく俊輔は、あっさり快諾する。「ああ、もちろん。いいですよ」

まてよ。豊子は思いなおす。いま朝陽の身体のなかに居るのは博子だ。そしておそらく彼女は、ことの法則性に気がついている。ということは自分が朝陽に会いたがっている、と知れば当然、警戒するだろう。こちらの目的を察知して。ここへは二度と近寄らないかもしれない。

「あなたのお姉さんは」

「は？」

「興津さん、たしかお姉さんか妹さんが、いらっしゃったわよねえ？」

「ぼくはひとりっ子でして。はい。史朗にはきょうだいがたくさんいましたが」

「ご結婚されてるの？」

「ぼくですか。はい」

「ごいっしょじゃないの、今日は？」

「今夜は朝陽さんと食事に。いま両親が仕事を休まざるを得ない分、妻に負担がかかってしまっている状況なので。その慰労に」

「ときに、おいくつ？」

「は？」

「奥さま。いま何歳なのかしら」

「凜花ですか？　二十七ですが」

「まあまあ。いいわねえ、お若くて。ほんとうに、いいわねえ。うふふ」

豊子は、これまでの人生の流転のなか、何度も何度も男を籠絡してきたという自負に、少なくとも主観的には裏打ちされている蠱惑的な笑みを浮かべた。彼に「俊輔です」と訂正する暇を与えず。

「あなたに、ひとつ、お願いがあるの。もちろん、聞いてくださるわよね？」

——完——

本書は書き下ろしです。

西澤保彦（にしざわ・やすひこ）

1960年高知県生まれ。アメリカ・エカード大学創作法専修卒業。95年『解体諸因』でデビュー。『七回死んだ男』や〈匠千暁〉シリーズ、〈腕貫探偵シリーズ〉などSF要素のある本格ミステリ作品で人気を博す。近著に『夢魔の牢獄』『偶然にして最悪の邂逅』『スリーピング事故物件』『パラレル・フィクショナル』『異分子の彼女　腕貫探偵オンライン』などがある。

走馬灯交差点

2023年3月30日　第1刷発行

著　者｜西澤保彦
発行人｜清宮 徹
発行所｜株式会社 ホーム社
〒101-0051 東京都千代田区神田神保町3-29 共同ビル
電話　編集部 03-5211-2966
発売元｜株式会社 集英社
〒101-8050 東京都千代田区一ツ橋2-5-10
電話　販売部 03-3230-6393（書店専用）
読者係 03-3230-6080
本文組版｜有限会社マーリンクレイン
印刷所｜大日本印刷株式会社
製本所｜株式会社ブックアート

Soumatou Kousaten

ISBN978-4-8342-5370-2　C0093